非琴俄罗斯文学经典译文集

Роза и снег

玫瑰和雪

[苏] 康·帕乌斯托夫斯基 著
非 琴 译

河北出版传媒集团
河北教育出版社

图书在版编目（CIP）数据

玫瑰和雪 / [苏] 康·帕乌斯托夫斯基著；非琴译.
-- 石家庄：河北教育出版社，2019.3（2022.8 重印）
（非琴俄罗斯文学经典译文集）
ISBN 978-7-5545-4834-9

Ⅰ. ①玫… Ⅱ. ①康… ②非… Ⅲ. ①长篇小说－俄罗斯－现代 Ⅳ. ①I512.45

中国版本图书馆CIP数据核字(2018)第274725号

书　　名　**玫瑰和雪**
作　　者　[苏] 康·帕乌斯托夫斯基
译　　者　非　琴
策　　划　杨　才　蒋海燕
责任编辑　刘书芳
封面设计　于　越
版式设计　郝　旭
出版发行　河北出版传媒集团
　　　　　河北教育出版社　http://www.hbep.com
　　　　　（石家庄市联盟路705号，050061）
印　　制　河北新华第一印刷有限责任公司
开　　本　850mm × 1168mm　1/32
印　　张　10.125
字　　数　235千字
版　　次　2019年3月第1版
印　　次　2022年8月第2次印刷
书　　号　ISBN 978-7-5545-4834-9
定　　价　48.00元

作者的话

1944 年，大约是在伟大的卫国战争结束前一年，我写了一部篇幅不大的长篇小说，题名为《祖国的烟》。就在 1944 年当年，这部小说的手稿遗失了。一部长篇小说只剩下了一章。

关于遗失的情况，我不做说明了。情况是相当复杂的，直到现在还没有完全弄清楚。

1963 年，在卡卢加出版了我的一本书——《几部遗失了的长篇小说》。顺便说说，在这本书里，我叙述了我的三部长篇小说遗失的经过，其中也包括《祖国的烟》。这本书问世后不久，我接到一位读者从喀山的来信。她说，她在国家文艺资料档案馆工作的时候，偶然发现了《祖国的烟》的手稿。

我非常感谢她。一般说，我们的读者是很好的——他们尊重作者的劳动，要求严格，而且对我们文艺界所发生的一切都会立刻做出反应。

于是手稿找到了，我决定发表这部在档案中沉睡了近二十年的长篇小说。

这部小说讲的是刚过去的这次战争的前夕和战时我们知识分子的情况，讲的是他们对祖国的忠诚，他们的勇敢精神，他们所经受的种种考验和他们的思想活动，以及那些永远不会消失的、我们称之为“个人生活”的生活现象，有时我们会忘记，没有也不可能有超越自己的时代、超越国家和人民的共同生活的个人生活。

当然，如果我现在来写这样题材的小说，是会用另一种方式来写的——好在随着岁月的流逝，眼界是越来越开阔了。但是我决定，作为时代的一个小小的见证，要“原封不动”地发表这部小说。对这部小说我没做任何改动。不可能也不需要使很久以前写成的每一篇作品都适应今天的要求，并以此来抹掉它的时代特征。

人们希望
能保留一切——
既保留玫瑰花，也保留雪。

目　录

第一部

整整一冬顶楼上没有住人。屋里的炉子没有生火。从通往凉台的门下面的缝隙里吹进了一些干雪。

窗外的雪照得两间很矮的房间里亮堂堂的，连上了年纪的画家尼古拉·根里霍维奇·维尔美尔在租房时，也像女主人一样，管这两间房间叫作“明亮的小屋”。

女主人已经老了，年纪比尼古拉·根里霍维奇还大得多。当着外人的面，她感到拘束，不好意思坐到扶手椅上，而是站着说话。她站着感到很吃力。她扶着门楣，用仿佛已经褪了色的眼睛怯生生地望着维尔美尔。

维尔美尔看到房东老太婆，断定她耳朵听不清楚，所以跟她说话时声音提得很高，几乎是对着她大声喊叫。人家把她当成聋人，她感到惶惑，但是又不敢对画家说。从那以后，就形成了这样的习惯——维尔美尔总是大声叫嚷，老太婆被这喊声弄得惊慌失措，总是答非所问。

“老大娘，我不是一个人住在这儿！”维尔美尔大声说，“跟我一道从列宁格勒来的，还有我的学生，青年画家帕霍莫夫。帕——霍——

莫夫！”

“请别见怪，”老太婆喃喃地说，“我们马上就生炉子，收拾收拾。这就把门缝糊起来。我们这儿可安静着哩……”

“您叫什么名字呀，老大娘？”

“我叫瓦尔瓦拉·加夫里洛芙娜，”老太婆惊慌失措地回答，“不过如今谁也不叫我的名字了。小外孙女管我叫‘姥姥’，邻居们都叫我‘大娘’。所以如今我是既没有名字，也没有父名。对名字已经完全不习惯了。”

维尔美尔笑了笑，留下定钱，答应到晚上搬过来，然后就回旅馆去了，帕霍莫夫在旅馆里等着他。

瓦尔瓦拉·加夫里洛芙娜的外孙女玛莎是个十一二岁的小姑娘，她正坐在楼下一个箱子上，捂着一条黑狗的嘴。小狗拼命要跑上顶楼，去对着新来的房客狂吠。它透过齿缝低声吠叫着，鼻子里发出呼哧呼哧的声音，伸出爪子想要抓人，但玛莎紧紧抓着它，小声说服它：“你真傻，穆哈！毛茸茸的小傻瓜！安静下来吧！”

画家们到这儿来，瓦尔瓦拉·加夫里洛芙娜并不觉得奇怪。经常有画家们来访问沃尔霍夫河上他们的这座古城——诺夫戈罗德。

这不是吗，现在维尔美尔和帕霍莫夫前来研究著名高手费奥凡·格列克①和其他古代无名画家的壁画了。维尔美尔准备和帕霍莫夫一齐为列宁格勒新建的一座剧院画壁画。他想让自己的画具有诺夫戈罗德壁画所特有

① 费奥凡·格列克（约1350—1410），杰出画家。生于拜占庭，后移居俄国，主要在诺夫戈罗德和莫斯科工作。

的那种纯正色彩。诺夫戈罗德的壁画给人这样的印象：似乎画在石拱上的人正从被灯光照亮的茫茫雾海里走出来。

瓦尔瓦拉·加夫里洛芙娜尊敬画家们。她的父亲，画家加夫里拉·契尔科夫曾经为彼得堡贵族私邸的天花板和墙壁画过壁画。时代已经不是拉斯特里[①]在世的那个时代了——已经不需要诱人的大型构图，只好画一些稀稀拉拉的玫瑰花串，要么是由斧钺和头盔构成的装饰图案。到了亚历山大三世在位的时候，虚假的俄罗斯艺术风格盛极一时——这时流行的是用假绿松石装饰的精致的小匣子、房顶上的公鸡、马车夫的服装。沙皇甚至让军队里也穿像马车夫服装那样的制服——裤腿肥大的灯笼裤，长筒靴，宽腰带。

瓦尔瓦拉·加夫里洛芙娜嫁给了一个美术教师。她和丈夫来到了诺夫戈罗德，生了一个女儿。丈夫害上肺痨，不久就死了。他曾自己浇制供"写生用"的宙斯和狄安娜[②]的石膏头像，全神贯注，完全醉心于这一工作。瓦尔瓦拉·加夫里洛芙娜深信，因为他吸进去的石膏粉太多，所以才得了肺病。

守寡以后，直到老年，她一直在裁剪缝纫学校里教刺绣。她很担心革命后学校会被关闭，但一切都对付过去了，瓦尔瓦拉·加夫里洛芙娜甚至工作到了退休的时候。

她的女儿塔吉雅娜在诺夫戈罗德念完了中学，后来到了列宁格勒，嫁给一个上了年纪的演员，可是不久她也成了寡妇。她把自己的女儿玛莎送

---

① 卡·巴·拉斯特里（约 1670—1744），著名雕塑家。
② 宙斯是希腊神话中的主神，万神之王。狄安娜是希腊神话中的月神和猎神。

来给母亲教养，在家里住了几天，然后就到南方去了。这是八年以前的事。从那时起，塔吉雅娜总共只回来过两次，而且都没住多久。她在南方一个剧院里当话剧演员，可是关于自己的工作，她在信上只字不提，而且也从不谈起。而瓦尔瓦拉·加夫里洛芙娜由于生性羞怯，什么也不问她。

维尔美尔和帕霍莫夫到傍晚时才搬了进来。顶楼上已经生好炉子，也收拾过了。玛莎给漆过的地板打了蜡。桌子上点着一盏煤油灯，上面罩着不透明的圆灯罩。

帕霍莫夫最喜欢瓦尔瓦拉·加夫里洛芙娜家里的寂静。大概这儿早就十分安静了。人们对寂静已习以为常，就像和一个亲近的人待熟了一样——瓦尔瓦拉·加夫里洛芙娜就连跟穆哈说话，也是压低了声音。

即使是最小的一点儿响声，在所有角落里也都能听得到。当一把茶匙掉到地板上，已经失去光泽的钢琴就会发出颤音，好像是在回答它。有时穆哈到厨房里去，会用爪子敲敲门，要么是玛莎在穿堂里碰到门铃上的铁丝，于是门铃就叮叮当当地响上好久。

维尔美尔安静下来，变得和善了，不再骂列宁格勒的画家们，管他们叫“造假钱的人”和“拙劣的画匠”了。他是个爱吹毛求疵的人，对所有的人都不满意，只有和帕霍莫夫还能和平相处，不过他还是不放过任何一个机会，说帕霍莫夫是个懒汉，是个幻想家，而且直言不讳地说，对待艺术，他缺乏认真的态度。维尔美尔认为，认真的态度就在于经常不满意自己的作品，为了每一根线条和每一笔而进行争论。帕霍莫夫却认为，只有在紧张消失了的地方，才会有艺术。

起初他和维尔美尔争论不休，后来就不争了。老头儿很生气，引证

“勤劳的”伦勃朗和亚历山大·伊万诺夫[①]的话，骂帕霍莫夫是“小孩子”。

帕霍莫夫喜欢维尔美尔，喜欢他的急躁脾气，喜欢他严肃的审美力，喜欢他的正直，而且，甚至喜欢他那件穿旧了的、钉着铜纽扣的天鹅绒短上衣，每颗纽扣上都有一个凸出来的兔子、狐狸、公鸡或小狗的形象。维尔美尔很爱惜这些儿时的纽扣。纽扣掉了，他总是亲自用打了蜡的粗线再把它们钉起来。

帕霍莫夫不是懒汉，但从小就是个幻想家。他隐瞒着这一点，对“幻想家”这个词感到害怕——和这个词联系在一起的是这样的概念：不会做任何有益的事情的怪人。

帕霍莫夫不记得自己的父亲——彼得堡的一位著名建筑师，他只知道，父亲在海洋大街盖了一幢笨重的房子，墙面镶着带淡蓝色斑点的黑色花岗石。在彼得堡，人们都管这幢房子叫“灵台”。

他们住宅里的父亲的办公室很像这幢房子。办公室也是那样阴森森的，里面摆满了黑色高背皮安乐椅。每当母亲惩罚帕霍莫夫的时候——那时候他还是小米沙——她总是让他坐在父亲办公室里的安乐椅上，强迫他在那儿坐上两个小时。坐在那儿是很无聊的。一个神情庄重、下巴底下的胡子分作两半、生着一对小耳朵的人，从墙上的紫色天鹅绒画框里向外张望着。孩子不相信这是父亲——父亲从来不会是这样的陌生人。

帕霍莫夫的母亲是一个来自敖德萨的俄罗斯化的希腊人。她去世许多年以后，帕霍莫夫在维尔美尔的桌子上看到一本很厚的书，书名叫《旧敖

---

① 伦勃朗（1606—1669），荷兰著名画家。亚历山大·伊万诺夫（1806—1858），俄国著名画家。

德萨》。他请求维尔美尔把这本书借给他，把这本书看完了。他在书中看到了母亲的姓，得知他的外曾祖父和旧敖德萨的所有希腊商人一样，是一个贩运私货的人。

这时帕霍莫夫才了解为什么母亲酷爱变化，才了解母亲变化无常的性格、经常改变的兴趣——时而醉心于祈祷，时而又陷入绝望之中，才了解她为什么既善于挥霍金钱，又能在不生火的住宅里过半饥不饱的生活，而同时却在屋里摆满冷如冰雪的贵重的晚香玉花束。这一切都来自她的祖先——侨居东方的西欧人的后裔、冒险家、反抗土耳其帝国的希腊人[①]。

晚上她从剧院回来的时候很是兴奋，她哈哈大笑，身上落满雪花。而第二天早晨，接到一封简短的书信，她又会号啕大哭，穿上丧服，到喀山大教堂去祈祷。

玛丽亚·福兰采芙娜——一个上了年纪的妇人，脸上经常带着惊慌失措的神情，还在他父亲在世的时候，她就住在他们家里了——匆匆忙忙把米沙裹得严严实实的，领他到大教堂去，和他一起躲在圆柱后面，让他为拯救母亲而祈祷。孩子吓坏了，连一句祈祷词也记不起来。他不知道，该由谁来拯救母亲？但是他不相信，玛丽亚·福兰采芙娜管他叫“救世主”的那个人——那个钉在黑色十字架上的瘦瘦的人会这样做。“救世主”是个死人，他当然不能帮助任何人了。

革命后一切都消失了——晚香玉、男人的来信、皮安乐椅和所有的房间——只有一间除外。玛丽亚·福兰采芙娜到公共食堂去当了管理员。母亲在给一些很奇怪的新机关绣天鹅绒旗子。她瘦了，很快地衰老了。1919

---

① 指 1821—1830 年起义反抗土耳其帝国的希腊人。

年春，她害西班牙流行性感冒去世了。

只剩下了米沙跟着玛丽亚·福兰采芙娜。在她的照料下，他读完了中学，在美术学院毕了业，成了画家，现在他和老太婆住在林区一幢新房子里。

每当帕霍莫夫听到这样的话——“他没有童年”，他就会想到自己。他真的是没有童年。记忆里留下了什么呢？豪华而寒冷的房间，墙上挂满了英明的格言。格言都是玛丽亚·福兰采芙娜在十字布上用一个个小十字绣出来的。

他也没有伙伴。他总是独自玩儿，每天发明一些不同的玩儿法。一会儿，他想象自己是古因普林[①]，“一个总是在笑的人”，在如同议会大厅一样宽敞的餐厅里从脸上摘下黑色的面具，高声怒喝：“发抖吧，大人们！”一会儿他又在浴室里开一个小铺，卖海洋中的珍奇物品，把一些粉红色的贝壳卖给玛丽亚·福兰采芙娜，并允许打扫房间的女仆达莎用旧邮票代替戈比买票听贝壳唱歌。达莎把贝壳紧贴到耳朵上，得意地微笑着——她不知道，贝壳在歌唱亚速尔群岛，它们曾生活在那里的温暖的蓝色海水之中。

后来他开始集邮了。他最喜欢邮票上委内瑞拉、厄瓜多尔和巴拉圭历届总统的肖像。从玛丽亚·福兰采芙娜的话里，他得知这些总统总是不得好死。他觉得，他们的生活是世界上最不舒服的生活。他们不好好治理自己的国家，却要在潘帕斯大草原上不停地互相追逐，用手枪打穿对手的脑袋。不过在这种好勇斗狠、毫无意义的总统生涯中，还是有一些诱人的东西——穆斯登野马的长嘶，由枯草燃起的大火，野牛奔跑的脚步声，代替

---

① 古因普林是雨果的长篇小说《笑面人》中的主人公。

枕头的枪托……

就是现在，虽然帕霍莫夫已经三十岁了，他还是喜欢虚构各式各样的故事。他深信，没有任何一个人（即使是最严肃的人）不这样做。

帕霍莫夫躺在沙发上，看关于伟大的诺夫戈罗德的著作。维尔美尔到城里去了。

帕霍莫夫放下书本，侧耳倾听。可以听到，瓦尔瓦拉·加夫里洛芙娜一边结毛线，一边在嘟嘟囔囔地说话。后来篱笆门砰的一声响，有人穿过庭前的花圃。门铃丁零丁零地响起来。穆哈也汪汪地叫起来了。

“这会是谁呢？”瓦尔瓦拉·加夫里洛芙娜吃了一惊，“等等，玛莎，咱们一道去开门。”

瓦尔瓦拉·加夫里洛芙娜急忙到前室去。她问，是谁来了。门外一个嘶哑的声音回答：“电报。”

门闩响了好久。邮递员在台阶上踏脚，抖掉毡靴上的雪。瓦尔瓦拉·加夫里洛芙娜问，电报是从哪儿来的。玛莎回答，是从敖德萨来的。于是瓦尔瓦拉·加夫里洛芙娜叹了口气，哭了。玛莎不让她哭，大声说：

“没有什么可怕的事，姥姥！什么可怕的事情都没有。妈妈明天白天回来。她生病以后，人家让她休假。”

可以听到，邮递员走进屋里。餐具橱上的橡木门轻轻地吱扭响了一声。玻璃杯叮叮当当地响起来。邮递员高兴地清清嗓子。

“祝您长寿！”他说，又伤心地补上一句，“大家都害怕我，好像我就只会分送死亡通知书。可是你瞧，有时候我的电报也会让人高兴的。”

等他走了以后，楼下很热闹地谈论起来。很难听清瓦尔瓦拉·加夫里洛芙娜和玛莎在谈什么，不过帕霍莫夫从个别的字句中猜到，她们谈的是瓦尔瓦拉·加夫里洛芙娜的女儿塔吉雅娜要回来的事。

维尔美尔回来以后，帕霍莫夫跟他讲了电报的事。维尔美尔对明天有人来持赞赏态度。他感到缺少可以交谈的人。屋里会热闹一些了，他对此感到满意。

下面已经在忙碌着了。瓦尔瓦拉·加夫里洛芙娜在和面，玛莎在搅蛋白，厨房里飘散着一股热牛奶和香荚兰果的香味。老太婆担心，在塔尼娅[①]回来之前，她来不及收拾好房间，玛莎也不能扫净通往塔尼娅喜爱的亭子去的小路——亭子在花园尽头，就在陡峭的河岸上面。从那里可以眺望诺夫戈罗德阴森森的内城，跟天空颜色一样的、大教堂的锡制圆顶，以及山谷后面那些高高的菩提。

“要不要给她们帮帮忙呢？”维尔美尔问，“反正这会儿我们无事可做。”

“您能帮什么忙呢？”帕霍莫夫笑了笑，“您只会吓人，把事情搞乱。”

“啊，不！我会烤馅饼，烤得好极了。好极了！每逢节前，我总是帮着妈妈做馅饼。对我来说，用番红花作香料的面团味，比贵重的香水还要好闻。面粉在手里会沙沙响！还有洗净的葡萄干！咱们去吧！”

他拉着帕霍莫夫下楼去了。瓦尔瓦拉·加夫里洛芙娜感到不知所措，但维尔美尔不让她好好地想一想。他开始发号施令了：叫玛莎洗杏仁，派帕霍莫夫到板棚里去取劈柴，他自己动手研磨加了黄油的砂糖。

当帕霍莫夫把劈柴搬进厨房，回到饭厅来的时候，那里已经点上了灯，维尔美尔卷起袖子，正在瓦盆里搅油，还在大声喊：

---

① 塔尼娅是塔吉雅娜的小名。

“老大娘，得把油搅成乳白色！不然的话，咱们就什么也做不成。”

瓦尔瓦拉·加夫里洛芙娜温和地点点头，表示同意。

“老大娘，我们所有的画家们，”维尔美尔大声说，“都是拙劣的画匠！直到现在还没有一个傻瓜想到画这种极好的东西。您看——”他指指搅出泡沫的蛋白。“多么漂亮！用来作衬托的颜色，什么也比不上蛋白，现在在灯光下它稍有点儿发黄，可是请您把它拿到窗前去，”维尔美尔把一盘搅出泡沫来的蛋白端到窗前，“您把它放到这儿，看一看：已经被雪照得有点儿发蓝了。”

玛莎不眨眼地望着维尔美尔，她在等着，一有机会就扑哧一声笑起来。

“搅出泡沫来的蛋白比云彩还难画，”维尔美尔忧郁地说，“只有佛来米派的艺术家会这样画，老大娘。只有佛来米派的画家！您记得吗，他们画的鱼鳞多么妙哇，还有花菜，还有用水养在玻璃杯里的石竹。”

瓦尔瓦拉·加夫里洛芙娜点点头，对什么她都表示同意。“可是为什么呢？”维尔美尔高声喊，“因为他们是从容不迫地作画，他们不偷懒，他们细心观察颜色、形状。可是我们的青年人却力图像变戏法那样画画儿。得学会手里拿着铅笔！”他大声喊，玛莎终于忍俊不禁，扑哧一声笑了出来。糖粉从桌子上飞跑了。

“唉，小调皮鬼！我真不知道该拿她怎么办，”瓦尔瓦拉·加夫里洛芙娜叹了口气，“这么调皮，简直像个茨冈——跟她母亲一模一样！”

帕霍莫夫不再听维尔美尔的谈话。他在穿堂里找到一把木锨，于是到花园里去了。他想清除通往亭子去的那条小路上的积雪。

花园里的积雪神秘地闪着白光。帕霍莫夫站下来，环顾四周，心想，冬天对于我们朴素的土地倒是挺合适的。

雪堆得很深，干净极了。雪地上甚至看不到小鸟儿的脚印。

根据雪地上不太深的小沟，勉强可以看出一条小路。起初小路从一排老菩提树旁通过，然后经过一张椅背已经折断的长椅子，钻进冰封的丁香花丛，直到两磴破旧的台阶附近为止。台阶通向一座有几根木头柱子的圆亭子。野葡萄发黑的藤蔓紧紧缠绕着几根已经生锈的弯钉子，钉子就钉在这些木柱上。

帕霍莫夫除掉栏杆上的积雪，栏杆上刻着人名开头的几个字母，字母不多，最常见到的两个字母是，“T”和“A”。随后他又铲掉长椅子和地板上的雪。结了冰的木板上冻着几片去年的树叶，还有一些已经枯萎、但至今仍然是绿色的野草。

稀稀拉拉地下起雪来。雪落得很慢，好像不愿意落下来的样子。个别雪花停留在空中，有时甚至会向上升起，仿佛犹豫不决，想要尽可能不被注意地悄悄落到地上。帕霍莫夫想，雪会盖住木锨铲过的痕迹，花园又将像未曾清除过似的，稍有点儿忧郁，仍然和整整一冬、和今晚前一样。

过了威帖布斯克，塔吉雅娜·安德烈耶芙娜在一个寂静无人的小车站上醒来了。列车停在那儿。暖气设备发烫的管子在喀喀地响，机车在噗噗地喷气。冬天里，白天也好像是黄昏，放下来的窗帘外面一片银白。车厢里像早晨那样昏昏沉沉，飘散着一股尘土味和橘子的香味。

塔吉雅娜·安德烈耶芙娜很快穿好衣服，走到凉爽的走廊里，眯缝起眼睛。

严冬在车窗外撒下大量柔软的白银。远方，森林后面，透明的轻烟袅袅升向天空，形成一根烟柱。大路上有一个人，正在乘无座雪橇沿着铁路路基行驶。他的胡子上落上了一层霜花，变成了白的，他一直在拍打着黄色的无指手套。他的马也长了一身很厚的白毛，每当无座雪橇驶上被太阳照亮的林间小道，小马就好像玻璃的一样，不时发出微弱的闪光。

塔吉雅娜·安德烈耶芙娜微微一笑。最近一个时期，她经常回忆起天色阴沉的冬天、从马鼻孔里喷出的热气、被车辆轧出来的坑坑洼洼的道路。路上总是乱糟糟地丢着一些干草，还有一些乌鸦在傲慢地慢慢踱来踱去。

很快就要到波尔霍夫，到旧鲁萨了——这是她从儿时起就熟悉的一些角落，离平坦的大道有相当一段距离。塔吉雅娜·安德烈耶芙娜喜欢这些地方，因为这儿的居民天性淳朴，会在她心里勾起一种淡淡的愁思。甚至不能把这叫作愁思，更确切些说，这是一种对自己、对一切非常亲近的事物的感觉。在这里度过了她的童年，和童年一同逝去的还有那些未能实现的可笑的梦想，以及车铃丁零丁零的响声——它们总是在呼唤塔尼娅踏上遥远的旅途。

列车疾驰着，把黑海的空气，把敖德萨咖啡馆里的空气带到了北方。这空气被紧紧关闭在闷热的车厢里，在中间站上车、头戴风帽的那些腼腆的外省人，觉得这空气是陌生的、醉人的。在这变幻莫测的空气中，在这稍有点儿苦味的、碎橘皮似的清香中，仿佛有一种南方所特有的华丽，有一种引人注目的、和北方格格不入的、南方的美。

车厢里的小桌子上，玻璃杯中用水养着四朵深色的玫瑰，一路上只掉了三个花瓣。塔吉雅娜·安德烈耶芙娜久久注视着，由于列车在飞速前进，玫瑰花也在不停地颤抖着，飞也似的穿过白茫茫的雪原，沿着陷入积雪中的村寨疾驰，冲进蒸汽弥漫的森林。

还在敖德萨的时候，塔吉雅娜·安德烈耶芙娜就在暗自占卜：如果玫瑰花在路上不会凋谢，那么她的病就会痊愈，在诺夫戈罗德将会有幸福等待着她；如果玫瑰花凋谢……唉，有什么呢——那么，从前那种没有重大的喜悦和伤心事的生活又将继续延续下去。

“没有喜悦和伤心事。”她小声地重复说。但立刻发觉，她说的不是实话，于是皱了皱眉——伤心事是有过的，而且是很大的伤心事。正是由于这些伤心事，她才这样高兴地回诺夫戈罗德去，到北方去。

那里等待她的是从容不迫的生活，那里的一切都是按照规定的时刻运行。早晨，冬天的太阳总是用橙黄色的光辉罩住那同一棵老白桦树的树干，喝茶和吃午饭的时候，茶杯和碗盏总是会发出轻轻的叮当声。晚上，点上饭厅里的吊灯，塔吉雅娜·安德烈耶芙娜就可以坐在灯下翻阅旧杂志了。她将竭力不回忆过去，让整个身心都能得到休息。

当车厢里只剩下塔吉雅娜·安德烈耶芙娜一个人的时候，她对着花呼吸，向它们呼出暖气，并嘲笑自己。当然啦，她还完全是一个傻姑娘！她老是在想，一定会有一个人抚摸她的头发，爱抚地拍拍她的肩膀。

她逐一回忆自己一生中的每件事情，就像在翻阅一封封旧信，她摇了摇头。是啊，生活好像还没有开始。

童年是有过的，还有织补过的长袜，用妈妈的衣服改做的连衫裙，胆小的瓦尔瓦拉·加夫里洛芙娜，漫长的冬天，挂在钢琴上方的那同一幅色彩阴暗的图画——意大利的一个工人居住区，那儿的海滨上躺着一些扎着红腰带的小男孩儿。可是她们这儿，只有一些手持钓竿的老头子坐在沃尔霍夫河岸上，一个个彼此十分相像。塔尼娅认得他们每一个人。

夏天她曾坐着小船在沃尔霍夫河上荡漾，到过伊尔明湖。她走到潮湿的草地上，望着尤里耶夫修道院白色的巨大建筑物，嘴里嚼着一根草茎，陷入沉思。她中学毕业了，已经梳起两根沉甸甸的辫子，她有一副声音低沉的好嗓子，可是她还一次也没遇到过任何奇妙的事情。

大概，奇妙的事情只有在电影上才会发生吧——在那若隐若现、仿佛有魔法的世界里，雪像旋风样随着幸福的滑雪运动员飞驰，波拉·涅格丽在装饰着鹿角的小酒馆里翩翩起舞。

有趣的事情还会出现在书本上和剧院里。塔尼娅看过描写迷人的喜剧女演员玛丽安·黛洛姆之死的书，还看过红头发的西班牙女演员拉拉·鲁克跪倒在理查·瓦格纳[①]面前的故事。她曾在一本普希金诗集的注释里找到《叶夫根尼·奥涅金》中的两行诗，这是两句被诗人删去的诗，但是被他的一个崇拜者挽救下来了："宛如一朵生着双翼的百合花，拉拉·鲁克飘然进入大厅。带她认为是作者的虚构，原来却是事实——拉拉·鲁克到过俄国，普希金看到过她。"

塔尼娅在书上到处寻找美丽的妇女，想要模仿她们。屠格涅夫为她讲了丽莎·卡连金娜[②]的故事，莱蒙托夫讲了契尔克斯姑娘贝拉[③]的故事，福楼拜讲的是包法利夫人，彼特拉克[④]讲的是劳拉的故事。可是，难道她，一个腼腆的小姑娘，能够在现实生活里像这些妇女一样吗？难道莱蒙托夫会为她写一篇小说，福楼拜会为她而愁肠百结吗？只有在剧院里，在舞台

① 理查·瓦格纳（1813—1883），德国著名作曲家。
② 屠格涅夫的《贵族之家》中的女主人公。
③ 莱蒙托夫的《当代英雄》中的女主人公之一。
④ 彼特拉克（1304—1374），意大利著名诗人。

上，在五彩缤纷的灯光中，她才能成为这些风度优雅、充满力量，为爱在受苦的妇女之一。

塔尼娅决定中学毕业以后去当演员。瓦尔瓦拉·加夫里洛芙娜没有劝阻她。

塔尼娅的戏剧教师、列宁格勒的演员包布罗夫不久就成了她的丈夫。这是一个不安静的人，他的黄脸上总是搽着粉。

他一向彬彬有礼，但对人冷淡。每当他对什么不满意的时候，总是喜欢假装耳聋，并很快地一再反问同他谈话的人："对不起，您说什么来着？"人们听到一两个这样的问题以后，就会失去和他谈话的兴趣。

包布罗夫断言，对演员来说，最主要的是姿势，需要尽力做到，让观众为姿势而不是为语言鼓掌，而戏剧中唯一高尚的体裁是传奇剧。在谈话中，他爱用那些只有小演员们才经常使用的词汇——"令人焦急不安地""十分严肃地""极为亲密地"，而且认为，这很美，使他的语言显得文雅。

过了一年，塔吉雅娜·安德烈耶芙娜困惑莫解地望着自己的丈夫，不明白她怎么会嫁给他的。她好像觉得，以前他完全是另一个人——关心别人，聪明，愉快。难道这一切都是装出来的吗？

一个已经上了年纪、专演固执而任性的老太婆的女演员——这是塔尼娅把自己的生活情况告诉她的唯一的一个人——对这一切的解释十分简单。

"你呀，我的孩子，"她用低音说，"看书尽管看，可别照着书上那一套过日子。丢掉幻想吧！他是个普普通通的人，是个有病的人，也挺聪明。你还要怎样呢？你以为他是个天才吗？要把生活看得单纯些，不要想入非非！”

但是她不希望把生活看得那么单纯。丈夫死后，她决定成立一个青年人自己的剧院，这个剧院里唯一的规则就是真诚、朴实，对艺术的爱，没有任何装腔作势和“崇高”的废话。

她到敖德萨去，想要在那儿的话剧院里办一个训练班。但是她既没有足够的经验，也没有足够的能力来做这件事，她仍然是一个扮演悲剧角色的演员……

塔吉雅娜·安德烈耶芙娜陷入沉思，而没有注意到，冬季的白昼已经进入黄昏。淡玫瑰红的反光在雪地上隐隐燃烧，一个列车员从走廊上走过，对着敞开的车厢门严厉地说：“诺夫戈罗德快到了，女公民。请您收拾一下吧。停车十分钟。”

塔吉雅娜·安德烈耶芙娜着急了，她连忙收拾自己的东西，从手提包里取出一面小镜子，搽了点儿粉。

“我像谁呢？”她仔细照着镜子，想，“不像母亲，也不像父亲。”

她个子很高，又宽又直的肩膀和栗色头发使她很适合演美丽的主角，稍有点儿发绿的眼睛和微微发黑的脸上没有任何俄罗斯人的特征。

“我根本不像北方人，”塔吉雅娜·安德烈耶芙娜叹了口气，“可是，不是吗，这一切都是我的，都是我自己的！”她望望车窗外面。

小白桦林正在向地平线跑去。树林后面，索菲亚大教堂铅灰色和金色的圆顶在低空发出微弱的闪光。

后来燃起稀稀落落的灯火。火车朝那些歪歪斜斜的小房子喷出一团团蒸汽，这些小房子都有雕刻的门廊，还有一些鸽子窝。开始进入诺夫戈罗德的郊区了。

瞧，终于到了车站——车站很小，绿色的车站上总是寂静无人，车站外有几棵椰枣树，小食堂里的桌布会发出簌簌的响声。

塔吉雅娜·安德烈耶芙娜走上月台。一个梳着两条长辫子的、瘦瘦的小姑娘迎面跑来。她手里抱着一条毛茸茸的小黑狗。小狗对着车厢汪汪地叫着。

“玛莎！”塔吉雅娜·安德烈耶芙娜笑了，她抱住不好意思的小姑娘，热烈地用力吻了吻她冰冷的双颊，“我的天哪，你长得这么高了！”

“妈妈。”玛莎轻轻地叫了一声，把脸扎在母亲穿着皮衣的肩膀上。

塔吉雅娜·安德烈耶芙娜托住她的下巴，想让她抬起头来，可是玛莎执意不肯。穆哈狺狺吠叫起来。这时玛莎抬起头来，用饱含深情的眼睛看看母亲，又低下了头。

“这是你撒的吗，妈妈？”她问。

月台上撒了一些深红色的花瓣。当塔吉雅娜·安德烈耶芙娜抱住玛莎的时候，把花紧贴在小姑娘的肩膀上，有一朵玫瑰花花瓣散落了下来。

“幸好不是全掉了。”塔吉雅娜·安德烈耶芙娜回答，“好，咱们走吧！”

一些车夫在广场上走来走去。塔吉雅娜·安德烈耶芙娜立刻在他们中间认出了一个淡蓝色眼睛的老头儿。他胡乱拉着缰绳，让雪橇靠近车站的台阶，一把扯下脱了毛的皮帽子，嘟嘟囔囔地说：“上帝保佑，我们又见面了，塔吉雅娜·安德烈耶芙娜，你不在，我们可没有亲人了。”

塔吉雅娜·安德烈耶芙娜和玛莎坐着雪橇经过熟悉的街道，望着那些在给水站旁弄得水桶叮当乱响、双颊红润的妇女，望着那些挂满霜花、显得十分漂亮的高大的菩提树，不由得微笑了。

“有两个画家住在我们那儿，”玛莎说，可是塔吉雅娜·安德烈耶芙娜甚至没有听清她的话——从内城传来了钟声，钟声骄傲地飘过花园上空。

“多么好哇！玛莎，你甚至不懂得，你们这儿是多么好哇！”

整整一晚上都能听到楼下的说话声、笑声、盘子的响声、穆哈的叫声，后来有人在钢琴上弹了几个音符。瓦尔瓦拉·加夫里洛芙娜说：“玛莎，你去叫一声。什么都准备好了。”钢琴声停了，不过还嗡嗡地响了好久，仿佛是请人继续弹下去。

玛莎穿着一件蓝色的新衣服和一双漆皮鞋，容光焕发，来到了顶楼。她站在门口，并不抬起眼睛，十分欣赏地看着自己的衣服和鞋子，对维尔美尔说：“姥姥和妈妈请你们去喝茶。”

她脸红了，转身跑了回去。维尔美尔唠唠叨叨地说，他就这副模样去参加晚会，未免太随便了，说着匆匆忙忙地扣好了天鹅绒上衣的纽扣。随后又擦了擦长满胡子的双颊。

“您是什么时候刮过脸的，米沙？”他怀疑地问帕霍莫夫。

“得了吧，尼古拉·根里霍维奇！我每天都刮脸。”

“您可以隔天刮一次嘛。反正没有什么可刮的。”

帕霍莫夫默不作声。他已经习惯于维尔美尔像对待一个交给他教养的小孩子那样说话了。

他们下去了。一位年轻妇女从安乐椅上站起来，和他们紧紧地握了握手。

“您像美国人那样向人问好，”维尔美尔说。他那爱唠叨的心情还没有过去。“您可以当画家。”

“为什么呢?”塔吉雅娜·安德烈耶芙娜不好意思地问。

“您的手很强壮。”

“这是遗传的。我的父亲和外祖父都是画家。”

“这我同意。”

茶桌上亮闪闪的。一套旧水晶玻璃茶具在餐具橱里放了许多年，已经落满灰尘，现在洗得干干净净，擦得像钻石一样灿烂发光，映照出铜茶炊的侧面、桌布上的蓝色花纹和渐渐凋谢的玫瑰花湿润的深红色。

瓦尔瓦拉·加夫里洛芙娜穿着打褶的咖啡色绸连衫裙，戴着花边发饰。大家都在喝茶，维尔美尔终于安静下来，在讲诺夫戈罗德的绘画大师是多么狡猾，他们竟能向后代隐瞒颜色的秘密。这时瓦尔瓦拉·加夫里洛芙娜从茶炊后面望着塔吉雅娜·安德烈耶芙娜，感到十分惊讶——她是个多么漂亮的美人啊!

哪儿来的这样的身材，长得这么端正，这么浓的头发，还有这双眼睛，真是光彩照人!据说，她们家族里有一位很漂亮的美人儿，是塔尼娅的外曾祖父、龙骑兵上尉契尔科夫的妻子。她是波兰人——一个又任性又高傲的女人。

龙骑兵上尉是在敖德萨和她认识的。好像连普希金也曾拜倒在她的脚下。可是这种无聊的闲话，怎么能当真呢?据说，她们姊妹俩都是美人儿。一个嫁给了契尔科夫，另一个嫁给了一位著名的法国作家，可是瓦尔瓦拉·加夫里洛芙娜记不得他的名字了。她只知道，那位作家临死前破产了，据说这都是因为他的妻子，因为她的任性。他爱她爱得神魂颠倒，从不拒绝她的任何要求。

瓦尔瓦拉·加夫里洛芙娜想问问塔尼娅，这位法国作家姓什么，那位美人儿，她的外曾祖母叫什么名字。可是忽然想到——可别让画家们以为，她是在夸耀自己并不富有的家庭的过去。

喝过茶以后，画家们很快就走了。他们发现，塔吉雅娜·安德烈耶芙娜已经很累了。

临睡前，塔吉雅娜·安德烈耶芙娜和玛莎一起到花园里稍走了一会儿。大片雪花飘落下来，粘在树上。塔吉雅娜·安德烈耶芙娜从眉毛上、从额上掸落在上面的雪。

在亭子里，塔吉雅娜·安德烈耶芙娜伸出手去。手掌里立刻落了几片很大的雪花。她把手掌贴在嘴唇上。雪冰凉了嘴唇，手上留下一块潮湿的痕迹。

“瞧，我又看到冬天了”，塔吉雅娜·安德烈耶芙娜说，“我非常想念它呀，玛莎。”

“敖德萨没有冬天吗？”

“那儿冬天完全不是这样的。随时都在刮风，有风暴，下雪却像下冰雹那样，十分罕见。”

塔吉雅娜·安德烈耶芙娜摸到了刻在栏杆上的字母“T”和“A”，微微一笑。

“以前我多么傻呀，玛莎，”她说，“把整个亭子都刻上了字母，是我十五岁的时候刻的。”

“这些字母是什么意思呢？”

“T——就是塔吉雅娜，A——是亚历山大·普希金的名字。”

“你为什么要刻他的名字呢？”

“我爱他。有朝一日你也会爱的。”

由于不习惯的寂静，半夜里塔吉雅娜·安德烈耶芙娜醒了。老挂钟里的发条一阵阵地响个不停。城外很远的地方，备用线上一辆机车汽笛长鸣。犹如轻烟薄雾一般朦朦胧胧的淡蓝色微光从花园里透进窗子。后来传来一声早已忘却的响声——守夜人打更敲木梆子的声音。

她微笑了，叹了口气，闭上眼睛，蒙眬入睡，心里在想：夜这么长，这是多么好哇！早晨醒来的时候，从饭厅里会飘来刚刚磨好的咖啡的香味和渐渐凋谢的玫瑰花瓣的芳香。

古老的三一教堂坐落在城外一个人烟稀少的小村子寨门旁边，不久前才在这座教堂里发现了14世纪的壁画。这样的小村子，在北方叫“波高斯特”[①]。

维尔美尔和帕霍莫夫天不亮就从家里出去了，好早一点儿到达“波高斯特”，赶在天黑以前画好壁画的速写稿。冬至才过了不久，白天还很短，三点钟的时候天就已经黑了。

村中只有一座农舍的烟囱冒出炊烟，其他农舍里似乎已经人烟绝迹了。从一堆旧干草里钻出一条毛上已经结冰的狗，懒洋洋地吠叫起来。它每叫一声，就从嘴里冒出一团团蒸汽。没有一个人听到狗叫从任何地方走出来。帕霍莫夫敲敲烟囱里冒烟的那家农舍的门。住在那儿的是看守人伊万·马特维耶维奇——这人是个大高个儿，红头发，喜欢谈论各门科学。他走了出来，身穿一件光板短皮袄，带着一大串钥匙。

“是马上去开门，还是先喝茶呢？”他搔着没刮过的腮帮子，问，“我给你们生上茶炊。”

---

①萨阿米人居住的村庄。

“生茶炊总来得及的，”维尔美尔说，“你最好还是在教堂里生上炉子吧。”

“这行。”伊万·马特维耶维奇表示同意。

每次帕霍莫夫走进教堂，都要站下来看看它那庄严的墙壁，很深的小窗子，低矮的、已经发黑的圆顶。透过表面上的锈，可以隐约看到圆顶上稍有点儿发红的金色。

教堂里冷得叫人无法忍受。打碎的玻璃窗上尽是鸟粪。墙上结了一层白霜。透过霜花，露出壁画上黄、红和蓝色的斑点。

伊万·马特维耶维奇生着了铁炉子。可以在炉边烘暖画水彩画用的水，搓搓冻得发青的手指。炉子散发出一股烟味。火在干巴巴地、噼噼啪啪地响着。

“你们做得对，”伊万·马特维耶维奇蹲在炉边说，“你们拿定主意，要亲手把一切都临摹下来，这太对了。我跟你们说良心话——它，这座教堂，保不了多久了。那些没有觉悟的人早就对它垂涎三尺。他们对砖感兴趣。而这儿，你要知道，是什么样的砖啊——拿铁棍也打不断！鬼知道里面放了什么——敲起来当当响，像铁一样。”

“你是怎么知道的呢？”维尔美尔怀疑地问。

“怎么会不知道呢！去年我们把钟楼拆了，拆得干干净净。后来，当然啦，书记从城里来，批评了一顿。‘你们，’他说，‘不要自作主张，独断独行，不爱惜古代的文物。这些文物是国家的无价之宝。’我们都懂得它有价值，可是当屋里的炉子都倒塌了的时候，谁还管得了什么价值不价值呢！”

“你们都是傻瓜，就是这么一回事！”维尔美尔说。

“对，是傻瓜！”伊万·马特维耶维奇同意说，“如今，当然啦，我们已经懂了。尽可能爱护它。这不是，雇了我来当看守。只是我认为，给我的薪水少了点儿。画家们到这儿来，来看，来画，开口一个‘噢’，闭口一个‘啊’，都说这儿有了不起的财富。可是为了保护它，每月只给我五十卢布，连一个铜子儿也不多给。”

“你还是闭上嘴吧，马特维伊奇，”维尔美尔生气地说，“自己也不知道在胡扯些什么。叫人听着就觉得讨厌。”

“我倒没什么，”伊万·马特维耶维奇咕哝说，抽着了呛人的、自己卷的劣质纸烟。“瞧，等春天到了，我要给窗子装上玻璃。你别责备我。我是劳动人民。我的手扶过犁，把手都磨痛了，随便什么职业我都尊重。你看这墙上多美呀。这就是说，付出了伟大的劳动，做出过巨大的努力。这当然是应该懂得的。谁不懂得这一点，照我看，他就是个毫无价值的人，我们国家不需要的人。”

“你一会儿唱一个调。”维尔美尔说，挥了挥手。

“亲爱的好人，尼古拉·根里霍维奇！要不是需要砖头，难道我们会拆钟楼吗！要是办得到的话，我们连一粒灰尘也不会从这儿弄出去。不是吗，所有这些这么美的东西，大概都是我们的祖先，那些最没有文化的庄稼汉们造出来的。可见，你用不着对我这样大喊大叫。”

画家们已经在这座教堂里工作了好几天，听惯了马特维伊奇的废话。他废话连篇，主要是“为了说话”。

马特维伊奇生好炉子，好长时间为窗户上的玻璃被打破了而伤心叹息，拐弯抹角地探询，维尔美尔能不能帮他在城里弄到一箱玻璃，离开的时候感到心满意足——维尔美尔答应在市苏维埃里给想想办法。

“不然的话，你要知道，怪不方便的，”伊万·马特维耶维奇最后说，“鬼知道是谁把玻璃打破了的。我们这儿的孩子都挺规矩。也许是由于年代久了，要么是天气太冷，自己破了的吧。”

最初一段时间，画家们一声不响地工作着。

圣徒们从墙上威严地望着下面。他们的衣服上画着色彩暗淡的野草，光着脚站在冰冷的石头上。

“鬼知道，”维尔美尔说，“这些画神像的人多么善于配色。红的，金的，橄榄色的——再没有旁的颜色了。”

帕霍莫夫没有回答。

“我要是有时间的话，”维尔美尔沉默了一会儿，又说，“就写一本论色彩的书。当然啦，如果我是个作家的话，”他迟疑地加上一句，“要是像阿纳托里·法朗士[①]那样的作家的话。”

“古代意大利人写过论色彩的书。”

“有谁看他们，看您那些意大利人的书啊！我要写的话，每种颜色都要写一章。还要加上调配颜料的秘密，再离题发挥，谈谈历史，谈谈光学，谈谈太阳光谱的规律。要这样写，老兄！”

“从哪里开始呢？”

“不知道。大概，要从我自己的童年写起。齐赫文市我姑妈家里挂着一个古老的枝形吊灯。吊灯的璎珞是用淡蓝色玻璃做的。只有早晨，太阳才照到挂吊灯的那个大厅里。所以我的记忆里留下了这样的印象：清晨，昏暗的大厅，从高低不平的窗户上反射出来的光斑闪闪烁烁，风把落满尘

① 法朗士（1844—1924），法国著名作家。

土的窗帘吹得鼓胀起来，吊灯在阳光下不时发出微弱的闪光，好像一串蔫葡萄。当时我就懂得了，活的色彩会产生什么样的效果。可是我和您，米沙，这一辈子都是在摆弄死的颜料，叫它们都见鬼去吧！”

“那么勒诺亚尔[1]呢？”帕霍莫夫问，“还有魏拉斯凯斯[2]？他们也是用死的颜料作画吗？”

“当然啦！您不懂得什么是活的颜色。它不仅能传达色彩的感觉，而且会放射色彩。它宛如一个小太阳，会向周围的一切射出反光。没有这样的颜料！从来也没有过！”

维尔美尔不作声了。

“您记得吗，米沙，”他问，“是谁写过论红色的文章？是一个意大利人……我忘记他叫什么了。”

“我也不记得了。”

“他在一个地方谈到了颜色各种不同的亮度。您忘记了吗？‘早晨’，他是这样写的，‘朝气蓬勃，露水盈盈，它使红色具有玫瑰盛开的效果，如晶莹透明的朝霞，只有高原上的空气，才会像这样清澈。白天，红色具有一种阴暗的色调，犹如凝聚在玻璃杯底的红葡萄酒。傍晚，太阳落向繁花盛开的山岗后面，乌姆布里亚的葡萄园笼罩在烟雾之中，红色也和其他色彩一样，色调晦暗，失去光泽。我这支秃笔无法表达。’说得好，是吗？”

“好，”帕霍莫夫表示同意，“您的记性多么好哇！……”

---

① 勒诺亚尔（1841—1919），法国画家。

② 魏拉斯凯斯（1599—1660），西班牙著名现实主义画家。

讲经台上的圣像壁旁堆着一块块剥落下来的壁画。维尔美尔很仔细地看了好久，量了量灰泥的厚度，拿了几块装在衣袋里。他断定，颜色牢固的程度取决于灰泥，需要了解它的成分。

那条毛上结了冰的狗蹲在教堂门边的雪地上，浑身发抖。它不时用爪子抓抓门，请求放它进去。后来它把脚底下的雪弄得沙沙地响，声音嘶哑地吠叫起来。伊万·马特维耶维奇把头伸进门里面，神秘地说："有客人来看你们了。是让他们到这儿来，还是让他们到小屋里去暖和暖和？我女人已经把炉子生好了。"

"你胡说什么？什么客人啊？"维尔美尔吃了一惊。

"你别怕。"马特维伊奇笑了笑，腮帮子上棕黄色的胡子像刺猬一样竖了起来。"是些很快活的客人。那么，我让他们到这儿来了。以后你爱怎么骂我，就怎么骂吧。"

他用肩膀推了推铁门，古老的铰链吱扭一声响。与此同时，维尔美尔和帕霍莫夫还听到了塔吉雅娜·安德烈耶芙娜和玛莎的笑声。

"看在上帝分儿上，请别生气，尼古拉·根里霍维奇，"塔吉雅娜·安德烈耶芙娜说。她的眼睫毛上结了一层霜花，变成了白色的，因此她的眼睛似乎有一种特别的恳求的神情。"我和玛莎出来散步，无意中走到这儿来了。"

"您发疯了！"维尔美尔大声喊道，"马上到农舍里去！在这儿会冻坏，会感冒的。米沙，请您领她们走，看在上帝分儿上！这是多么古怪的念头——刚害过病，就钻到这样一个古老的冰箱里来！"

"我们只是想看看你们在这儿做什么，"塔吉雅娜·安德烈耶芙娜用头巾遮着嘴，"我这就走。"

“真是个小姑娘，一点儿不假！”维尔美尔嘟嘟囔囔地说。

在去农舍的路上，塔吉雅娜·安德烈耶芙娜对帕霍莫夫说，她和玛莎在城里散步，后来就到田野里来了。野外天气那样温和，那样静，所以她们决定要一直走到村里来。

农舍里稍有点儿煤炭气味。马特维伊奇的妻子用围裙擦净很宽的长凳子，请客人坐下。一个穿着一双大毡靴的小男孩儿坐在地板上，鼻子呼哧呼哧地喘着气，正在用木片做玩具滑雪板。他皱着眉头望望客人，低下了头。问他什么他都不回答，只是咧开嘴得意地笑。大概，他觉得这些普通的问题——他多大了，叫什么名字，他在做什么——都是很愚蠢的。

维尔美尔来了，他又大声责备塔吉雅娜·安德烈耶芙娜，然后坐到桌边。塔吉雅娜·安德烈耶芙娜取下头巾。伊万·马特维耶维奇的妻子看了她一眼，哎哟了一声，像唱歌似的说：“我亲爱的！能看看你吗？你不会生气吗？”

“看吧，康德拉季耶芙娜，”维尔美尔说，“也许下次就没有这样的眼福了。”

塔吉雅娜·安德烈耶芙娜责备地望了望维尔美尔，玛莎扑哧一声笑了出来。

“我是在看呢，”康德拉季耶芙娜说，她那神情忧虑的脸上出现了惊讶的笑容。“就是看看别人的美貌也好哇。自己的美貌我早就忘了。而且是不是有过呢，我也记不起来了。有些婆娘嫉妒别人的美貌，我看着却觉得高兴。我们的老太婆们说，哪儿有美人儿，哪儿就是天堂。我们屋里一屋子都是烟，简直像没有烟囱的房子，可是你一进来——用不着任何东西来作装饰：既不要刺绣，也不要点蜡烛，也用不着摆鲜花，满屋子都亮堂了。”

“可是你干吗呆呆地站着啊，”马特维伊奇说，“快端茶来呀。他们是从冰天雪地里来的。”

康德拉季耶芙娜把几个有裂纹的青瓷碗放到桌子上，又两手一拍，笑了起来：

“人们都说，月亮是为了美人儿才出来的，免得她在夜里藏起来，叫人看不见。青春不常在呀。”

“康德拉季耶芙娜的这些话是打哪儿来的呢？”帕霍莫夫想，“诗是在哪一部分意识中诞生的？谁能说出，像普希金的诗，‘碧空苍穹生清辉’，安徒生的童话，巴赫震撼人心的音乐，都是打哪儿来的呢？”

天黑时他们才离开这个小村子。天空中乌云已经散去，一颗明亮的星照耀着空旷的田野。塔吉雅娜·安德烈耶芙娜的睫毛上结了冰，因此她好像觉得，有一条条很容易折断的光带从那颗星星上落到路上。

“眯缝起眼来，”她对玛莎说，“看看那颗星。”

玛莎眯缝起眼睛，也看到了带刺的光线。

在小村子里，那条毛茸茸的狗对着他们的背影叫了好久。它叫，是因为他们走了，感到遗憾。那狗喜欢让人拍拍它身上乱蓬蓬的毛，可是在玛莎来这儿以前，谁也没有这样做过。

它蹲在门槛上尖叫，直到那个穿着大毡靴的小男孩儿抓着绳圈把它拉进穿堂里去。于是它在那堆旧干草上来回走了几步，然后躺下，向黑暗中张望了许久，竖起耳朵来听着：玛莎是不是又回来了。可是谁也没有回来。那狗痛苦地叹了口气，把头放到爪子上，闭上了眼。

暴风雪彻夜未停，米哈依洛夫村[1]、三山村和索罗契河上一夜都听到呜呜的风声，普希金公园里的百年云杉在铅灰色的烟雾中弯腰弓背，从荒凉的田野里飞来寒冷的雪粉。有时天空中忽然一亮，露出淡蓝色的光斑——月亮从乌云背后钻出来，但立刻又熄灭了——黑暗凄凉地呼啸着飞也似的向它猛扑过去。

风把雪抛向骇人的高空，宛如抛出毛茸茸的白色日珥。什威采尔觉得，似乎雪一直飞上月球，落到它那些高低不平的铁黑色的山上。

什威采尔从未见过这样的暴风雪。他的一生几乎都是在列宁格勒度过的。他只是在夏天到过卢加附近，或者是到克里米亚，到科克杰别尔郊外去过。

谢苗·里沃维奇·什威采尔，这位研究普希金的专家，收藏与诗人有关的一切事物的收藏家，直到五十岁，竟还没有来过米哈依洛夫村。不知怎的，时间总是不凑巧。有时是要写急需的论文，有时是全部时间都被大规模的研究工作占据了，而这种研究工作要求长期坐在档案馆和图书馆里，再有，就是他的妻子谢拉菲玛·马克西莫芙娜坚决反对。她好像觉得，什威采尔在乡村里立刻就会感冒，就会死在那里。

青年时期什威采尔就得了肺病，送他到达沃斯去疗养。他在那儿遇到了谢拉菲玛·马克西莫芙娜——洛桑大学的一位大学生。

谢拉菲玛·马克西莫芙娜出身于一个世代相传的医生家庭。她的父亲——一位胡子花白、神情阴郁的外科医生——要求她也当医生，而且

---

① 米哈依洛夫村本是普希金父亲的庄园。普希金自 1824 年至 1825 年被贬居于此地。《鲍里斯·戈都诺夫》和《叶夫根尼·奥涅金》等作品就是在米哈依洛夫村写成的。

一定要出国学习。谢拉菲玛·马克西莫芙娜像她的父亲，身材不高，但是结实，嘴唇上隐隐约约有一点儿小胡子，生着一头蓬松浓密的灰白色头发和一双平静的灰眼睛。

她说话声音响亮，神态坚定。什威采尔又矮又瘦，非常好动，下巴底下留一撮老式的小胡子，在她面前好像是个地神。

他尊敬谢拉菲玛·马克西莫芙娜，而且有点儿怕她。她赞许他所从事的文学工作，甚至引以为骄傲；她认为戏剧场面是不文明的，只和什威采尔一道去听音乐会；但是对什威采尔想要采取漫不经心的生活方式的一切尝试，她都坚决谴责，毫不容情。

什威采尔却醉心于戏剧，喜欢通宵达旦和人争论，爱喝好酒——一切，凡是在他们那像医院一样洁白的住宅里看来似乎是非常荒谬的东西，他都喜欢。

谢拉菲玛·马克西莫芙娜不大喜欢什威采尔的老同学——光棍画家维尔美尔。他性情偏执而又急躁，经常含讥带讽地谈论家庭，嘲笑人们缺乏审美力，竟把马科夫斯基[①]的《贵族的宴会》挂在书房里显眼的地方，这些谈话使什威采尔感到很窘。维尔美尔当然知道，这些画是谢拉菲玛·马克西莫芙娜挂在那儿的。

除此以外，维尔美尔还是个好幻想的人。谢拉菲玛·马克西莫芙娜认为，这一特点对于一个上了年纪的人是个缺陷。他会在半夜里把什威采尔拖到岛上去，只不过是为了去看什么水里的倒影。

每当谢拉菲玛·马克西莫芙娜发怒的时候，维尔美尔就推说普希金怎

① 马科夫斯基（1839—1915），俄国画家。

样怎样，虽然他的这些说法并不恰当。普希金是个不肯安静的人，无忧无虑，举止轻率，如果什威采尔不认为普希金的这些特点是值得模仿的，那他为什么要研究这位诗人的生活呢？特别让谢拉菲玛·马克西莫芙娜生气的是，什威采尔总是同意维尔美尔的意见。

这不是，现在，到了五十岁的时候，什威采尔终于决定要到米哈依洛夫村来了。当然啦，是维尔美尔劝他来的。什威采尔正着手写一本关于普希金在米哈依洛夫村的生活的书。维尔美尔说，如果什威采尔现在还不到米哈依洛夫村去，不客气地说，他就是个专门在故纸堆里钻研的“考古学家”了。没有到诗人如此喜爱的那些地方，怎么能写普希金的生活呢！

于是什威采尔来了。让他住在公园中的一间厢房里，普希金文物保护区的科学工作人员都是住在那里。冬天厢房都空出来了。侍候什威采尔的是一个身体虚胖、上了年纪的妇人——玛丽亚·普罗霍罗芙娜。什威采尔猜想，她从前是普斯科夫的一个女商人，可是玛丽亚·普罗霍罗芙娜却自称是一个报务员的寡妇。

玛丽亚·普罗霍罗芙娜经常睡觉，喜欢用纸牌算命，摆牌阵，而且总是在向小窗子张望——今天天气怎么样啊，虽然天气和她毫不相干：她几乎足不出户。

什威采尔喜欢米哈依洛夫村的一切：雄伟壮丽的森林，寒冷的阳光照进松树之间，还有那令人感动的乳娘[①]的小屋以及他本人的孤独。但最使他高兴的是，他意识到：这一切都是普希金看到过的——当时普希金所看到的，也就是他，什威采尔现在所看到的景象。

---

① 普希金的乳娘。

工作是很轻快的。洗脸盆里冰冷的冷水，厢房里的寂静——只有燃烧得很旺的劈柴爆裂是这里唯一的响声——乡村生活的宁静，这一切都使人精神振奋，头脑清爽。

“我是一个没有头脑的人，”什威采尔想，“埋头在档案的灰尘之中，错过了生活。现在已经无法挽回了。也不应该根据别人的书来写普希金，即使是根据这个冬天的感觉来写，也要好得多了。”

有一天夜里什威采尔醒来，忽然产生了这样的想法：要写一位诗人或作家的生活，最好是能经受他本人所经受的一切，看到他所看到过的一切，尝遍他所忍受的一切痛苦。

对于一位学者来说，这是一种异端邪说，但什威采尔却对这个想法感到非常高兴。他决定，这本关于普希金的新书，要用和以前不同的方式来写。这将是一本关于一个有魅力的活人的书，而不是用自己的语言来没完没了地重复普希金的思想。这些思想诗人自己都已经说过了，而且说得比谁都好。

至于他自己以后会怎样，什威采尔竭力不去想它。显然，应该认为，过去已经完结了。虽然已经五十岁了，可是必须开始过一种和以前完全不同的、对他来说十分重要的、很有意思的生活，他终于开始这样做了。

他好像觉得，这种生活从今天，从中午就已经开始了，当时他看到窗外田野上风吹积雪，犹如升起阵阵轻烟。马林涅茨湖后面树林茂密的山冈，索罗契河的两岸以及乳娘的小屋，都在暴风雪中消失了。

窗外的世界已不复存在。白光洒满所有房间。什威采尔感觉到，自己不知是在冬眠呢，还是处在包围之中？邮递员没有从普希金山送报纸来。运水工人斯杰帕来的时候衣服上都结了冰，他说，不可能从索罗契河上的冰窟窿里运水来了，路都被雪埋了起来，小马陷进雪里，一直陷到马肚皮："就拿桶底上剩下的这点儿水对付着用吧。"

晚上，什威采尔决定到大房子里去，普希金博物馆就设在那里。这幢房子是不久前才在 1907 年烧毁的老房子的旧址上新盖起来的。

玛丽亚·普罗霍罗芙娜大吃一惊，但什威采尔固执得很，他穿好外衣，走到了台阶上。狂风卷着大雪劈头盖脸地向他袭来。什威采尔什么也看不见，喘不过气来，但他还是很吃力地走到了那座大房子那里。

那里温暖，寂静。什威采尔点上蜡烛，巡视一间间绿色、橙黄色和蓝灰色的大厅。画框不时发出微弱的闪光，枝形烛台、安乐椅和大理石雕像的黑影在墙上微微颤动。

什威采尔把蜡烛放在一张用卡累利阿白桦木[①]制作的椭圆形小桌上，火舌立刻淹没在金色的桌面之中。什威采尔从桌上的抽屉里取出纸和铅笔，开始写了起来。有时他停下来，倾听暴风雪的怒吼，望望墙上的一幅肖像。画上是一位身穿蓝色天鹅绒服装的年轻妇女，一双大眼睛清澈透亮，仿佛她一生中所有的梦都永远留在了这双眼睛里。这是波兰美人儿卡罗琳娜·莎斑斯卡娅的画像。普希金在敖德萨的时候曾钟情于她。

"尼古拉·根里霍维奇，"什威采尔写道，"你迫使我到米哈依洛夫村来，我甚至无法说出，为此我是多么感谢你。你一向是对的，尽管你往往毫无道理地发脾气。

"从诺夫戈罗德到我这儿来一趟吧，哪怕只住三天也好。我保存着几瓶红葡萄酒——是用你喜欢的格鲁吉亚晚熟红葡萄酿制的。请把帕霍莫夫

---

① 这是一种木纹美丽、极为名贵的桦木。

也带了来。可爱的青年人！如果大家都像他这样，我们这些老家伙就可以放心地死去了。

“现在，是这么回事。研究第二手的材料，我已经厌烦了。目前我在进行反抗，暂时是孤单单地在这个严冬中进行反抗，反对我自己的过去。遗憾的是，我反抗得迟了点儿，不过……‘也许，新的海顿[①]会创造出伟大的作品，并将尽情欣赏自己的杰作。’谁知道呢！

“我是在晚上，在普希金博物馆里给你写信，我的感觉是，早已过了半夜。从一清早暴风雪就在怒吼，把我们埋在了雪里。这一切都好极了。你来吧。”

什威采尔想了想，又添上一些：“你说得对。从食品丰盛的餐桌上收集一点儿残汤剩饭，向人们解释那些根本用不着解释的东西——因为它是那样美，那样简单，那样明了——再没有比这更糟的命运了。当然，我说的是我自己的评论和文学研究。顺便说说，‘文学研究’这个陈腐的词本身就让我生气。也许，只有诗人才能在我们的思想中复活早已逝世的伟大诗人的形象吧——我不知道。我只知道，所有我从前的著作都好像是那个关于惹人讨厌的小鬼的故事。你想必记得，它是怎样用笨拙的语言向快乐的孩子们讲解该怎样玩球，孩子们最后把球扔进了山谷，由于感到无聊，都放声大哭起来。

“现在我有这样一个想法：只有在我能找到一些人们还不知道的普希金的诗，只有在这种情况下，才能证明我从前的所有著作是有意义的。这将是真正的功勋，真正的幸福。千百万人将为此而感谢我。但可惜，这当

① 海顿（1732—1809），奥地利著名作曲家。

然只不过是一些毫无意义的幻想而已。请不要嘲笑我。

“这儿有一些极好的肖像画。你不妨向画这些肖像的老头子们学习一点儿东西。我面前挂着一幅莎斑斯卡娅的肖像。她是一个冒险家，可是，我的天哪，她有一双什么样的眼睛，有一头多么美的波浪形的头发啊！大概这都是画家虚构出来的。

“好，再见。我等着你。”

什威采尔写完了信，端起蜡烛，久久地端详着莎斑斯卡娅的画像。她的声音是什么样的呢？大概是低沉的喉音。什威采尔战栗了一下。他好像觉得，这声音说了一句话。大概是雪打在窗子上发出了沙沙的响声。什威采尔记起了维尔美尔的劝告——永远不要独自一个人在夜晚看肖像画——于是拿起蜡烛，向门口走去。

他在门口回头望了望，那位美人儿平静地望着前面，好像没有看到他，而且在微笑着。什威采尔踌躇了一下，走进了前室。地板上撒满细碎的雪花，风在外面房门的门缝里淅淅地响着。

暴风雪来自北方，来自北冰洋。它飞过列宁格勒上空，给宫殿的圆柱裹上了毛茸茸的羊皮，从街上吹走了人们已经习惯的灰光，留下一片刺目的洁白。

它长时间在树林里掀起一阵阵烟雾，寻找道路，覆盖了许多树木。第二天它来到了诺夫戈罗德，在那些像它本身一样洁白的教堂和大教堂附近盘旋飞舞。

教堂里的大钟被风吹得发出嗡嗡的响声。钟的四周，凸起的字母之间凹陷下去的那些地方都积满了雪。这些字母是铸钟的工匠和省长们的名字，正是由于他们的努力，才在伟大的诺夫戈罗德“铸造了”这些大钟。

塔吉雅娜·安德烈耶芙娜坐在地板上，她的旁边是一只装旧书的箱子，她取出里面的书，随便翻翻，看上两三行，就把它放到一边。玛莎上学去了，画家们在小村子里的教堂中工作，瓦尔瓦拉·加夫里洛芙娜在厨房里忙碌着。

暴风雪照亮了窗户。塔吉雅娜·安德烈耶芙娜在翻开的一页书上看到一只早已死了的谷蛾翅膀上留下来的粉。她擦掉了那些粉，念道：

对幸福，我们总是只知回忆，
却不知道处处都有幸福的踪迹。也许，它就在身边——
就是那流入窗中的清新空气，
就是这板棚后面秋天的花园。

她随便翻开另一本书："数尽树上的绿叶，也数不尽我心中的忧愁。"

塔吉雅娜·安德烈耶芙娜把这两本书都放到一边。她甚至没有看看卷首。她想要一连看几本书，而不知道作者的名字。

她从箱子里取出厚厚的一卷书，打开，又念道：

"诺曼底的渔夫们有一种迷信说法，似乎飘过各地的云彩，形状酷似该地的轮廓。只要看一看云彩，就能说出，它来自何方。因此，一个远离故土的人有时会有幸看到自己的第二故乡——飘浮在阳光灿烂的高空中的云彩故乡。"

"你在说什么啊，塔纽莎？"瓦尔瓦拉·加夫里洛芙娜在厨房里问。

"我在读书，妈妈。"

她合上书，叹了口气。她所以叹气，是由于感到心里轻松了，由于暴风雪的亮光，还有，是因为还可以好久好久一本一本地挑着看书，然后不用从地板上起来，就能把头靠在旧安乐椅柔软的坐垫上打个盹儿。

当瓦尔瓦拉·加夫里洛芙娜把咖啡壶拿进来的时候，塔吉雅娜·安德烈耶芙娜已经把头枕在安乐椅上睡着了，穆哈则蜷缩成一团，躺在她的脚边。

瓦尔瓦拉·加夫里洛芙娜轻轻地回到厨房里，坐在凳子上，一声不响。“让她睡吧。大概她病后还很虚弱。在这儿，在这暖和的老房子里多睡睡，就会壮实起来的。塔纽莎长得这么可爱，这真是多么幸福啊——只是希望她别再碰上不顺心的爱情。”

瓦尔瓦拉·加夫里洛芙娜没有立刻听到邮递员在拉门铃。他用袖子从通红的脸上擦掉落在上面的雪，递过一封信来。信是给维尔美尔的。信已经湿透变软了。信封被墨水染成了紫色的。

瓦尔瓦拉·加夫里洛芙娜把信放到厨房里的炉子上，烘着，然后又坐到凳子上。她好像觉得，她这样坐着，是在保护塔纽莎安睡——老太婆可以整整一天坐在这里。有时瓦尔瓦拉·加夫里洛芙娜站起来，朝稍微开着一点儿的门缝里张望，望望塔吉雅娜·安德烈耶芙娜——她的头发披了下来，面颊上泛起一层红晕。每次穆哈都睁开一只眼，怀疑地望望瓦尔瓦拉·加夫里洛芙娜，狺狺地叫两声。

塔吉雅娜·安德烈耶芙娜梦见，似乎她正在海岸上走，有一些白鸟在她头顶上方飞翔。鸟身上的绒毛落到她的衣服上，她抓住它，托在手掌上，朝它呵气，毛融化了，变成许多水滴，每一滴水珠中都有一个像大头针的头那么大的小太阳在闪闪发光。她把水珠抖落到地上，它们蹦蹦跳跳，滚来滚去，像门铃那样丁零丁零地响。

维尔美尔背着手摇风琴从塔吉雅娜·安德烈耶芙娜身边走过去。地上盖着那么厚的一层绒毛，因此塔吉雅娜·安德烈耶芙娜听不到他的脚步声——只有干得裂了缝的手摇风琴在吱吱呀呀地响。塔吉雅娜·安德烈耶芙娜跟在维尔美尔后面，他们走进一个阴暗的院子。维尔美尔在摇手摇风琴。手摇风琴像吹口哨那样奏出一个古老的曲调，维尔美尔用害伤风的嗓音唱道：

哭吧，山村里的美人们，
请设丧宴追悼我们的亡魂。
明天，带着最后一颗准确的子弹，
我们要离开高加索，从此远行。

塔吉雅娜·安德烈耶芙娜在笑。维尔美尔叫她别笑了，因为塔吉雅娜·安德烈耶芙娜在睡觉，只有野人才敢惊醒她。

她醒了，听到维尔美尔在生气地低声说："您上楼梯就像野人一样，真的！"

塔吉雅娜·安德烈耶芙娜没有睁开眼睛，就说："我没睡。您可以大声说话。我做了个多么荒唐的梦啊！"

"塔吉雅娜·安德烈耶芙娜，您愿意浪费三天时间吗？"维尔美尔从楼梯平台上问。

"做什么呢？"

她坐在地毯上，整理一下头发。她那双被梦洗净了的眼睛平静地闪闪发光。

"瞧，"维尔美尔让她看一封湿透了的信，"请我们去米哈依洛夫村住几天。请我们大家。"

“谁请我们？”

“我的朋友，研究普希金作品的专家什威采尔，是个很好的、挺爱说话的老头儿。愿意去吗？”

“又要去哪儿啊？”瓦尔瓦拉·加夫里洛芙娜大吃一惊，“去很远很远的地方？得了吧，尼古拉·根里霍维奇！”

“老大娘，亲爱的！”维尔美尔高声说，“一过了普斯科夫就是。一夜的路程。我们三个人一道去。把米沙也带着——我不在这儿，他就完全不听话了。”

塔吉雅娜·安德烈耶芙娜站了起来。

“好吧，”她说，“我倒很想去那儿住几天。”

“这么说，咱们去吗？”

“今天晚上走也行。”

“我喜欢茨冈人的生活！”维尔美尔提高声音说，“我喜欢在俄罗斯流浪！”

瓦尔瓦拉·加夫里洛芙娜稍有点儿难过。塔吉雅娜·安德烈耶芙娜本来可以在家里住二十天，现在其中三天已经不见了。可是没有工夫难过——得早点儿让大家吃晚饭。瓦尔瓦拉·加夫里洛芙娜忙碌起来，忘记了自己的伤心。

他们步行走到车站，坐进昏暗的车厢。列车在一些小站上耽搁了很长时间。在每一个小站，路灯杆上都点着煤油灯，都有一些穿黑色毡靴的车夫在月台上走来走去。和往常一样，坐夜车的时候，车厢里总是有吃奶的婴儿在哭，哭得喘不过气来。一个穿黄色粗呢上衣的年轻妇女在摇他，嘴里哼着几百年来母亲们一直在唱的那首歌曲。“啊——啊——啊——”她唱着，自己也在打盹儿。“啊——啊——啊——你，孩子，睡吧。”

在波尔霍夫，他们下了车，走上月台。根据列车员嘶哑的声音，根据被灯光照得雪亮的空荡荡的小食堂，根据踩在雪地上发出很响的咯吱咯吱的响声，还有，没有一家屋顶上升起炊烟。根据这一切迹象，都令人感到，已经是深夜了。有一个淡褐色头发的飞行员睡在小食堂里一张小桌子后面，柜台后坐着一个姑娘，皮袄上面罩着一件白罩衫，她正望着那个飞行员，面带微笑，睡眼惺忪。在城郊，有一个窗户里灯光摇曳，仿佛微带醉意，大概，屋里有病人——整座小城里只有这一个窗户里还有灯光。

在普斯科夫需要换车。列车于早晨五点钟到达。塔吉雅娜·安德烈耶芙娜、维尔美尔和帕霍莫夫在小食堂里喝了一杯清茶。

去米哈依洛夫村的列车还有两个小时才到。他们到城里去了。离开被烟熏成瓦灰色、好似游牧人临时宿营地的候车室，昏暗的街道上的空气似乎是清新的，飘散着一股很好闻的香味。

他们来到了内城。用灰色石块砌成的北方内城耸立在一座俯瞰大河的陡峭的山冈上。在深深的城门洞里、炮眼里、错综复杂的通道里，隐藏着上百年的黑暗。似乎觉得，从伊凡雷帝时代，黑暗就留在了这里，从那些低矮的房子里仿佛还飘散出神灯油和使人昏昏欲睡的气味。

“我喜欢在俄罗斯游荡。”维尔美尔叹了口气。

塔吉雅娜·安德烈耶芙娜仔细观看要塞的塔楼。塔顶宛如僧帽。塔楼干瘦，阴森森的。它们谴责在它们脚下所发生的一切：突然闪亮的汽车前灯，机车刺耳的汽笛声以及黎明时变得苍白的电灯。

由于暴风雪，共青团员们从普斯科夫到小城奥波奇卡的滑雪竞赛不得不延期举行。

瓦丽娅和她的女友尼娜·切尔年科为此感到不大愉快。她俩都是敖德萨大学的学生，是到普斯科夫来度寒假的。

她们很希望能在北方的树林里滑雪，但暴风雪已经猖獗了两天了。假期即将结束，不久就该动身回去了。

瓦丽娅回普斯科夫来看父亲——他在这里的一所中学里教地理。她把尼娜也带到了这儿。

尼娜还从未到过北方。她自出生以来几乎都和父亲一起住在敖德萨。她的母亲早已去世。父亲是一个商船队的船长，他对人冷淡、爱嘲笑人、不喜欢任何烦恼的事，他把一位远房亲戚——波琳娜姨妈请到家里来教养尼娜。

波琳娜姨妈是个很好动的人，长得并不好看，她经常无缘无故地激动不安，认为自己是个美人儿。她说，只是因为她太高傲了，所以没有结婚。曾经有一个在糖果厂里当过仓库管理员的鳏夫——杜瓦尔乔格鲁向她求婚。可是他是个希腊人，波琳娜姨妈却认为自己是一位世袭的俄国贵族。她不愿嫁给一个这样出身的人。

革命后，杜瓦尔乔格鲁到港口仓库里去工作了。他始终忠实于波琳娜，经常到她这儿来喝咖啡，谈谈政治。他很胖，也很邋遢。从过去的生活中只保留下一串已经有了裂纹的琥珀念珠。尼娜好像觉得，直到现在，杜瓦尔乔格鲁那件发光的黑色毛料西装上衣还散发着酥糖和土耳其糕点的香味。

在普斯科夫，尼娜和瓦丽娅曾多次踏着滑雪板奔跑，在去奥波奇卡旅行之前进行练习。尼娜一天比一天更加喜欢滑雪板滑过雪面冰凌的呼啸声，一天比一天更加喜欢飞也似的冲下陡峭的山坡，一天比一天更加喜欢对于滑雪运动员来说如此美妙的、并不寒冷的冬天，这也就像别人喜欢夏天一样。

正如所有的女伴们一样，尼娜和瓦丽娅也有她们自己小小的秘密。她们醉心于“手语”——有一个时期，北美的印第安人曾经使用过这种语言。一个外国水手送给尼娜的父亲一本论述这种语言的英文书，书上有近千种各式各样手势的图形。

尼娜和瓦丽娅只学会了“利斧”部族的六十种手势，但是这也足够她们彼此转达复杂的句子了。

波琳娜姨妈害怕这些手势，她把尼娜和瓦丽娅叫作“有精神病的小姑娘”。不了解情况的人都把姑娘们当作只会用手势说话的聋哑人。

有一些手势是她们所喜欢的，例如：“你一点儿精神也没有。”要表达这句话，就得用手掌从上向下在脸上抹一把，好像是在摸朝下耷拉着的湿头发，同时把嘴角向下一撇。还有一个含有讥笑意味的手势，这个手势叫作“真正的男子汉”。要这样做的时候，就得板起面孔，脸上毫无表情，翻转大拇指，压紧并不存在的烟斗中的烟草。

姑娘们用手势交谈，非常开心。有时，这种语言能让她们在不被周围人们发觉的情况下，彼此说一些这样的话：她们这一伙人里混进了一个傻瓜，或者是尼娜的夹发针从头发上掉下来了。尼娜的父亲不准她剪掉头发，在大学里，人们都知道她是一个把很长的金色辫子盘在头上的姑娘。

第三天快到晚上的时候，暴风雪停了，乌云涌向南方，碧空中出现了星星——严寒的报信者。

她们的邻居，参加旅行的列宁格勒大学生沃瓦·托尔布兴跑了来说，决定明天早晨七点钟出发。姑娘们开始准备起来。她们在煤油炉子上把滑雪板烘热，抹上有香味的黑色软膏，检查了滑雪板上的带子。她们很羡慕沃瓦，他的带子不是皮带，而是闪闪发光的镀镍弹簧。

她们睡得不好。半夜里尼娜几次起来看用小绳挂在气窗后面的寒暑表。那上面指出，温度是零下九度。越接近黎明，那个老挂钟嘀嗒嘀嗒的响声也越来越慢。“它走累了，还是怎么的呢？”尼娜想。

当挂钟慢慢走到了五点，尼娜叫醒了瓦丽娅。她们在冷飕飕的厨房里洗过脸，就在那儿的灯光下喝了点儿茶，于是穿着滑雪衫到街上去了。天色刚刚发蓝，大河后面，黎明渐渐来到茫茫雪原……

在城外，滑雪运动员们转向未开垦的土地，分成两排前进。越往前去，相互呼唤和笑声越来越少，森林把他们包围得越来越紧，终于，他们完全消失在茂密的密林之中。

树干上一碰就碎的黄苔，从雪下翘起来的高高的草茎，山雀的轻声鸣叫，悬在静止不动的空气中的扁平的雪花——尼娜好像觉得，这一切都不是真实的。

她站下来——滑雪板的辙迹通过一些密密麻麻的小深坑，小坑里有五个陷下去的爪子印。这是松鼠的脚印。就在这儿撒着一些赤杨的种子。它们好似一群在雪地上飞散开来的、很小的小黑鸟——每一颗种子都有两只翅膀。

道路沿着林间小路向下，通向被雪崩埋没了的谷地。前面的滑雪运动员扬起大片雪尘。林间小路越来越窄，不得不越来越经常地弯下腰，从树枝底下钻过去。每一个雪堆都好像是一个熊窝。

滑雪运动员们站住了。

“怎么回事？”瓦丽娅大声喊。

“在用指南针校正方向。”前排的人回答。

尼娜从白桦树上采了几串穗状花序，弄开其中的一个，里面完全是翠绿的，新鲜极了。

“难道是春天了吗？”尼娜想，她侧耳倾听——谷地里溪水潺潺，似乎那里融化了的水已经在流动了。

滑雪运动员们继续前进。陡峭的小路迫使他们以极快的速度滑行，耳边只听到呼呼的风声。必须在快速行进中转弯。尼娜已经不看两旁，她只看到前面那个滑雪手的背，竭力在他和自己之间保持一段安全的距离。每次她拖着滑雪杖，想要降低危险的滑行速度时，在她后面飞驰的瓦丽娅就大声喊：“尼娜，别这样！”滑雪杖掀起的雪打到瓦丽娅的脸上，妨碍她注视道路。

突然，下面卷起一阵白色的旋风。滑雪运动员们在全速行进中来了个急转弯，翻起积雪，停了下来。尼娜也停下来了，险些儿跌倒，不过她挺直了身子，满脸通红，感到莫名其妙。谷底有一条没有上冻的小溪，滑雪运动员们沿着溪边行走，想要找一个可以过去的地方。周围一切都仿佛进入冬眠状态，唯有小溪絮语不止，这使大家都觉得非常高兴。

过了小溪以后，开始上坡了。稍微休息了一会儿，尼娜从背囊里取出夹火腿的面包和橘子。她从来还没觉得火腿味道是这样鲜，而橘子却好像用糖酒和葡萄酒制成的混合饮料，冰冷的橘子汁冰得牙齿酸痛。尼娜把橘子皮放在一棵小枞树的树枝上——让林中的鸟儿们看了大吃一惊。

“你没有精神萎靡不振吗？”瓦丽娅用手势问。

尼娜笑了。

“你是莎尔薇格[1]。”瓦丽娅说。

“哪一个？”尼娜没听清楚。

“莎尔薇格，一个挪威的漂亮姑娘。你双颊绯红，好像在恋爱了。”

“你是个不健全的人。”尼娜回答。

森林到了尽头。前面丘陵起伏，丘陵上长着一模一样的松树。后来滑雪运动员们拉长距离，排成一列长队，沿着已经结冰的河流滑行了很久。日落时他们来到了一个小村子——它好像一只熊，它的呼吸在雪地里融化出一个灰色斑点，身上微微冒出热气。

他们在学校里过夜，睡在用课桌拼成的床铺上。很不习惯，但很愉快，只有一个滑雪运动员惹大家生气。他穿着靴子，他的军便服上挂着许多洋铁皮徽章，作为装饰。路上他一直在大声喊口令，看人的时候神情阴郁，说话声音刺耳，语言混乱。他把树林边缘叫作“可见线”，把脚步叫作“脚距”。在农村里，他和集体农庄的庄员们谈集体农庄制的优越性，其实是用毫无表情的声音重复那些大家都知道的标语口号。他认为这就是宣传鼓动工作。

集体农庄的庄员们看着他偷偷地笑，觉得很窘，替他感到不好意思。幸好因为他穿着靴子，磨破了脚，第二天早上用无座雪橇把他送到最近的一个火车站去了。滑雪运动员们中间立刻活跃起来，听到了笑声。以前，这个颧骨上肌肉凸起、低低的前额上布满皱纹、眼睛让人讨厌的人到处指手画脚，什么他都要管；现在，他不在了，雪、树林、天空、农村里那些淡黄头发的小男孩儿以及滑雪本身，似乎都比以前更美了，简直美

① 莎尔薇格是易卜生的诗剧《彼尔·金特》中的女主人公。

一百倍。

早晨，尼娜感觉到全身异常清洁，于是醒了。血红的太阳照耀着枞树树梢。白云缓缓升起，渐渐变成了玫瑰色。雄鸡争先恐后地匆匆啼叫，似乎每一只都竭力要最先把新的一天已经开始的消息告诉人们。

整整一天，尼娜、瓦丽娅和其他人都好像觉得，春天就在附近徘徊。雪花大概已经在地里发芽了——它们那像草一样淡淡的清香已经从雪底下渗透出来。

像地毯一样的雪原令人目眩，滑雪运动员们眯缝起眼睛，经常停下来，把下巴支在滑雪杖上，休息一下，眺望远方，那儿好像有什么在微微闪烁。

“大概是普希金山，”瓦丽娅说，“已经离得很近了。”

普希金山落到了一边。滑雪运动员们在向三山村滑去。

在那儿的旅行招待所里已经准备好了过夜的地方。

天黑以前他们就到了。招待所设在从前神父的家里——房子并不宽敞，楼梯很窄，有许多附属建筑，到处都生着炉子。窗外，普斯科夫的土地渐渐消失在暮霭之中。尼娜仿佛觉得，这片土地是由许多古老的花园、湖泊、陡峭的山冈以及蒙上一层霜花的密林毫无规则地混合在一起，构成了一个奇妙的整体。

尼娜和瓦丽娅换衣服的时候，听到滑雪运动员们在隔板后面和招待所主任谈话。主任是个好心肠的人，戴着眼镜，穿一件短皮袄。“从这儿到米哈依洛夫村，”他说，“总共只有两公里。瞧，就顺着那条路走。看到了吗？每天普希金都顺着这条路到我们三山村来。”

尼娜突然抱住瓦丽娅，把头靠在她的肩上，脸红了。

"你怎么啦？"瓦丽娅惊奇地问。

"不知道……"

瓦丽娅托着她的下巴，把她的头抬起来，严厉地说：

"你怎么了！哭了吗？就差还没哭了！"

"不，不，"尼娜急忙回答，"我很好。难道我和你真的是在三山村吗？"

"你认为呢？"

"你明白吗，我不知道，这会产生这样的作用。大概我早就梦想着看到这些地方了，可是甚至没有意识到我是在梦想着什么。"

"我们要在这儿待两天，"瓦丽娅说，"请你安静下来吧。"

她们来到了食堂里，那儿有两个农村姑娘给滑雪运动员们开饭。姑娘讲本地的土话："赫（黑）面包"，"恰（茶）"，"奥波兹（奇）卡"。这种齿音不清的话听起来似乎非常可爱。

吃完了饭，虽然天已经黑了，可尼娜、瓦丽娅和沃瓦·托尔布兴还是到米哈依洛夫村去了。招待所主任交给他们一张写给什威采尔的条子，请他带他们去参观博物馆。其余的人决定第二天早晨去米哈依洛夫村。

"这个什威采尔是什么人啊？"瓦丽娅问。

"唉，你呀！"沃瓦责备地说，"研究普希金作品的著名专家，一位教授。"

"不知怎的，甚至觉得有点儿不好意思。"尼娜说。

过了斜坡，道路沿着高大的松林边缘伸展过去，在这儿他们遇到了几个在这偏僻的地方样子显得很怪的人——一个愉快的小老头儿，一个穿着皮大衣的漂亮女人，还有一个沉默寡言的年轻人。沃瓦大胆走上前去，问那个老头儿，在什么地方能找到米哈依洛夫村的什威采尔教授。

“第一，什威采尔，这就是我；”老头儿回答，“第二，我不是教授，而且永远也不会成为教授。好吧，让我们认识认识吧。”

尼娜紧握着瓦丽娅的手，对她说：“你看看这个女人！”

“怎么呢？”瓦丽娅小声问。

“没认出来吗？”

“等一等，等一等，”瓦丽娅喃喃地说，“啊，对了，这好像是……”

“这是我们敖德萨的女演员塔吉雅娜·包布罗娃。”尼娜打断了她，“这真是巧遇！”

“好，你们来了，我很高兴。”什威采尔对姑娘们说，好像他们很早就是朋友了。“到我们那儿去吧，去喝杯茶，加上点儿本地的蜂蜜，然后我带你们去参观，想看什么，就看什么。”

他挽着姑娘们的手，大家一齐穿过树林，向庄园走去。沃瓦·托尔布兴感到很不好意思，慢慢地跟在后面。

姑娘们眼睛里闪着喜悦的光芒，望着塔吉雅娜·安德烈耶芙娜。塔吉雅娜已经准备打赌说准是她俩都梦想着成为演员了。她问她们有没有这个想法。姑娘们互相使了个眼色，笑了。

塔吉雅娜·安德烈耶芙娜得知姑娘们是敖德萨的大学生，非常高兴。她们一起回忆起十二月的十一级暴风，当时海里浊浪翻滚，一艘从西班牙共和国开来的货船“科英布拉号”停在碇泊场里，在风浪中颠簸。原来姑娘们也和塔吉雅娜·安德烈耶芙娜一样，每天早上都要跑到窗前，看看“科英布拉号”怎么样了——它是不是被刮跑了呢？看到轮船在暴风中绿色的咸水里摆动着，姑娘们这才放下心来。

尼娜有一会儿陷入沉思。瓦丽娅在森林里曾对她说，她，尼娜的双颊绯红，好像是恋爱了。尼娜没有爱上任何人，大概有一次她曾经打算爱上一个人，不过也许这只不过是她觉得如此而已……

她在剧院里看《女店主》[1]的时候，遇到了几个“科英布拉号”上的西班牙人。这是一些身体矮壮、肤色黝黑的人，只有一个人与众不同——他的头发是浅色的，人很瘦。他很腼腆而又过分匆忙地站起来，让尼娜走到她的座位上去。她很想认识，但拿不定主意。她只打听到了他的名字——拉蒙·彼烈罗——还有，他不是海员，而是作为一个乘客住在那艘西班牙轮船上。

后来她又在市图书馆里遇到过他，彼烈罗是到那儿去看法国报纸的。在图书馆里，尼娜给不大懂俄语的西班牙人帮了点儿忙，于是他们稍微交谈了几句。

在这出戏里，塔吉雅娜·安德烈耶芙娜扮演米兰多琳娜。尼娜决定现在向她打听一下拉蒙的情况。她听说，有人好几次看到他和演员们待在一起。但是当尼娜正打算喝茶时和塔吉雅娜·安德烈耶芙娜谈谈的时候，一刻也不肯安静下来的什威采尔却急不可耐，拖着大家去参观博物馆。

冬天里难得有这么多来参观的人，因此玛丽亚·普罗霍罗芙娜在所有的大厅里都点上了灯，有些地方，应什威采尔的请求，还点上了蜡烛。屋里不久前才生好炉子，可以在前室里脱掉皮大衣。

什威采尔帮着塔吉雅娜·安德烈耶芙娜和姑娘们脱掉外衣，当他看到，在那些古老的镜子、肖像画和安乐椅之间有三位盛装的妇女，并闻到

① 意大利著名剧作家哥尔多尼的著名喜剧。

一股淡淡的香水味，他感到高兴极了。他感觉到这是对普希金的特别关怀。塔吉雅娜·安德烈耶芙娜和姑娘们走进博物馆并不算高的大厅时，心情是那样激动，为此什威采尔对她们十分感激。

隔着宽大的窗子，塔吉雅娜·安德烈耶芙娜看到，月亮从索罗契河后面升上了灰蓝色的天空。她把月亮指给维尔美尔看。

“壮丽！”维尔美尔赞同地说，“阴郁，然而壮丽！”

大家参观了一间，又到另一间去。什威采尔在欣赏姑娘们和塔吉雅娜·安德烈耶芙娜，她们的眼睛里发出乌黑的闪光。什威采尔认为人的眼睛具有非常重大的意义。他认为，有些眼睛，只要朝它看一眼，你就会知道，这个人决不会碌碌终生。这些眼睛里有一种爱和纯洁的特殊光辉。

没有任何迹象预示，在后面一间房间里——就是几天之前什威采尔给维尔美尔写信的那间房间——会发生一件很奇怪的事。

塔吉雅娜·安德烈耶芙娜走进那间屋里，轻轻地“哎呀”了一声，就坐到门边的一把安乐椅上。姑娘们赶紧跑到她身边去。

“啊，没关系，别害怕，”塔吉雅娜·安德烈耶芙娜说，“真没想到会看见这幅画像。”

维尔美尔皱起眉头，看看莎斑斯卡娅的肖像，然后又看看塔吉雅娜·安德烈耶芙娜。他的眼睛里露出了得意的神情。他断断续续地命令说：“米沙，再端一盏灯来！”

帕霍莫夫从隔壁端来一盏灯，放到桌子上。

“不！”维尔美尔生气地说，“请您端着灯，举到头顶上。”

“你想出什么花样来了，尼古拉·根里霍维奇？”什威采尔快活地问。

维尔美尔没有回答。他拉着塔吉雅娜·安德烈耶芙娜的手，把她从安乐椅上拉起来，领到画像跟前。

“请您不要动！我需要核对一下。喂，米沙，把灯再举高一些。照着她们两个人。”

“您对面貌相像感到惊讶吗？”塔吉雅娜·安德烈耶芙娜问。

“对。这是惊人的！您简直是她的孪生姊妹。”

“要发表神秘论了。”什威采尔迟疑地、含糊不清地低声说。他和大家一样，对仿佛是由维尔美尔指出的景象感到惊讶。在明亮的灯光下，并排站着两位年轻妇女，她们是姊妹俩，然而她们中间却隔着一个世纪。

尼娜和瓦丽娅紧紧地互相偎依着。她们好像觉得，她们又变成了小姑娘，来到一个魔法师的家里，可是魔法师却变成了身穿天鹅绒上衣、脾气暴躁的老画家。

“不，我们不是孪生姊妹，”塔吉雅娜·安德烈耶芙娜说，“只不过卡罗琳娜·莎斑斯卡娅是我的外曾祖母罢了。”

“我的天哪！”什威采尔大声说，“这太妙了！”

他感到十分幸福。“谁知道呢，”他想，“也许，这一意外情况会导致很有意思的发现。”最近一段时间里他一直在梦想着这样的发现。

姑娘们忽然想起，她们该回三山村了。她们约好明天再见，如果明天见不到，那么一定要和塔吉雅娜·安德烈耶芙娜在敖德萨见面。

她们匆匆穿上外衣。在最后一分钟，尼娜看了看塔吉雅娜·安德烈耶芙娜的眼睛，自己脸红了，并且竭力让自己的语气听起来仿佛是相当冷淡的样子，高声问：

“您在敖德萨没遇到过一个人吗？他姓彼烈罗。”

“遇到过。怎么呢？”

“没什么……我只不过是想要知道，他是个什么样的人。”

“真的，我不知道，”塔吉雅娜·安德烈耶芙娜不乐意地回答，“好像是个大学生。”

尼娜朝塔吉雅娜·安德烈耶芙娜望了一眼，猜到：不应该问起彼烈罗。为什么呢？这一点她无法解释。

“请原谅。”尼娜说。

塔吉雅娜·安德烈耶芙娜惊恐地朝她望了一眼，她看得非常快，因此，除了尼娜，谁也没有注意。

帕霍莫夫和什威采尔去送青年们回三山村。塔吉雅娜·安德烈耶芙娜说她头痛，于是和维尔美尔一道回厢房去。她立刻脱了衣服，躺下了。

维尔美尔坐着喝茶，玛丽亚·普罗霍罗芙娜在用纸牌给他算卦。

“你会遇到一些挺伤脑筋的麻烦事，很早就独立生活了，”她装腔作势，发音不清地说，“可是在婚姻问题上不如意。不过以后在工作上会有成就的。”

“多么荒谬的胡说八道。”塔吉雅娜·安德烈耶芙娜想，“可是为什么头疼得这么厉害呢？”

为什么这个姑娘会和她谈起彼烈罗？为了什么呢？要知道，她什么也不会猜到的。所发生的事情只有两个人知道——塔吉雅娜·安德烈耶芙娜和彼烈罗。

塔吉雅娜·安德烈耶芙娜想要忘却所发生的事情，但这一愿望越是强烈，她就越是顽强地在想着彼烈罗。她有过错吗？当然，她有过错，可是怎样才能改正自己的错误呢？

“塔吉雅娜·安德烈耶芙娜，您睡了吗？”维尔美尔从饭厅里问。

塔吉雅娜·安德烈耶芙娜什么也没回答。她躺着，把脸埋在枕头里。

她几乎一夜没睡，望着窗框投射到地板上的阴影——是一个月夜，并且在想，一直在想个没完。彼烈罗出什么事了呢？总得把这件事弄清楚。

但塔吉雅娜·安德烈耶芙娜越想下去，就越是深信，事情是难以弄清的。如果把这件事讲给旁人听，人家决不会认为其中会有什么使人感到不安或深思的东西。世界上什么事情都可能发生！

每当塔吉雅娜·安德烈耶芙娜想起不久前发生的这件事，她都要哭。有什么办法呢，既然各人通向幸福的道路难得会合在一起。

彼烈罗二十二岁，塔吉雅娜·安德烈耶芙娜比他大十岁。他们是在欢迎西班牙海员的晚会上认识的。

彼烈罗是马德里大学的学生，他逃出了西班牙。在祖国，他还有一个弟弟——一个十一岁的孩子以及他的父亲——一位年老的律师。人们都管他叫“庄稼人的律师”。他总是代表那些傻头傻脑而又非常固执的农民们，为那些没完没了的土地诉讼案进行辩护。他很少能把官司打赢，即使打赢了，也只能从贫农主顾那里得到一点儿微不足道的酬金。有时他根本拒绝接受报酬。

他相信正义，虽然正义经常会从他手里悄悄地溜走。他那张很旧的写字台上方挂着里埃果[1]的照片，旁边是他已经去世的妻子——阿拉贡的一个农妇的照片。

从他儿子们小的时候起，他就向他们灌输这样的思想：人的使命就是为正义而斗争，他的孩子们的位置是在穷人的伟大友谊之中，而不是在贵

---

① 里埃果（1785—1823），西班牙革命家。

族们的客厅和内阁金碧辉煌的会客室里。他那套破旧的烟灰色西装上经常撒满廉价的雪茄烟灰，在律师席上他的同行之中，这套西装总是会引起温和的嘲笑。“彼烈罗是个土拨鼠。”他们这样议论他，“在基督教的最初几个世纪里，会把他当作圣徒。一个须发蓬松的好心人，不可救药而且十分固执，是个真正的卡斯提里亚[①]人！”

他生活俭朴。他允许自己和孩子们所参与的唯一娱乐活动，就是每年夏天到孩子母亲的故乡，一个遍地都是石头的、干旱的小村子里去。外祖父，一位百岁老人，住在那里。

村里的人与马德里的熟人们不同，只有在极端需要的情况下才和人说话。当然啦，得除去女人们。她们在泡沫飞溅的山间小河里洗衣服的时候，整天不住嘴地骂人。小河就在房屋的墙脚下喧哗。

拉蒙爱听小河喧哗，喜欢和父亲沿着河岸在远离村庄的地方慢慢散步，钓淡水鲑鱼。峭壁上长着黄色的硬草。天空总是晴朗的，然而是阴郁的。

内战开始的时候，拉蒙去构筑街垒，参加防守曼塞纳烈斯河上的大桥的战斗，父亲什么话也没说。他只是有生以来第一次为拉蒙画十字祝福，并且吻了吻他。这次亲吻在拉蒙的嘴唇上留下了已经变质的烟草味。

后来拉蒙受了伤，被送到瓦伦西亚，不得不从那儿乘“科英布拉号”货船远航。就这样，他没能和父亲以及弟弟曼努埃尔告别。弟弟大概是想念他了吧，可是……有什么办法呢？

一个伟大的北方国家收留了拉蒙。他的处境很困难，特别是在夜里，

---

① 卡斯提里亚，西班牙的一个省。

当他听到熟悉的山间小河的喧哗声而醒来的时候，他猜想，这不是小河的流水声，而是草原上的风声。早晨，拉蒙走上甲板——“科英布拉号”已经在这个大港上停泊了两个多月了——看到寒光中有一座巨大的城市，看到懒洋洋的波浪在冲刷着防波堤，还看到像流散开的墨水一样黑压压的远方。这剧烈的风就是从那儿，从北方吹来的。有时它会刮来雪花。雪花落在冷冰冰的水里，于是融化了。

由于这风，由于冰冷的舱壁，由于拉蒙只有一件旧大衣，他经常觉得很冷。终于在一个冬天的早晨，他已经不能起床了。轮船上的机师，和他同舱的邻居，把他们两人所有的一切暖和东西都盖到他的身上，可他身上的热度既不降低，也不增加。原来他经常发低烧，好像儿童被褥上微微发暖的热气。不久就明白了，拉蒙害上了肺病……

在欢迎西班牙海员的晚会上，塔吉雅娜·安德烈耶芙娜坐在拉蒙身旁。拉蒙能讲一口流利的法语，到晚会快结束时，他们已经成了朋友。拉蒙向塔吉雅娜·安德烈耶芙娜讲他的父亲、弟弟，讲阿拉贡省的农妇们洗衣服的那条山间小河。她开始可怜起这个瘦瘦的青年来，于是邀请他到她那儿去坐坐。

拉蒙越来越经常地到她那儿去。塔吉雅娜甚至用不着跟他说话，他可以整晚上蹲在炉边，用刀把柴劈细，修理坏了的电水壶。

塔吉雅娜·安德烈耶芙娜送给他一件暖和的高领绒线衫和一条围巾。她总是亲自给拉蒙把围巾在背后打一个结，就像是给小孩子围围巾，拉蒙总是抱歉地笑笑。后来塔吉雅娜·安德烈耶芙娜开始教拉蒙学俄语。

时光流逝。拉蒙回祖国的事连想也不要想。得学会俄语，以便工作。“科英布拉号”迟早要出航。海员们在做出海的准备工作——修理和清洗机器。拉蒙不知道该怎样给他们帮忙。

塔吉雅娜·安德烈耶芙娜未必注意到，当她看书的时候，拉蒙有时会偷偷地看着她。有一次，拉蒙从轮船上给她带来一篮老大的西班牙柠檬，柠檬之间还撒着一层层紫杉树枝，她生气了。从那以后拉蒙再没有给她送来过任何东西。

有一次，塔吉雅娜·安德烈耶芙娜要到郊区大喷泉的休养所去演出，她请拉蒙在晚上快到八点钟的时候到休养所去接她。音乐会结束了，拉蒙却没有来。塔吉雅娜·安德烈耶芙娜感到不放心了。冬天去喷泉的路上十分荒凉，电车经常是空车行驶。风在光秃秃的别墅区的花园里呼呼地吹，铅灰色的大海像回声一样，和风声互相应答着。

但拉蒙来了，他是走着来的，晚了半个小时。塔吉雅娜·安德烈耶芙娜责备地看了他一眼，说，他使她感到焦急不安了。拉蒙向她道歉。他说，他找不到汽车——显然，他的俄语说得不好，这一点妨碍了他——所以决定坐电车来。在离休养所两公里的地方，他就下了车。他想夜间在海岸上步行。

“这是为什么呢，拉蒙？”塔吉雅娜·安德烈耶芙娜问。

他们站在电车站附近的荒野里。除了他们和一个提着空篮子的老头儿，电车站上一个人也没有。可以看到在一个慢坡后面从远方渐渐驶近的电车上的灯光。

“我不知道，”拉蒙回答，“我想，这样的夜晚在荒凉的路上步行是多么好啊。道路向黑暗中伸展，越去越远，而我知道，那里，在这条道路的尽头——是您。我正在向您走去。您在呼唤我。这很好，好极了！”

电车仿佛径直从荒野里，从落满尘土的艾蒿丛里开了过来。提篮子的老头儿突然向拉蒙要烟抽，他拿了香烟，就走进荒野里去了。塔吉雅娜·安德烈耶芙娜觉得奇怪：他为什么要等电车呢？

他们在车上默默不语。在阿尔卡季附近，拉蒙说："咱们步行回城里去吧。"

他们下了车，在石头围墙之间走到海边。到冬天的时候，洋槐上除了刺，已经什么也没有了。树上的刺有时会钩住衣袖。

他们站在俯瞰大海的陡岸上。夜间空中乌云密布，下面传来大海凄凉的波涛声，飘来阵阵海贝的气味。远方轮船上的灯火轻轻摇晃，懒洋洋的，几乎是静止不动。海面上微波起伏，但毫无生气。

"这儿真好，"塔吉雅娜·安德烈耶芙娜说，"拉蒙，我们到这儿来，我很高兴。"

拉蒙用西班牙语回答她。塔吉雅娜·安德烈耶芙娜没有听懂，转身面对着他。他的声音喑哑，好像很吃力。她觉得这声音是陌生的，不由得后退了一步。

这时拉蒙抓住她的手，单膝跪在她面前潮湿的砾石上，用那同样喑哑、痛苦的声音很快地说，他爱她，如果不是现在，那么就是明天，反正他得把这一点告诉她，他活着不能没有她。

"请您立刻起来！"塔吉雅娜·安德烈耶芙娜大声喊。但拉蒙紧紧抱住她的双膝，把嘴唇贴到她的膝盖上。塔吉雅娜·安德烈耶芙娜很快弯下腰，松开拉蒙的双手。她的脑子里突然出现了愚蠢的回忆，想起那些夸张的西班牙小说。在这些小说里，男人们向女人求爱一定要双膝下跪，还想起了西班牙喜剧中的"斗篷和佩剑"，这时她自己突然笑了。

拉蒙跳起来，向下面，向大海跑去，塔吉雅娜·安德烈耶芙娜不再笑了。

“拉蒙！”她喊。但是他不回答。

“我的天哪，”塔吉雅娜·安德烈耶芙娜想，“这爱情的表白，还有这笑声，这一切是多么愚蠢！他为什么要这样做呢？他到哪里去了呀？”

她顺着陡峭的小路跌跌绊绊地往下走，向大海走去。脚下碎石纷纷撒落。黑暗中灰白色的巨浪默默地耸立起来，然后平面向下，挟着雷鸣般的巨响跌落到岸上。塔吉雅娜·安德烈耶芙娜的脚都湿透了。风在撕扯她的皮大衣，吹冷了衣服下面她的整个身体。

她几次呼唤拉蒙，但他没有回答。一条白狗不知在一堆腐烂的水草里刨什么。

由于感到遗憾，由于为拉蒙担心，塔吉雅娜·安德烈耶芙娜哭了——这个孩子什么事情都会做得出来的。只是到现在她才明白，他，一个外国人，是多么难以理解我们的单纯和朴实。

她怎么会没看出他在爱着她呢！而且，如果因为一个人和他的许多同胞一样，戏剧性已经成为他的第二天性，如果仅仅是因为这一点而嘲笑他，这是多么愚蠢、多么迟钝啊！

她沿着波浪拍击的海岸快步向城里、向乌云下天空发亮的那个方向走去，脚不时陷进被波浪冲洗干净的沙地里。天开始稀稀拉拉地下起雨来。

半夜她才回到家里，感到疲惫不堪，惘然若失。门把手上塞着一张字条。塔吉雅娜·安德烈耶芙娜把它取下来，就在那儿，在楼梯上暗淡的灯光下看了看。

字条是用法文写的。

“我诅咒您，”拉蒙写道，“现在我嘲笑一切，就像您嘲笑我一样。”

夜里塔吉雅娜又是发冷，又是发烧，第二天早晨她已经不能起床了。

她给拉蒙写了一封很短的信，寄到“科英布拉号”去。她请求拉蒙务必到她这儿来一趟，她在信上说，她病了。可是他既不回信，也没有来。

“等我好了，反正要把他拖到我这儿来，让他清醒过来，我们一定会再做朋友的。”塔吉雅娜·安德烈耶芙娜暗自决定。

但是等她恢复了健康，“科英布拉号”已经不在敖德萨了。它已驶往菲奥多西亚，停在那里的碇泊场上，等待着自己今后的命运。

塔吉雅娜·安德烈耶芙娜打听到，拉蒙在“科英布拉号”上，稍稍放心了点儿。她又决定给他写信，但是一开头写的那些话，她觉得枯燥无味，有点儿像教训人。最后她想，最好是暂时先不给他写信，等拉蒙最初的痛苦渐渐变得迟钝以后再说。

塔吉雅娜·安德烈耶芙娜恢复健康以后，过了两个星期就到诺夫戈罗德来了。

第二天，塔吉雅娜·安德烈耶芙娜头痛，躺了整整一天。维尔美尔、什威采尔来看过她几次。她从他们的眼睛里看出，他们都感到焦急不安，于是微笑着安慰他们说：“没关系，我有时是会这样的。”

早晨，滑雪运动员们来到了米哈依洛夫村，但什威采尔不让姑娘们到塔吉雅娜·安德烈耶芙娜这儿来——这时她刚好睡着了。

黄昏时，塔吉雅娜·安德烈耶芙娜醒了，有几分钟，她睁大眼睛扫视整个房间，回忆她是怎样来到这里的。头痛已经消失了。

隔壁屋里，什威采尔、维尔美尔和帕霍莫夫坐在被灯光照亮的桌边，正在小声交谈。

她喊了维尔美尔一声，请他把门关上——她完全好了，她要穿衣服。维尔美尔关上了门，隔壁屋里立刻喧闹起来。什威采尔笑了，维尔美尔开始用生气的声音向他证明什么，玛丽亚·普罗霍罗芙娜把茶炊端进屋来，她拖长每一个词，而且显然是卖弄风情地对维尔美尔说：“我用牌给您算了个命。您可以想象一下看，这么困难的一个牌阵，可是摆通了。”

“亲爱的，我不喜欢您的牌阵，”维尔美尔生气地说，“请您别缠着我了。”

塔吉雅娜·安德烈耶芙娜花了好长时间洗脸。没有灯，月亮照进窗来，水好似一条银白色的月光从水罐里倒进盆里。

塔吉雅娜·安德烈耶芙娜精神饱满，两颊绯红，走进隔壁那间房间。

什威采尔很想立刻就向她详细询问有关卡罗琳娜·莎斑斯卡娅的情况，但看到维尔美尔威胁的目光，所以没有作声。维尔美尔深信，塔吉雅娜·安德烈耶芙娜的头痛是由于昨天看到那幅肖像而引起的，因此禁止什威采尔谈起这件事。

“你，”他对什威采尔说，“这个倒霉的普希金专家！今天可不能缠着她谈什么莎斑斯卡娅，查问她的家谱！听见了吗？”

“真是胡闹！”什威采尔含糊不清地低声说，“好，好吧。不过你要明白，就像这样，一次偶然的相逢，有时能发现一些什么样的惊人的事物啊！”

“你来得及发现的。明天还有整整一天时间哩。”

什威采尔耸耸肩。

喝过茶以后，决定到森林去，往彼得罗夫村那个方向去——那里是普希金的外曾祖父汉尼拔[1]居住的庄园。

夜色清澈，空气仿佛是透明的，月亮低悬在道路上空。

寂静，深夜，奇怪的夜的光辉——甚至能看得见犹如路标一般挺立在雪中的干枯的蜡菊茎——这一切使塔吉雅娜·安德烈耶芙娜感到惊讶。她想，有一些事物能医治不幸，使人忘却委屈和挫折。她想起了拉蒙。瞧，这样的夜色，林间小路和林间空地一片银白，这正在和星辰的移动一齐慢慢走向遥远黎明的夜——不是吗，它能把宁静的心情归还给许多受尽折磨的人们。

黎明尚未到来，平原和森林上空甚至尚未露出蓝光。黎明还很遥远，还在大地的那一边。月光是黎明的唯一反光，毫无热情的、散漫的反光——从星球诞生以来在它死寂的铅灰色表面上对白天的一种反映。

维尔美尔停下来，望了望天空。

“当我还是个小孩子的时候，”他说，“我想，一夜就能数遍天上的星星。唉，米沙，米沙！我们一生都是在摆弄柏油，而不是在和颜色打交道。请您告诉我，用什么颜色能画出这样的夜空？我们所做的事情不值一提！”

大家都在高声说话，一直到登上溪山。从山上眺望，夜间的森林展现在眼前。森林耸立在一半已被积雪填平的山谷上面。这些树木在下面伸展开来，夜晚淡蓝色的空气充满林间，这是阴影、积雪的山洞、黑压压的针叶和沉睡不醒的庄严世界。

---

① 汉尼拔·阿勃拉姆·彼得罗维奇（约 1697—1781），俄国军事工程师和政治家，普希金的外曾祖父。

森林中传来一声刺耳的响声，好像是枪声。夜似乎战栗了一下，变得更明亮了。

“这是什么？”什威采尔惊恐地问。

“大概是有一棵树爆裂了，”帕霍莫夫说，“是冻裂的。总之，整个夜晚就好像是过冷却水。”

“又来了，米沙，又是您那一套，”维尔美尔嘟嘟囔囔地说，“真想知道，您还会想出什么来？”

帕霍莫夫不作声。

“喂，您是怎么了？”塔吉雅娜·安德烈耶芙娜责备地说，“您为什么不说话？”

“啊，没什么……我差点儿没有说出蠢话来。”

“那么请您只把这蠢话说给我一个人听吧。”塔吉雅娜·安德烈耶芙娜请求说。

“不值得。”

“不，请您说！”

“您知道什么是过冷却水吗？”

“不知道。”

“如果很小心地慢慢使水冷却，它很久都不会结冰。温度在冰点以下，然而水还是液体。可是只要用手指弹一下装着这种水的杯子，那么全部的水会一瞬间都变成冰。”

“这和夜有什么关系呢？”塔吉雅娜·安德烈耶芙娜问。

“是这样的……一直好像觉得，只要大喊一声，这夜就会立刻变成一大块黑色的冰，而我们就会都处于这块巨大的冰块之中。”

维尔美尔不自然地哈哈大笑起来。

“哈——哈！”他说，“再来一声：哈！”

他们在溪山站了好久。月亮向地面落下去，蒙上了一层微微发红的灰尘。什威采尔感到不安了。得回去了——月亮很快就要落下去，在黑暗中是很难找到道路的。

但什威采尔的恐惧是不必要的。星光照亮了道路，银河像一条灰尘横卧在空中，预兆不祥的土星十分明亮，但最美的是浅灰色的木星和在它旁边的三颗星。

谁也不想回屋里去。他们从公园里走过。枞树下十分昏暗，眼睛近视的什威采尔什么也看不见了。他们来到索罗契河岸，走近乳娘的小屋，朝小屋低矮的窗户里望了望。但除了玻璃上映出的星星，什么也看不见。

他们回到房屋前，在台阶上站了好长时间，直到漆黑的远方传来鸡啼声。

谁也不想睡。什威采尔把大家叫到他的房间里，从手提箱里取出两瓶格鲁吉亚红葡萄酒。

塔吉雅娜·安德烈耶芙娜和大家一起喝了红葡萄酒。什威采尔终于忍不住了，用恳求的声调说：

“现在请把您所知道的关于卡罗琳娜·莎斑斯卡娅的一切都讲给我们听听吧。”

“好的。”塔吉雅娜·安德烈耶芙娜答应了，可是看得出来，现在她不想谈这件事。“我的外曾祖父契尔科夫是龙骑兵军官，当普希金在敖德萨的那一年，我的外曾祖父正在敖德萨服役。当时有一位波兰美人儿卡罗琳娜·莎斑斯卡娅在敖德萨很有名气。也许有些事情我说得不对。我是根据妈妈的话述说的，而她有很多事情都忘记了。据说，莎斑斯卡娅是个性情古怪的女人，是一个真正的冒险家。”

“不错，是个相当有名的冒险家。”什威采尔证实说。

“你瞧，我有个什么样的亲戚呀。”塔吉雅娜·安德烈耶芙娜笑了。

“这其中有它的迷人之处，”维尔美尔说，“有才能的人才会是冒险家。”

“以后怎么样了呢？对……普希金爱上了莎斑斯卡娅。可是不知为什么她竟看中了我的外曾祖父，虽说他是一个很无聊而且反复无常的人。他和她结了婚，把她带到乡下，幽禁起来。据说她成了一个模范妻子。但是他刚一死，她就丢掉一切，连孩子也不要，到巴黎去，和一个大赌徒，一个意大利人生活在一起。他常常打她。后来他赌输了，服毒自尽。她死在收容无家可归的老太婆的收养所里。这就是一切。”

“不，不是一切，”什威采尔的眼睛在眼镜镜片下闪闪发光。“不，这还不是一切。故事才刚刚开始。”

“可是我再也不知道什么了。”

“你别性急。”维尔美尔警告说。

“首先，”什威采尔扬扬得意地说，“请允许我告诉你们，卡罗琳娜·莎斑斯卡娅有一个姐姐——汉斯卡娅伯爵夫人。在她的第一个丈夫去世以后，她嫁给了巴尔扎克！”什威采尔向大家扫视了一眼，想要看看，他的话对大家产生了什么印象。大家都等着他接下去会说什么。

“这么说，”什威采尔接下去说，“塔吉雅娜·安德烈耶芙娜，在相当大的程度上，您还是巴尔扎克的远亲哩。”

“名字的愚蠢的诱惑力！”维尔美尔生气地说，“你还是把它留给米沙和其他狂热的孩子们吧。说真的，当我不知道塔吉雅娜·安德烈耶芙娜是巴尔扎克的亲戚的时候，我待她和现在一样好。什么也没有改变。”

“可是这中间毕竟是有点儿什么，”什威采尔说，“而且它永远也不会不让我们感到激动。您认为呢，米沙？”

“我是什么呢？”帕霍莫夫冷笑了一声。“我是个狂热的黄口孺子。这种事情对我会发生强烈的作用。”

“现在，塔吉雅娜·安德烈耶芙娜，我要盘问您了。”什威采尔搓搓手。“除了您，您的外曾祖父还有后裔吗？”

“当然有啦。”

“其中还有人在世吗？”

“有，我的堂舅舅，契尔科夫的孙子。”

“他怎么样呢？”

“他住在基辅。他现在在干什么，我不知道。从前他是个纵酒作乐的人，还赌赛马。”

“这也是个不坏的亲戚嘛。”维尔美尔说。

“我们的家庭很明显地走上了两极分化的道路，”塔吉雅娜·安德烈耶芙娜不好意思地说，“我的外祖父和父亲都是并不富有的人。而家庭的另一支都是些乱七八糟的人，都是富翁。他们为我们感到羞耻，我们从来没有来往，谁也没见过谁。”

“您那位住在基辅的舅舅叫什么呢？”什威采尔问。

“好像是叫谢尔盖·彼得罗维奇·契尔科夫。”

“您知道他的地址吗？”

“不知道。”

“嗯，好的。现在再接着问下去。您没听您妈妈说过吗？你们家里，或者是这位住在基辅的舅舅那里，是不是留下了卡罗琳娜·莎斑斯卡娅的书信、东西或文件呢？”

“哈，开始了！”维尔美尔不满意地咕哝说，“普希金博物馆里的福尔摩斯。”

“我们什么也没有，”塔吉雅娜·安德烈耶芙娜回答，“也许这位舅舅那里留下了点儿什么东西。妈妈好像跟我说起过什么东西，好像是在他那儿保存着。一件很有意思的东西……等一等……不，怎么也想不起来了。多么遗憾！好像是世代相传的传家宝，纪念外曾祖母的——不过是什么呢？我忘记了。”

什威采尔感到的痛苦并不亚于塔吉雅娜·安德烈耶芙娜，她在苦苦地竭力回忆母亲跟她讲过什么。最后维尔美尔发火了。

“你该够了吧，谢苗！”他对什威采尔大声嚷，“鬼知道是什么！外曾祖母留下了一枚折断了的绿松石胸针，要么是一把用拔下来的鸵鸟毛做的扇子。可你们俩却要为了它绞尽脑汁！”

“我不喜欢一些什么都不懂的家伙这样过于自信地横加干涉！”什威采尔勃然大怒。“可是你该明白，糊涂老头儿，这儿，当然是有点儿冒险，究竟怎么样，还说不定，不过万一突然找到有关普希金的极其珍贵的资料呢。”

“万一什么也没有呢！”维尔美尔大声说，“这种词就应该从俄语中清除出去。万一！突然！无缘无故！好像晴天霹雳！要什么就有什么？啪一下子！啪一下子！这都不是认真的话，谢苗·里沃维奇。”

“你在胡说些什么呀！”什威采尔怜悯地摇摇头。“你自己到底懂不懂呢？”

争吵变得激烈起来。什威采尔像一只羽毛蓬松起来的麻雀，攻击维尔美尔，维尔美尔则用低音嗡嗡地说：“这位外曾祖母留下了一双能露出手指的半截破手套。你去写一部研究它的学术著作吧，去收集文件吧，用这些文件让全世界开开眼界。说不定普希金看到过这副手套，他的一部分目光已经化作这副手套上的某种物质了。”

“我的天，我的天哪！”什威采尔绝望地抱着头，呻吟说，“他在说什么呀！他在说些什么，这个厚颜无耻的老头子！”

塔吉雅娜·安德烈耶芙娜起初一声不响，后来笑了起来。维尔美尔和什威采尔都不作声了，困惑不解地凝望着她。后来什威采尔挥了挥手，维尔美尔却说：“什威采尔，你是个不可救药的怪人，不过见你的鬼去。我宽恕你。”

白天，运水工人斯杰帕把他那匹“马尔契克”[①]套在无座雪橇上，送大家到普希金山去。

雪橇不紧不慢地走着。村庄上空悬着微微发黄的轻烟。风吹得它摇摇摆摆，把它吹向地面。就是在田野里，也飘散着一股焦味。

从老远就能看到普希金山。山冈上是一片黑压压的修道院，大教堂灰色的墙壁上泥灰已经剥落，从泥灰下露出粉红色的砖头。

路上大家都冻坏了，所以先到入口处的茶馆里暖和一下。须发蓬乱的赶车的老头儿们在喝清茶，对着茶碟吹气。一只好斗的、脱了毛的公鸡在黏糊糊的地板上慢慢地走来走去。每次它找到一块踩脏了的果皮或一点

① 马的名字，意思是“小男孩儿”。

儿糖屑，它都拍拍翅膀，声音嘶哑地胜利地高声啼叫。老头儿们在谈论干草、严寒和新的皮马套。

离得较远的一张小桌子后面坐着一个高个子的、神情严峻的姑娘，和她并排坐着的是一个眼睛明亮的小伙子。他不时慢慢地拉着手风琴，用毫无希望的声调唱一首歌：

因为什么，为什么，究竟为了什么……

姑娘皱起眉头，生气地对小伙子说了些什么，他顺从地住了声。那姑娘敞着的皮袄下面是一件浅蓝色的印花布衣服，头上的白色头巾底下露出一绺黑发。

“啊，美人儿！”维尔美尔叹了口气。“要是有时间的话，我真想给她画幅肖像。”

姑娘显然听到了维尔美尔的话，微微一笑。

“因为什么，为什么，究竟为了什么……”小伙子又唱起来了，但是姑娘在他肩膀上捶了一拳，于是他呆头呆脑地不作声了。那只公鸡立刻在长凳底下拍拍撕破的翅膀，高声大叫起来。

“天晓得，”什威采尔说，“简直可以马上坐到这儿，写一场戏——《鲍里斯·戈都诺夫》① 中小酒店里的那场戏。”

他们从茶馆出来，步行到修道院去参观普希金墓。修道院墙下停着装干草的车队，一些喜鹊从无座雪橇上面飞过去，落到干草上，不知从干枯的草茎中啄什么。马在打盹儿，它们已经习惯于长时间等候自己的主人

---

①《鲍里斯·戈都诺夫》是普希金的名著。

了。合作社里散发出蒲席和木器胶的气味。

很难想象，在离这些装干草的雪橇、茶馆、卖报纸和日历的售货亭几步远的地方，就是普希金墓。塔吉雅娜·安德烈耶芙娜对什威采尔说出了这一想法，但是他回答说，普希金的坟墓恰恰是应该在这里，在这个偏僻的地方，在茫茫雪原和寒鸦之间，在这低低的天空下面。

当他们走进修道院院子的时候，塔吉雅娜·安德烈耶芙娜的心剧烈地跳动起来，好像是去赴第一次约会。天气阴沉，四周静悄悄的，她却觉得，这一天是她一生中最晴朗的日子。日积为月，月积成年，年又积累成了几十年，但是还从未有过像这天这样欢乐的一天，使人感到一种不可理解的心慌意乱，似乎整个心都揪紧了。这心慌意乱中包含着她的爱，如此巨大的爱，仿佛塔吉雅娜·安德烈耶芙娜带来了千千万万人激动的心情，带来了人民的极小一部分爱。心在疼痛，心在狂跳，喉咙梗塞，塔吉雅娜·安德烈耶芙娜竭力忍着不让自己抽噎起来。

坟墓在大教堂里祭坛突出部分的后面。现在还看不到，但大家好像商量好了似的，都站住了。

“这就是他的生命的‘亲爱的疆界’。”维尔美尔喃喃地说。

塔吉雅娜·安德烈耶芙娜很快绕到祭坛突出部分的后面，看到了一块用白色石头做的普通墓碑。她的心里仿佛有什么突然断裂了，她用双手紧紧地捂着脸，放声痛哭起来。

她自己也不知道，这泪是为什么而流的。这泪中混合有喜悦，也含有这些想法：普希金并不是神话，这个可爱的、愉快的人曾生活在这个天空底下，曾在这些道路上行走，他的嘴唇说过的也就是我们现在所说的语言，可是不知为什么这些语言却具有令人痛苦的力量和迷人的魅力。

她哭，是因为，在我们这困难的、然而是美好的生活中，他已经不和我们在一起了；她哭，也是为了自己的痛苦，一个女人的痛苦，一个没有找到爱情、在爱她的人们中间感到孤独的女人的痛苦。

后来她站起来，走近悬崖，背对着大家站了很久。望着山冈下面的道路，路上大车一辆接一辆，鱼贯而行。马身上冒出一团团蒸汽。穿厚呢上衣的车夫们挥着鞭子在路边行走。当车队走近坟冈的时候，车夫们一个跟一个摘下帽子，望着上面，望着围墙后面，那里坟墓上的圆柱子闪着白光。

塔吉雅娜·安德烈耶芙娜回转身来。谁也没看着她。大家都在看着白色的墓碑，石碑上刻着："亚历山大·谢尔盖耶维奇·普希金"。

"他们好像是为我流泪而感到不好意思了。"塔吉雅娜·安德烈耶芙娜想，"也许他们认为，在这儿不能、也不需要流泪吧。唉，由它去，由它去吧！"

她一点儿也不觉得不好意思。恰恰相反，她用不着克制，如果她哭得更久，那还要好得多，因为这完全不是痛苦的眼泪，而是会使人恢复精神的眼泪。

她想起了她的丈夫，他认为眼泪是庸俗习气，是滥用感情的表现。他看书的时候，总是在所有有人哭过的那些地方，用铅笔气愤地在旁边打上许多惊叹号和问号。

什威采尔走到塔吉雅娜·安德烈耶芙娜跟前来："怎么样，咱们走吧？可惜，已经该走了。"

从普希金墓回去的时候，塔吉雅娜·安德烈耶芙娜终于记起了母亲很久以前所讲的关于基辅的那个舅舅的故事。他的案头总是挂着一幅普希金的肖像。舅舅不愿把这幅肖像卖给任何人——他保留着它，准备在困难的时候用它来救急。

斯杰帕把大家从普希金山送到三山村的火车站。车站上路灯已经亮了。

在等火车的时候，塔吉雅娜·安德烈耶芙娜把有关画像的事告诉了什威采尔。什威采尔陷入沉思。他竭力回忆，文献中有没有提到过一幅已经遗失的普希金画像，可是他什么也没能记起来，而且也顾不得多想——列车已经到了。

什威采尔和大家热烈地吻别。塔吉雅娜·安德烈耶芙娜立刻感到累了。她事先就觉得，回去的路上是不舒服的。车厢里烟雾腾腾，一股香烟味，喝得微带醉意的人们吵吵嚷嚷。

她真高兴立刻和大家一道回米哈依洛夫村去，在公园里散散步，坐在炉火正旺的炉边的地板上看看书……但她立刻记起了不知是什么人的英明忠告——永远不要回到一个人曾感到幸福的地方去。

塔吉雅娜·安德烈耶芙娜对什威采尔笑了笑。他站在雪地上，站在从车厢平台照射下去的一条微弱的光带里。三天来，这个身材矮小、激动不安、很爱说话的什威采尔已经成了她的“自己人”。她喜欢什威采尔的孩子脾气，喜欢他对一件事情会不假思索地入迷，喜欢他的骑士精神和对他自己的嘲讽态度。

列车开动了。塔吉雅娜·安德烈耶芙娜走进了车厢。

斯杰帕送什威采尔回米哈伊洛夫村去。每到转弯的地方，无座雪橇都滑得很快。什威采尔竭力想在黑暗中猜出不久前他们经过的那些地方。回忆时，他总是会开始感到忧郁。他害怕忧郁。它是慢慢地悄悄到来，然而会控制他的所有思想，使他变得软弱无力，这是那种十分复杂的忧郁，这时，一个人会希望不仅能重新体验刚刚结束的一切美好事物，而且希望能使它延长，几乎永无尽止地延长下去。

“结束了，”什威采尔说，“无论是森林中的夜晚、塔吉雅娜·安德烈耶芙娜的眼泪，还是和维尔美尔的争吵，以及那些腼腆的滑雪的姑娘们——一切，你都无法使它们回来了。”

当他回来的时候，屋里还有一股轻微的香水味。一瓶格鲁吉亚红葡萄酒的瓶底上还剩着一点儿残酒。什威采尔把它倒在杯子里，喝干了。随后，他穿上大衣，到大房间去，点上蜡烛，对着莎斑斯卡娅的画像细看了好久。

第二天什威采尔翻遍有关普希金的各种材料，找到了一本直到现在他还不知道的笔记。据诗人图曼斯基说，有一个敖德萨的海关官员潘科夫曾经对笔记的作者说过，普希金和卡罗琳娜·莎斑斯卡娅分手的时候，曾经把自己的一幅肖像送给了她。肖像是当时住在敖德萨的一个意大利画家画的。画像上的普希金用胳膊肘靠在凉台的石头栏杆上。他的一只手里拿着一张纸，上面写着一首献给卡罗琳娜·莎斑斯卡娅的诗。据说画家似乎是在这张纸上用黑色描出了这首诗的头两行诗句。

什威采尔激动地在屋里来来回回走了很久。他觉得，他好像已经掌握了可靠的线索。塔吉雅娜·安德烈耶芙娜说得不错。这幅肖像由莎斑斯卡娅转到了儿子的手中，然后又到了契尔科夫的孙子手里。显然，画像是在基辅。

“不过也许，”什威采尔想，他站住了，“也许这幅画像上还有大家都不知道的普希金的话吧！”

他立刻坐到桌边，给维尔美尔写信，说是他离开米哈依洛夫村以后，要到基辅去寻找那幅画像。

在菲奥多西亚，有一个胖胖的、已经不算年轻，但还相当漂亮的卡拉伊姆女人来找“比萨拉比亚号”内燃机船上的船长切尔年科——她是当地肺病疗养院的护士。她愉快地微笑着说，她要护送一个叫拉蒙·彼烈罗的生病的西班牙侨民到雅尔塔去，送他去山上的疗养院。护士请求让病人住在一间温暖、舒适的船舱里。

“他是一个非常可爱的人，这个西班牙人。”她说，“可是您要知道，他的病已经到了晚期。太可惜了！”

船长叫来了助手，吩咐打开隔离室——供病人居住的舱房，但忍不住对护士说，现在天气完全不适宜旅行，海上有九级风暴，最好是等下一班船走。

“啊，看您说的，”护士顽皮地说，“我非常喜欢风暴。”

“我不是说您，我说的是病人，”切尔年科严厉地回答。他立刻就感到不喜欢这个华丽的，而且显然十分机灵的女人。

“我是执行主任医生的命令，”护士见怪了，“您以为我自己有兴趣吗？”

船长站了起来。护士脸上带着满腹委屈的样子走了出去。

刮起了东北风。甲板上没有可以避风的地方。风吹得船舷上结了冰，它在缆索间凶恶地呼啸着，使人听了心都会紧缩起来。海里掀起一排排强大的巨浪。地平线上笼罩着暗淡的铅灰色烟雾。

第一声汽笛响过以后，卫生员用担架从舷梯上把裹得严严实实的病人抬上船来。护士跟在后面，有一个身材矮小、戴夹鼻眼镜的人为她送行。

她管他叫柳夏。当内燃机船启碇时，柳夏对护士大声喊，叫她从雅尔塔多带点儿可可回来。

船长和二副站在船长台上。发报机断断续续地嗒嗒响着。从声音嘶哑的烟囱里喷出的烟被抛到防波堤上。

“典型的骗子！”二副望着那个戴夹鼻眼镜的人说。

船长什么也没回答。内燃机船离开了港口，风从左面、从海上猛吹了过来。缆索在吼叫。老大的水珠像霰弹一样打到脸上。“比萨拉比亚号”发出轧轧的响声，慢慢地斜着向波浪中驶去。

他们从“科英布拉号”旁边驶过。船上铁链哗啦哗啦地响，圆形的铁船头在东一下西一下地向干燥的海岸点头。有一些人站在“科英布拉号”上望着“比萨拉比亚”，挥动黑色的无檐帽。

“他们在送别，”二副说，“他是海员吗？”

“不像，”船长回答，“这样的命运！”

拉蒙躺在船舱里，他好像觉得，在厚厚的舷窗外面，在发出隆隆巨响的铁船舷外面，白天和黑夜在进行一场大搏斗。夜正在渐渐地获胜。它闯入白天，用黑暗淹没低低的天空和波涛汹涌的大海之间的一切空间，但风不让它把光彻底排挤出去。风绝望地把黑暗切碎，撕成碎片，扔到一边。当船舱里变黑了的时候，拉蒙知道，这是风吹来了一大片黑暗，不久还会再亮起来的。

但黑暗越来越浓。渐渐地，先是船舱门，后来是洗脸盆，然后是桌子，都在黑暗中消失了，只剩下了一个舷窗——好像一只含有很多水分的灰眼睛，后来它也消失了。现在拉蒙看到的唯一东西，是放在被子上的、他自己的白色的手。

护士进来，扭亮微微发黄的电灯，让他从瓷制长嘴喂水器里喝一种略带酸味的粉红色的水，并且说："好大的风暴！可怕，简直像梦幻中一样可怕！"

拉蒙闭上了眼。他不愿意看这个面颊红润的女人，她那双鼓出来的眼睛仿佛油腻腻的。他想要思索，不断地思索。摇晃并不碍他的事。木床的床帮很高，颠簸使他一会儿靠到这一边、一会儿靠到那一边的床帮上。

"您要是想吃的话，我给您送点儿吃的东西来。"护士说。

"不，"拉蒙说，"谢谢。"

"我的天哪，您让我多么伤心啊！"护士装作责备似的提高声音说。但是拉蒙一声不响，也不睁眼。护士叹了口气，出去了。

头疼，透过风暴的喧嚣，拉蒙听到一种很轻的尖叫声，好像是蚊子的声音。每次一听到这讨厌的声音，就开始觉得头痛。拉蒙强忍着不咳嗽。他害怕咳嗽。他害怕呼啸的空气，害怕出汗和简直会叫人昏厥的忧郁。每咳过一阵以后，就会感到这样的忧郁。

拉蒙没有睁开眼睛。他好像觉得，黑暗一会儿拉长，一会儿缩紧，节奏均匀。

为了忘记这伸缩自如、让人极其讨厌的黑暗，拉蒙开始出声地自言自语起来。

他把小弟弟曼努埃尔叫过来，给他拉正那条唯一的漂亮领带。曼努埃尔低下眼睛，微微一笑——他为这条领带感到非常骄傲。随后拉蒙掏出梳子，给曼努埃尔梳梳头发。"你上哪儿去？"他问孩子。"我想去看电影，"曼努埃尔回答，"可以吗？那儿要上映《白雪公主》。""好，有什么呢，去吧。"拉蒙说，说着摸了摸曼努埃尔柔软的头发。"你为什么不跟我一道去呢？”曼努埃尔问。“我不能去。你看到的，我正躺着。如果我静静地躺着，一动不动，我就会恢复健康，回家去，我们就大家一起到外祖父那儿去住几天，休息休息，钓淡水鲑鱼。”“父亲、你和我，是吗？”曼努埃尔问。“对，父亲、你和我。还有一个女的。她也许希望能代替你的母亲。”“她是个俄国人吗？”“对，她是俄国人。”“我在书上看到，俄国女人心地都很好。”曼努埃尔想了想，说。“世界上再没有比她们心肠更好、更美丽的人了，小傻瓜。好，去吧。”曼努埃尔走了。

不知是什么东西像炮弹一样在外面爆炸了，不过不管这是多么奇怪，它却只打碎了一只玻璃杯。拉蒙睁开了眼。船舱在慢慢地倾斜，碎玻璃片在地上闪闪发光。轮船的螺旋桨在船尾后面的空气中旋转，震动舱壁。拉蒙等待螺旋桨没入深水之中，又闭上了眼。

“不，”他说，“我知道是这样的。只是得再稍微多活一些时候，好证实我是对的。幸福总是会获得胜利。父亲，你说：血流成河！在炎热的日子里血的河流会干涸，黑色的土地上最先开放的将是一朵完全不被人注意的野花。新的世纪就是这样开始的——公正的世纪，聪明的劳动和安宁的世纪。既然人们自愿为了它去死——那么它是一定会到来的。你不该摇头，永远要有信心，不然的话你就无须活在这个世界上了。对卑鄙的事情，过去我们从来不能习惯，将来也绝不会习惯的。对于愚蠢的事情，也是一样。它们一定会被消灭，即使这得付出千百万人的生命作为代价。”“睡吧，别担心，”父亲说，“你不会再受很久的罪了，很快就到雅尔塔了。”

拉蒙睁开了眼。船舱里站着一个人，他身体健壮，头发花白，穿着黑色的船长制服大衣。他向拉蒙弯下腰来，说：

“再过两小时就到雅尔塔了。只剩了微不足道的一点儿航程。您的护士晕船，所以我来了。您在这儿觉得舒服吗？”

拉蒙点点头。

“谢谢，”他慢慢地说，“我刚刚看到了我的小弟弟。他和父亲留在马德里。他们知道我在这儿很好。”

船长走了。拉蒙欠起身来，扭了扭自己头顶上面的开关。电灯熄了，但是有一瞬间，灯泡里面还有一根黄丝在隐隐燃烧。后来它也熄灭了。一片黑暗，让人感到可怕。风暴的喧嚣声更厉害了。从单调均匀的嗡嗡声变成了许许多多吓人的声音。舱壁在轧轧地响，挂钩上的小螺丝钉松动了，发出咔咔的响声，叮叮当当，是铁器碰撞的声音，还有哗哗的流水声。

拉蒙小心翼翼地在床上坐起来，看了看舷窗。乌黑的玻璃上，一条明亮的红光自下而上一闪而过，红光周围有一圈彩虹般的光晕。拉蒙等待着。火光又划过舷窗，不过现在是自上而下了。这是灯塔的光。

拉蒙又开开电灯，叹了口气，躺下了。这么说，当真是快到雅尔塔了。他仔细看看这间船舱，心想：为什么是舱壁上这死气沉沉、略带浅绿色的白色，以及这冷冰冰的、像搪瓷似的颜色，伴送着那生命已经屈指可数的人呢？为什么要有这种沮丧的气氛？难道已经不会有足够的时间，再让她那双纤细然而有力的手给他的脖子围上暖和的围巾，并打一个结吗？她笑，是因为她不知道他是多么爱她，胜过他爱年老的父亲，或许也胜过他爱曼努埃尔。应该老老实实地对她这样说，而不该像跪在圣母像前那样跪倒在她的脚下。甚至什么也不需要说，而是就这样留在她的身边。那么，大概现在他就不致奄奄一息，待在这艘铁轮船上了。

突然头顶上汽笛响了起来。拉蒙欠起身来，望望舷窗。几十道模模糊糊的灯光在水中颤动。船已经不摇晃了。机器小心翼翼地抖动着，仍在运转。

过了半个钟头，身上裹着被子的拉蒙被抬上了救护车。护士脸上皮肤松弛，一脸很不满意的神气，坐在旁边。在去疗养院的路上，她一句话也没说。

好长时间汽车在像花园似的街道上绕来绕去。稀稀拉拉的路灯在叶丛中闪着光。后来汽车驶进山中，进了一片森林，森林是那样高，在乌云缝隙里惊恐地闪闪烁烁的星星，好像比松树的树梢还低。

拉蒙闻到了树皮和潮湿的碎石子的苦味，懒洋洋的庄严的隆隆声仿佛正从山上慢慢地滚下来——就连这里也感到了风暴的气息。

拉蒙被抬进了山上的房子，抬进一间屋里，窗外，一棵百年的山毛榉几乎碰到了窗子上的玻璃，这时拉蒙问一个年轻的医生：

“也许，在这儿我真的会恢复健康吧？”

“谁也不是到我们这儿来等死的。”医生回答。

第一天晚上拉蒙就喜欢上了这所疗养院里的一切——那些和蔼可亲、上了年纪的女卫生员，手里拿着一本书到他床前来的医生，还有，有人在弹钢琴，就连下面客厅里那幅已经完全发黑的古老的画像，也让他觉得喜欢。当担架在地板上停放了一会儿，他和医生谈话的时候，他注意到了这幅画像。画像上画的是一个年轻人，他的脸生气勃勃，可是并不美。

从诺夫戈罗德动身前两天，塔吉雅娜·安德烈耶芙娜到城里去，到沃尔霍夫河边去散散步，顺便到鞋匠那儿去缝上掉了的鞋扣。

瓦尔瓦拉·加夫里洛芙娜花了好长时间向她说明，怎样才能找到鞋匠华西里的房子。他住在费道尔·斯特拉季拉特教堂后面，在一条有很多鸽子的小巷子里。

“这是哪一个华西里？”塔吉雅娜·安德烈耶芙娜问，“是麻子吗？”

“对，对，是麻子，”瓦尔瓦拉·加夫里洛芙娜高兴地说，“你在这儿的时候，他的一只耳朵上总是戴着个银耳环。还记得吗？只不过不久以前他不戴了。他说，现在他不是戴耳环的年纪了。”

“他，这个华西里是个爱钓鱼的吗？”

“这我就不知道了。”

“现在我想起来了，每天晚上他都拿着钓竿坐在岸边的木台上。你总是从他那儿买鱼呀，妈妈。”

“是个爱说笑话的人，喜欢跟人说话，”瓦尔瓦拉·加夫里洛芙娜说，“对什么事情都有他自己编出来的一套说法。”

塔吉雅娜·安德烈耶芙娜慢慢地走着。最近几天路上已经开始化冻，只是到傍晚才蒙上一层薄薄的冰壳。老大的太阳在低空中照耀着，阳光正照到脸上。由于黄色的阳光，眼前的一切都变模糊了。

在沃尔霍夫河的桥上，塔吉雅娜·安德烈耶芙娜遇到了帕霍莫夫。他总是使她联想起那些忍饥挨饿，然而很幸福的法国画家——他可爱、腼腆，穿一件破旧的大衣，戴一副织补过的鸭掌手套。

帕霍莫夫对塔吉雅娜·安德烈耶芙娜拘谨地笑了笑。看来，他对于这次相逢感到有点儿窘。

以前塔吉雅娜·安德烈耶芙娜没有发现他会发窘——也许这是以前他们从未单独在一起的缘故。

“请您陪陪我，”塔吉雅娜·安德烈耶芙娜请求说，“要是尼古拉·根里霍维奇骂您，一切罪过都由我来承担。”

帕霍莫夫立刻就答应了。他们并肩走着。

“瞧，假期已经结束了，”塔吉雅娜·安德烈耶芙娜说，“又是敖德萨、剧院、排演、演员们的谈话。我的天哪，多么不想走哇！喂，怎么样？您在这儿工作还好吗？”

“奇妙的城市，”帕霍莫夫说，“美丽如画，可是非常严峻。”

“要是您在夏天到诺夫戈罗德来就好了，”塔吉雅娜·安德烈耶芙娜叹了口气。“您来吗？啊？当菩提树繁花盛开的时候，花香会熏得人头痛。我是生在这儿，在这儿长大的，但是在白夜，我从来不相信这一切都是真的。你在城里走，好像是在深水底下。”塔吉雅娜·安德烈耶芙娜不作声了。“当我是个小姑娘的时候，我曾经在深夜坐着小船到伊尔明湖去，到黎明才回来。”

“一个人吗？”帕霍莫夫问。

“对，总是一个人。那时候我不需要任何人。现在我懂得了，这样孤独地度过童年是不好的。当我回想起这件事的时候，我甚至可怜自己。不是非常可怜，不过到底是觉得可怜。”

“我也是这样，”帕霍莫夫回答，“我是独自一个人长大的。和您一样。”

“那现在呢？”

“大概现在也是这样。也许，这永远也不会成为过去。”

“是啊，”塔吉雅娜·安德烈耶芙娜忧郁地表示赞同，“不会成为过去。因此永远是既有更多的悲伤，也有更多的欢乐。”

“大概更多的是悲伤，”帕霍莫夫回答，“像您这样的人，太过于留恋转瞬即逝的美好事物了。以后会付出高昂的代价的。”

“这您是怎么知道的呢？”塔吉雅娜·安德烈耶芙娜问。

“就是这样，看出来的。”

“照您看，这不好吗？”

“不，恰恰相反。”

“啊，谢天谢地。”塔吉雅娜·安德烈耶芙娜叹了口气。“我却已经感到害怕了。一般说来，您当然是对的。我的记忆里总是只留下我生活中个别的美好时刻。”

“举例来说说？”帕霍莫夫问。

“您看，”塔吉雅娜·安德烈耶芙娜失望地说，“难道能一下子把什么都告诉您吗？”

她想，再过两天，等列车一离开绿色的小火车站，帕霍莫夫就也将成为她那些美好的回忆之一了。

费道尔·斯特拉季拉特教堂附近有些小男孩儿在玩雪球，互相追逐。鸽子在房顶上面飞翔。塔吉雅娜·安德烈耶芙娜问那些孩子，鞋匠华西里住在哪里。

跑得气喘吁吁的小孩子们用衣袖擦着鼻子，一大群人把塔吉雅娜·安德烈耶芙娜和帕霍莫夫领到了麻脸的华西里那里。

华西里个子很矮，一头乱蓬蓬的花白头发，他拿着塔吉雅娜·安德烈耶芙娜的鞋子细看了好久，用他老大的黑手指把它转过来转过去。在他的手里，那只鞋子好像是用香烟纸做的。

“这——样！”华西里很凶地说，“这么说，您是喜欢过轻松的生活吗？”

“为什么呢？”塔吉雅娜·安德烈耶芙娜惊讶地问。

“大家都知道为什么。要知道，这不是鞋子，这只不过是人的创造性的幻想罢了。穿着它只能在天鹅绒上行走，而不能在地上走路。没有肉体的鞋子，鞋子的灵魂！立刻就能看出，做这双鞋子的工匠，脑瓜儿是很值钱的，这玩意儿做了是作装饰品的，是为了让生活轻松愉快。”

“我有点儿不懂。”塔吉雅娜·安德烈耶芙娜说。

“唉，你呀，我亲爱的，”华西里温和地说，“你们俩都坐下呀，干吗站着呢？我亲爱的主顾，这活儿做起来只要一分钟就够了，可是可以看上一昼夜。这只鞋子该放到玻璃罩里，放到美术陈列馆里去。”

他在他的凳子上翻寻了一阵，找出了一只小锥子来。

“四面八方，”华西里叹了口气，“到处都是欢喜轻松的生活。伟大的现象，会把山都搬动的！你想想看，如今人们穿的是什么样的鞋子。我们的祖父、祖母那一辈人穿的是什么样的鞋子，那种旧鞋子沉甸甸的，很有分量，粗糙得可怕。人穿着它踩在地上咕咚咕咚地响，像熊一样践踏它。它踩过的地方，草都不长。可现在走路，脚步像飞一样，如今人总是想要走得那么轻快，在水里也能走，别说是在地上了。应该为这感到高兴。脚步轻盈，这就要求我，作鞋匠的，做出的鞋子小巧玲珑。”华西里开始小心翼翼地慢慢摆弄那只鞋子。“为了这样的妻子，什么也不会舍不得的，”他皱着眉头朝帕霍莫夫看了一眼，嘟嘟囔囔地说，“用温暖的风裹住她的身体，用寒冷的冬天染红她的脸蛋儿——我们的童话里就有这样一段楔子。”

塔吉雅娜·安德烈耶芙娜脸红了，很快地望了望帕霍莫夫。

什威采尔接到了一张从基辅寄来的明信片——居民住址问讯处对他的查询的答复。明信片上写着：谢尔盖·彼得罗维奇·契尔科夫，职业是钢琴校音师，住在基辅里沃夫街。

什威采尔不久回到了列宁格勒，很快准备好行装，动身到基辅去了。

谢拉菲玛·马克西莫芙娜对他这次出门很不满意。什威采尔从米哈依洛夫村回来的时候有点儿古怪——答非所问，经常是连她问的是什么都没听见。在动身去基辅的那天，他平生第一次对她说，不能像他们这样，生活过得这么不舒服——他们这儿不是住宅，而是病房。谢拉菲玛·马克西莫芙娜盯着丈夫看了一眼，可是没有说话。幸好维尔美尔不在列宁格勒——至今还待在诺夫戈罗德——没有人支持什威采尔的这种古怪情绪。

谢拉菲玛·马克西莫芙娜也不喜欢什威采尔又匆匆出门。“他总是喜欢茨冈人的生活。一向如此！”她想。

只是在车站上为他送行的时候，谢拉菲玛·马克西莫芙娜才终于问他，出什么事了。什威采尔抱歉地看看她的眼睛。

“不知道，”他说，“也许是我觉得无聊吧？我和你生活太顺当，太缺少波折了。”

谢拉菲玛·马克西莫芙娜耸耸肩。

“你试试看，就凭你这个老爷身体，去过快活日子吧。恐怕你老早就不在这个世界上了。”

“我想的不是快活。”什威采尔说。

可是谢拉菲玛·马克西莫芙娜没有回答，谈话中断了。

正是二月初。每一个钟头，一切都在发生变化。一会儿是暴风雪封住了车窗，一会儿风停了，晴朗的天空在小村庄上闪闪发光，一会儿雪在融化，一条条冰冷的雪水顺着车窗玻璃流了下来。

基辅近郊，田野上弥漫着不大干净的雾气。基辅笼罩在烟雾之中，似乎城市上空整天都是阴沉沉的早晨。不透光的空气停留在旅馆的房间里，久久不散，飘散着一股已经干掉的花露水味和地毯上的尘土味。什威采尔却觉得自己完全像是一个年轻人。他一直没有失去新颖感。

他乘电车去里沃夫街。什威采尔从未到过基辅，他很有兴趣地仔细观看黄砖砌成的舒适的房子、杨树和波格丹·赫美尔尼茨基[①]的青铜像。从城市的广场上可以看到第聂伯河、茫茫雪原和遮断地平线的黑压压的森林。在任何城市里什威采尔都没看到过这样开阔的远方。

什威采尔在里沃夫街上找到了一座藏在庭院深处的绿色木头房子，拉了拉门铃的铜把手。铃不响，于是他敲了敲门。开门的是一个上了年纪的女人，她的两只手湿淋淋的。她带着很重的波兰口音说，契尔科夫已经有两天多不在家了。大概是住在哪个主顾的家里了。如果什威采尔需要找校音师，那么最好过两天再来，因为契尔科夫是基辅最好的校音师，而且是个正派人。当然啦，他爱喝酒，他从前每年夏天都“到巴黎”旅行，自己有房子，还有车马，而现在，对不起，连条像样的裤子都没有，要不喝酒，那是很难的。

“如果您允许的话，”感到沮丧的什威采尔说，“我给他留个条子。能到他屋里去吗？”

女人用围裙擦擦手，把什威采尔领到一间摆着旧家具的、狭小的房间里。什威采尔首先看了看墙上。墙上没有任何画像。写字台上扔着一顶褪了色的草帽，放着一个四分之一公升大小的玻璃瓶，里面装着有点儿浑浊的液体。一根弯曲的小玻璃管从瓶里通向一个盛着水的杯子，每一秒钟都

① 波格丹·赫美尔尼茨基（约 1595—1657），乌克兰著名国务活动家和统帅。

从玻璃管里冒出一个小气泡来。显然，瓶里有什么东西在发酵，散发出一股酵母的气味。

“这是什么？”什威采尔问。

“这是契尔科夫先生自己在用小麦制作一种饮料。他喝了官家卖的伏特加会胃痛。”

“真有意思！”什威采尔说，他已经打算出去了，这时门口出现了一个十三四岁的小姑娘——蓝眼睛，头发披散着，围着黑围裙。她向什威采尔行了个屈膝礼，然后低下了头。

“斯塔霞，”那妇人问，“你知道契尔科夫上哪儿去了吗？”

“到普里贝尔斯基家去了，”小姑娘轻轻回答，“无产阶级街，四十五号。”

“对不起，”什威采尔说，“这是哪一个普里贝尔斯基？是作家吗？”

“是的，伊万·普里贝尔斯基，我们的写作家。”小姑娘回答，又行了个屈膝礼。

什威采尔向她道谢，然后走了。他感到犹豫：到著名作家普里贝尔斯基家去是不是合适呢？据说，普里贝尔斯基是个很出色的人。不过什威采尔没有犹豫多久。当然啦，普里贝尔斯基会理解他急不可待的心情，原谅他这一不礼貌的行为。

实际上情况比什威采尔所想象的还要好得多。

普里贝尔斯基是个头发花白的人，生着一张态度温和的圆脸和一双和蔼可亲的灰眼睛。什威采尔刚一说出自己的姓，普里贝尔斯基立刻高兴地把他领进前室，给他脱掉皮大衣，领他到自己的书房里去。他连问都没有问，什威采尔是为什么来的。

在最初几分钟里，说话是不可能的。几条狗拼命吠叫着，把什威采尔包围了起来。一条是棕黄色的长毛猎狗，另一条是鼻子上带褐色斑点的白狗，还有一条是眼睛凸出、尖声叫唤的小狗崽。一只烟灰色的猫从书桌跳到窗台上，弓起背脊，号叫起来。立刻有一个笑着的女人声音从隔壁大声喊：

“和这些狗在一起真倒了霉！这不是住宅，而是狗窝！”

门开了，进来一个已经过了中年，但长得相当好看的妇人。她随随便便地和什威采尔打个招呼，说：

“希望您能劝劝他，在六层楼上养着一群狗是不行的。”

尽管主人已过中年，可是使什威采尔感到惊讶的是，普里贝尔斯基家里的一切都像青年人家中一样杂乱无章。看来，这儿的生活是轻松的，没有去考虑未来。所有房间里都听得到欢声笑语。画是歪歪斜斜地挂着，沙发椅摇摇晃晃。在谢甫琴科、歌德和密茨凯维支的画像旁挂着晒干的向日葵、猎枪和猎袋、电费账单和一把被盲人的手指磨得发光已经有了裂纹的古老七弦琴。许多本翻开的书乱丢在窗台和椅子上。

书房的角落里摆着一个画架，上面有一幅刚刚开始画的普里贝尔斯基的画像。画架旁边，地板上有一个调色板，上边的颜料还是新鲜的，那些狗在嗅这些颜料，那只叫扎哈尔的猫，一只爪子踩到了朱砂，又在主人的手稿上走过，在那上面留下了一些脚印。

窗台上放着几个容量一俄升的旧酒瓶，五颜六色的伏特加里泡着药草。玻璃鱼缸里漂着软木浮子，一些仿佛是透明的小鱼在鱼缸里互相用尾巴拍打着。放在桌子上的纸用鱼钩别在一起。

“现在，”普里贝尔斯基挽住什威采尔的手，“咱们走吧。我给您介绍一下我的人数众多的亲人。”

亲人的确很多。普里贝尔斯基很随便地把他们介绍给什威采尔。

“这是我们的福罗霞，”他说，“这是我们的尤尔卡。这位公民是我们大家的朋友，伊万·特罗菲莫维奇。这是基辅歌剧院未来的女歌唱家（女歌唱家泪痕满面——昨天她试嗓子的时候刚刚遭到了失败）。”

最后轮到一个瘦瘦的老头儿，他戴着一副用细毛线捆起来的铁边眼镜。老头儿穿一件有很多口袋的灰色短上衣，一条很短的灰色长裤和一双老大的皮鞋，鞋掌已经脱落下来，看样子这双鞋子是别人的。尽管一眼就能看出他生活贫困，但老头儿的样子却是无忧无虑，神情高贵。老头儿正蹲在地上用一种蓝色的料子蒙沙发面。什威采尔立刻就注意到，他蒙得不平。

“这是，”普里贝尔斯基说，“我们的音乐专家，一位很好的人，谢尔盖·彼得罗维奇·契尔科夫。”

老头儿向什威采尔问好，并且彬彬有礼地用法语问，他身体好吗。什威采尔同样彬彬有礼地回答说，非常感谢，他身体很好。

请大家去吃午饭了。什威采尔感到很窘，可是硬把他拖进了餐厅——一间很大的房子，里面除了饭桌和一架钢琴，什么也没有。

桌边坐了许多人，他们的年龄各不相同，心情也不一样。那个哭肿了眼睛的姑娘是未来的歌剧演员。另一个很美丽的姑娘一直在逗弄她的邻座——一个又高又瘦、穿着滑雪衫的青年，一个矮小、结实、非常腼腆的犹太诗人。普里贝尔斯基的妻子。福罗霞——一个农村姑娘，身上散发出一股印花布和肥皂的香味——不时用她那惊恐的蓝眼睛从低垂的睫毛下偷偷地看一看所有的人。伊万·特罗菲莫维奇——一个搞不清他的职业的人，到午饭快结束时才弄清，他是一位林学家。一个叫嘉帕的小男孩儿，他很有礼貌，也非常好奇，给他的椅子上垫了三本散乱的乐谱。一个留着忧郁的灰白胡子的老头儿——从瓦西里科夫来的舅舅，他是磨粉业的行家。一个染过发的火红色头发的妇人，她非常严厉，身体肥胖，穿一双红鞋，膝盖上抱着一条眼睛突出的小狗——她是从哈尔科夫来的熟人，从前的女歌唱家（她回忆起当年大学生们从马车上把马卸下来，自己拉车的情形）。还有那位不安静的老奶奶，她在椅子上转来转去，为年轻人缺乏教育而感到气愤，还问，现在报纸上用的是什么文字，因为她，谢天谢地，还认识俄文，可是报纸上印着的，她什么也看不懂。契尔科夫、什威采尔和普里贝尔斯基本人也挨着坐了下来。

那些狗围着桌子转来转去。它们由于等得不耐烦在打呵欠，每上一道新菜，它们都发出一声短促的、懊恼的叫声，仿佛是呼喊："唉，真见鬼！"谁也不去理会它们。整个吃饭的时间里，一会儿是在这个人身旁，一会儿是在另一个人身旁，桌子上会出现焦急地抓着桌布的猫爪子——扎哈尔的爪子。扎哈尔试图望望摆满诱人的食物的桌子。有一次，它拉了一下桌布，打翻了一杯彩色的伏特加。

午饭吃得很热闹。什威采尔喝了点儿伏特加，他已经不愿意离开这所房子到任何别的地方去了。

当饭后端上了茶点和葡萄酒的时候，契尔科夫坐到钢琴旁，弹了一首进行曲。他经常踩踏板，每踩一次他那个脱落下来的鞋掌都像弹筒帽那样啪地一响。

什威采尔问普里贝尔斯基的妻子，为什么职业是校音师的契尔科夫竟在他们家里蒙沙发面子。

“啊，您要知道，”她好像道歉似的回答，“光靠校音是没法生活的。他是个好人，经常挨饿。所以就想办法给他找点儿事干。他在我们家已经住了三天多了，在蒙沙发面子。”她笑了起来，又加上了几句。“而且他也不是个真正的校音师。他是基辅有名的芭蕾舞迷，从前很有钱，是个生活放荡的人。”

午饭后，什威采尔对普里贝尔斯基谈了普希金肖像的事。听说什威采尔是为了一件如此不同寻常的事情到这儿来的，而且一般说来，还有这样一些人，为了对诗的爱，他们可以牺牲自己的安宁，不顾自己的健康，放弃从容的生活，普里贝尔斯基高兴极了。

普里贝尔斯基把什威采尔和那个从前很有钱而且生活放荡的人叫到他的书房里来，他们三个人在里面锁上了门。他们需要进行一场重要的谈话。

一提起那幅画像，契尔科夫立刻变得愁容满面。

“是我的罪过，”他发音含糊不清地说，“我非常清楚，应该把这幅画像交给国家博物馆，或者在我死后——唉，很快了！——遗赠给某个受人尊敬的研究普希金的专家。比方说，遗赠给您，”他朝什威采尔那边看了一眼，“因为，可惜，我没有配得上接受这件遗物的亲戚。您是从哪儿打听到这幅画像的呢？”

“从您的一位‘不配’得到它的亲戚那里。”什威采尔稍有点儿气愤地回答。他已经猜到，画像准是卖掉了。“从塔吉雅娜·安德烈耶芙娜·包布罗娃那里。”

“啊，塔尼娅，塔尼娅……”老头儿摘下眼镜，用袖子擦了擦眼。“我完全把她给忘了。我从来没见过她，不过我知道，她美貌出众，很有天才。如果我们家族妇女的魅力遗传给她，她想必是十分可爱的。”

“可是画像到底怎么样了？”

“唉，我不是一个意志坚强如钢的人。”

“您把它卖了？”

“是的。”

“卖给了谁？”

“问题就在于此，我把它卖到了不可靠的人的手里。”

“到底是谁呢？”

“在敖德萨，”契尔科夫说，“缆索街上穆尔吉达家里住着一个老古董商人——所罗门·吉里贝尔，是一个可怕的骗子。当初我从他那儿买过各式各样贵重的高级水晶玻璃制品。可是两年前命运的车轮倒转回来。吉里贝尔来到基辅，在他已经出嫁的女儿家里做客，他到我这儿来，只出了微不足道的一点儿价钱，就收购了我这儿所剩下的从前从他那儿买的那些东西。画像也买去了。请别问我，他给了我多少钱，我恳求您。C'est 1a vie，n'est-ce pas[①]！毫无办法！”“这么说，只好到敖德萨去了。”什威采尔松了一口气，心里在想，他对契尔科夫老头儿的怒气已经消失了。什威采尔已经在猜想，他能不能明天就走，因此没有听清普里贝尔斯基在说什么。普里贝尔斯基说，他很高兴与什威采尔一起寻找这幅画像，当然啦，如果不是他有一项紧急工作的话。

当什威采尔下楼梯的时候，从普里贝尔斯基的住宅里传来毫无把握的敲钉锤的响声——契尔科夫又在给倒霉的沙发蒙面子了。

---

① 法语：这就是生活，不是吗！

什威采尔走了以后，契尔科夫叹了口气，用不赞成的口气说：“小个子，小个子，可是凶得很！”

这些话显然是指的什威采尔。但是契尔科夫立刻忘记了什威采尔，又吹着口哨，哼起他喜爱的咏叹调来：

西尔瓦，你不爱我，
西尔瓦，你一定会害了我。

那只叫扎哈尔的猫正蹲在沙发上洗脸。有时它停下来，鄙夷地瞧瞧契尔科夫。扎哈尔感到惊讶：这是一个多么轻率的老头儿？是谁允许他用锤子敲打这张贵重的沙发的？

二月底，维尔美尔和帕霍莫夫结束了在诺夫戈罗德的工作，回到了列宁格勒。

塔吉雅娜·安德烈耶芙娜早就已经在敖德萨了，什威采尔那儿却没有任何消息。维尔美尔打电话去问，谢拉菲玛·马克西莫芙娜不大乐意回答。她只是说，什威采尔在南方，并且装作很惊奇的样子：维尔美尔对他最亲密的朋友的情况怎么竟会一无所知呢。

维尔美尔对什威采尔的失踪感到高兴，得意扬扬地对帕霍莫夫说：

“老头子挣脱开了！”

帕霍莫夫一心想着的却是：现在那儿，诺夫戈罗德，米哈依洛夫村，他们不久前才去过的那些地方怎么样了。他很想再到这些地方去一趟，不过是一个人去。可是不能去，已经开始为剧院的壁画画草图了。

在已经荒凉无人的米哈依洛夫村，在诺夫戈罗德，在瓦尔瓦拉·加夫里洛芙娜的家里，仍然过着冬天的生活。

二月里经常是这样的，一连几昼夜，大雪下个不停。雪落满瓦尔瓦拉·加夫里洛芙娜的花园，几乎堆到了灌木丛的树梢。通往亭子去的小路——现在玛莎每天都清除小路上的积雪——好像一条很深的战壕。寒鸦一天比一天多，在花园里高声啼叫。瓦尔瓦拉·加夫里洛芙娜肯定地说，这是春汛水位高的预兆。

有时太阳照进窗户，晒得那么暖和，把天竺葵的叶子都晒暖了，于是散发出一股甜蜜蜜的药草味。冰柱在融化，从冰柱上流下亮闪闪的水滴。被风吹得干干净净的天空中，从南方飞来一些很好看的云彩。穆哈常常跑到花园里，舔舔雪，好长时间在那儿嗅风的气味。这也是友好的春天临近的征兆。

瓦尔瓦拉·加夫里洛芙娜和玛莎经常回忆不久前的事情。最让瓦尔瓦拉·加夫里洛芙娜感到不安的，是塔尼娅临走前的眼泪。对瓦尔瓦拉·加夫里洛芙娜小心谨慎的详细询问，她只是简短地回答说："这样……别害怕……我只不过是舍不得走……"

但是瓦尔瓦拉·加夫里洛芙娜知道，这些眼泪不会是无缘无故流出来的。她在塔尼娅桌子的抽屉里找到了很多纸，这都是她写的信，开了个头，话没说完就丢下，没有再写下去。这些没写完的信使瓦尔瓦拉·加夫里洛芙娜感到不安。每封信一开头都是这几个字，"亲爱的拉蒙"，下面就被涂掉了。拉蒙——这是个多么奇怪的名字啊？瓦尔瓦拉·加夫里洛芙娜没听到过这样的名字。照纸上的日子看，塔吉雅娜·安德烈耶芙娜是写了好多次，可是每一次都没有写下去。在一张纸上写着："不对，不对！"除了这两个字和称呼，信上什么也看不清。

这些年轻人思想那么复杂，心里究竟想些什么？她——瓦尔瓦拉·加夫里洛芙娜当然已经无法理解了。新的时代，不同的欢乐，不同的眼泪，已经完全不是她年轻时候的那些感情了。她年轻的时候愁的是贫困，是丈夫的病，是为塔尼娅的命运担心。这一切都是可以理解的，而塔尼娅发愁只不过是“这样”。这是什么意思呢？你倒试试看，猜一猜吧。也许她是爱上了什么人，可也许根本不是为了这个，而恰恰是因为她的生活里没有发生爱情。

“别管它啦，别管这个爱情啦，”瓦尔瓦拉·加夫里洛芙娜想，“哪儿见过爱情给女人带来永久的幸福？只会带来不安。当她幸福的时候，老是害怕幸福像根线一样，马上就会绷断，所以天天忙乱。”

但是瓦尔瓦拉·加夫里洛芙娜越来越为女儿感到不安了，最后忍不住，给她写了一封信。

“回答我吧，塔纽莎，你是怎么了，你心里在想什么？说出来吧。不管你这一生会遇到多少人，可是只有我一个人永远不会忘了你。每一个钟头我都在想着你。有时我非常担心。当然啦，我已经是个老太婆了，不过要是你回答我，我会尽力设法理解你的。我们只有一个可以获得安慰的地方，只有唯一一个避难的地方——母亲的家，哪怕它只不过是一间腐朽的小屋。原谅我，不要为了我老是纠缠不休而皱眉，因为衰老，我变得胆小而多疑了。画家们走了，是些很好的人，我们很喜欢他们，像送别亲人一样送走了他们。”

十天后接到了回信。瓦尔瓦拉·加夫里洛芙娜把它藏到装绒线的小匣子底下。每天早晨，玛莎去上学以后，瓦尔瓦拉·加夫里洛芙娜就取出塔尼娅的信，看了一遍又一遍，好长时间用有绒毛的灰色头巾的角擦眼睛。

塔吉雅娜·安德烈耶芙娜在信上写着，叫瓦尔瓦拉·加夫里洛芙娜不要为任何事情担心，一切都很好——她心情平静、愉快，不打算做任何蠢事。但是最主要的内容包含在短短的两行字里：“六月里我到你们那儿去，要住很久，住整整一个夏天。到那时咱们再谈吧，什么都谈。这已经决定了。”

正是这两行字使瓦尔瓦拉·加夫里洛芙娜把有绒毛的旧头巾紧紧地贴在眼睛上。她已经安于这样的想法了：等不到能和塔尼娅在一道生活一些时候，她就会死去。而现在塔尼娅却要来过一个夏天。

接到信以后的第二天早晨，瓦尔瓦拉·加夫里洛芙娜在碗橱的抽屉里翻寻了好久，取出一些包着种子的、发黄的小纸包，把它们打开。这里面是金莲花、石竹、翠菊和木樨草的花籽儿，她担心种子是不是已经不能发芽了。

瓦尔瓦拉·加夫里洛芙娜向一个做木匠活的邻居定做了一些栽秧苗的木箱，急不可耐地等待着春天到来。到那时就可以从花园里取一些掺和着腐烂叶子的泥土，让它在屋里暖一暖，再撒到木箱里，把花籽儿种进去。在塔尼娅快回来的时候，得让花园里鲜花盛开。

瓦尔瓦拉·加夫里洛芙娜想象，在刨得光光滑滑的新木箱里，将会钻出纤细的淡白色嫩芽。窗外匆匆融化的雪水将从房檐上和树上滴落到水洼里。谷地上空像煤气样的蓝色烟雾使人想起即将到来的春天，还不时有暴风雪袭来，但月亮越来越经常地在寂静的天空中朦胧地照耀着，路上洒落的干草和牲口粪也越来越多了。

人们砸开沃尔霍夫河上的冰，用无座雪橇把冰运到城里去。在上坡的地方，马停下来，气喘吁吁，赶车的就把那些略带绿色的大冰块东一块西一块地丢到路上。在阳光下，它们不时发出微弱的闪光，好似一块块巨大的宝石。这也让人感觉到，春天快要到了。

在米哈依洛夫村，由于开始解冻，枞树下的积雪中出现了许多小孔。松鼠则成群结队地涌进公园。

玛丽亚·普罗霍罗芙娜在用牌算命。遥远的道路通向暖和的地方。她想象，在这些暖和地方，菩提树繁花盛开，到处都住满了红方块杰克——满头金色鬈发的美男子。

可以听到一种像春天潺潺流水一样懒洋洋的响声。似乎掺了雪水的苍白的阳光越来越经常地照进博物馆里的那间房间，美人儿莎斑斯卡娅那双仿佛透明的忧郁的眼睛，在屋里一动不动地望着窗外。

什威采尔从来没有经受过这样的风。一阵阵紧张的隆隆声，滚过城市上空。在“伦敦旅馆”的房间里，冷得什威采尔都不敢脱掉大衣。从蒙着毛茸茸红色天鹅绒的柔软家具上，发出不祥的反光。

发黄的薄纱窗帘外面吹来十二级暴风的暗白色烟尘。街上路杆摇摇晃晃，刮断了的天线鞭打着窗子上的玻璃。昏暗的走廊里不知是什么东西在咕咚咕咚、叮叮当当地响，仿佛是风在用力擂鼓。

什威采尔请人送一杯咖啡来，但就在端进屋来的这个工夫里，咖啡已经冷了，什威采尔无法用它来暖和一下。黄油冻得硬邦邦的，当什威采尔抹黄油的时候，那把白铜刀子好像是用冰做的，手指被它冰得酸痛。

什威采尔没有把咖啡喝完，就下楼到阴郁的长条形餐厅里去了。他要了葡萄酒和热茶。别看天冷，可是他从未感到像现在这样精神振奋，这样激动。他好像觉得，在敖德萨的空气里，风暴的气息中混合有火盆、酒精和巴旦杏的淡淡的气味。空气像雪粒一样，是颗粒状的——滨海地带冬天的奇妙空气！

什威采尔是一个书生气十足的人，他喜欢把生活理解为一篇尚未写成的小说，现在他好像觉得，他来到了这篇小说开头的地方。一切都很快地混淆在一起了——列宁格勒、米哈依洛夫村、基辅、敖德萨。人们出现了，又消失了，一些有规律的事件像旋风一样慢慢地旋转起来。旋风把什威采尔卷了进去，不让他脱身，但是又不让他猜到谜底。这使现实具有了一种神秘色彩，激起了人的好奇心。

什威采尔想，今天他就能见到塔吉雅娜·安德烈耶芙娜了—— 一位可爱的女士，不久前曾在米哈依洛夫村的木头房子里欢笑的女士。由于寻找画像，由于预感到可能发现人们还不知道的普希金的诗，似乎这诗已经在远方放射出异彩。什威采尔心情十分激动，这激动和对塔吉雅娜·安德烈耶芙娜的思念，对米哈依洛夫村以及冬天大海的思念，和每日每时都感觉到的新鲜事物，已经融为一体。

什威采尔是一大早来到的。现在已经是中午了，但是他并不着急。他来到了一个陌生的城市，仿佛变得年轻了，他希望能延长这种感觉。他喜欢这儿的一切，就连这寒冷的旅馆，他也觉得喜欢——风暴从四面吹来，旅馆犹如大洋中的一艘轮船。

什威采尔走出旅馆，来到林荫道上。法国梧桐光滑的树干闪闪发光，上面蒙着一层灰尘般的水珠。小水滴重重地打在黎塞留[①]的纪念像上，他好像听到，青铜被打得当当地响，泡沫飞溅的大海在港口外多石的岸边隆隆地轰鸣。

“妙极了！”什威采尔想，“这大概抵得上我们的冬天。”

---

① 黎塞留（1585—1642），法国第一任首相，国务活动家。

他向爱说话的行人打听，缆索街在哪里。他扶着栅栏，很吃力地走过港口斜坡上的桥，向下一看——见鬼，在他的想象中，冬天，西班牙就是这个样子！宛如城堡一般的房子、拱廊、干枯的常春藤，还有被风吹散的、铅灰色的光。

在缆索街，他找到了穆尔吉达的房子和庭院深处吉里贝尔的住处。破旧的楼梯上摆满了破童车，他顺着楼梯上去，来到一条走廊上，敲了敲用报纸糊起来的玻璃门。

给他开门的是一个胖胖的老头儿，双颊红润，留着已经花白的大胡子——他就是吉里贝尔本人。什威采尔说，他是受契尔科夫的委托到这儿来的——吉里贝尔记得他吗？

吉里贝尔含糊不清地不知嘟囔了一句什么，把什威采尔领进一间雪白的房间里。屋里除了一个落满灰尘、已经发黑的青铜枝形吊灯架，没有任何东西可以说明，这是从前的古董商人的住处。

"刮风吗？"吉里贝尔高兴地说，并搓搓胖胖的手。

"是的，在刮风。"什威采尔赞同地说。

"对于害气喘的人，这是最合适的天气。"吉里贝尔讥讽地说。

什威采尔也同意这个看法。

"气喘是我们敖德萨的疾病。在你们那儿几乎没有。"吉里贝尔又补上一句，并且狡猾地望望什威采尔。

"我们那儿，这是哪儿呢？"什威采尔微笑着问。吉里贝尔和陌生人谈话的方式开始使他觉得好笑了。

"我打哪儿知道是哪里呢？也许是在基辅，也许是在莫斯科，或许是在列宁格勒。总而言之，是您从那儿来的那个地方。"

什威采尔没作声。

“契尔科夫找我能有什么事呢？”吉里贝尔用先前那种愉快的语调问，“我是个老年人，靠女儿养活，而且也不开殡仪馆。”

“是这样！”什威采尔说，“这么说，照您看，契尔科夫是该死了！”

“要不怎么样呢？他干够了蠢事。就他来说，已经够了！”

吉里贝尔坐到桌边，动手填装纸烟。似乎谈话已经结束了，什威采尔感到不知所措。

“那么，”吉里贝尔突然用威严的声音说，“我清清楚楚地看出，您是一位有知识的人。那么请说出来吧，您究竟是对契尔科夫的哪一件东西感兴趣？因为所有的东西都卖掉了。不过我有个习惯，总是在留心注意着，它们从哪个人的手里转到哪个人的手里去。我可以给您出出主意。”

“对契尔科夫的某些东西，我是感兴趣的。”什威采尔承认了。

“什么呢？高级玻璃制品、水晶器皿、巴甫洛夫的家具，还是瓷器呢？”

“不，不是这个。”

“不是这个？”吉里贝尔扬起眉毛，“还有一套收藏的烟斗。要么是乌银制品？还是青铜器呢？”

“不，也不是这个。”

“啊，您要知道，我先告诉您——他没有值钱的书。他不是那种阅读伏尔泰[①]的作品的人。”

“我也不需要书。”

---

① 伏尔泰（1694—1778），法国著名作家，哲学家，启蒙学者。

“那么您到底需要什么呢？古代的望远镜，日本的扇子？”

“我需要画。”

“对，当然啦，画！”吉里贝尔提高了嗓门儿说，并且责备地摇摇头，仿佛他就等着会有这样一个毫无意义的回答。“他连波特[①]和考尔巴赫的作品都分不清。您简直让我觉得好笑。他的书房里挂的是美术明信片，上面印着丽娜·卡瓦列里娅和塔尔诺夫斯卡娅伯爵夫人的照片。而您却对我说——画！”

“您这儿有幅19世纪初期意大利画家画的肖像吗？”

“肖像！哈！19世纪初期意大利人的作品。哈——哈！请注意，在格瓦尔特[②]和卡纳列托[③]之后，意大利就再没有真正的画家了。不！意大利人不再画油画了。他们开始往汽水瓶上涂口红。顺便说说，我找到了这幅画像上的题词。是一个叫巴巴列吉的人——罗马的贫民，他来到敖德萨，就像贩卖假绿松石那样贩卖他画的肖像。”

“但是您从契尔科夫那儿买下了这幅肖像。”

“我买下了！”吉里贝尔喊了起来，“我是附带着拿来的，您懂吗？附加的，就像我每买一盒香烟纸筒，都附带得到这么一张纸一样。”

吉里贝尔在空中抖动一张方形的有光泽的纸，然后把它扔到了桌子上。什威采尔看了看那上面用金色字母印着的题词：“公民，你在储蓄银行里有存款吗！定期储蓄年利率5%。”

“对大家都称‘你’，”吉里贝尔叹了口气，“就好像我们这些买香烟

---

① 波特（1625—1654），荷兰写生画家。

② 格瓦尔特（1712—1793），意大利威尼斯派画家。

③ 卡纳列托（1697—1768），意大利威尼斯派画家。

纸筒的人没有旁的事干，大家都在和财政部人民委员挽着胳膊碰杯畅饮，从此以后就你我相称了！”

“好的，”什威采尔说，“就算这幅肖像是一个蹩脚的意大利画家画的吧……”

“是个令人非常讨厌的家伙！”

“就算是吧。不过我需要这幅画。”

“我可以认为，这幅画上画的是您已故的上流社会的祖父。我看得出来，您也和我一样，是个犹太人。咱们别开玩笑了。请您解释一下吧：究竟是怎么一回事？”

“您要知道，”什威采尔说，“我在收集普希金的画像。”

“那么您认为，”吉里贝尔高兴地喊了起来，“您是找到了一幅大家都不知道的他的画像吗？多谢！让我好好地看看您。我还没见过这样戴着眼镜、留着花白胡子的小孩子。您真是个孩子！要说这张画像上的那个年轻人像普希金，那么我就像马赫诺[①]了。真想知道，为了让您对这幅肖像发生兴趣，并厚颜无耻地骗人，契尔科夫问您要了多少钱？”

“那么这是谁的肖像呢？”

“我知道是谁的？”吉里贝尔耸耸肩，“意大利歌剧里的某个演员，要么是个吹长笛的。这幅画完全是黑的，大概契尔科夫是把它放在炉子的烟囱里了。”

“它在哪里呢？”

“莫非您要花费时间寻找一块脏画布吗？”吉里贝尔问，但是什威采

---

① 马赫诺是 1918—1921 年乌克兰武装反革命骚乱的首领。

尔在他的眼里看到了担心的神情。万一真的是他弄错了，这当真是普希金的肖像呢？啊，不！他，一个经验丰富的老古董商，从来没有弄错过。吉里贝尔温厚地笑了笑。“假定说吧，我把这幅画像送了人，让人家把它随便挂在哪儿的墙上。那么现在反正是没有办法了。现在我已经不干这一行了。人家也不会还给我。您尊姓大名？”

“谢苗·里沃维奇·什威采尔。”

“原来是敬爱的谢苗·里沃维奇。我把这幅画像送给了我的侄子。他在山上一所肺病疗养院里管总务。乌契科什疗养院，在雅尔塔附近。您知道这是在哪儿吗？”

什威采尔又稍稍谈了一会儿，谢了谢老古董商，就走了。

吉里贝尔在走廊上站了好久，搓着他那双胖乎乎的小手，望着什威采尔的背影。

后来他回到屋里，砰的一声随手关上房门。反正一样！叫它，叫这幅画像见鬼去吧！他，吉里贝尔，已经向女儿发过誓，再也不碰旧东西，再也不刺激自己的心脏、招惹不愉快的事情了。在关于他的调查表上，女儿是这样填写的：“他从前是鉴定博物馆里贵重物品的专家。”从前的！就让它像这张调查表上所写的那样吧！从前的！

吉里贝尔回到门口，稍稍打开房门，朝院子里望了望——什威采尔早就不见了。于是他第二次砰的一声关上房门，坐到桌边，填装纸烟。他的手在发抖。不可能，他不会错过真正的普希金画像。如果他看错了的话，那么那些在敖德萨和其他城市里待了一辈子的老古董商人们会说什么呢？他们将会怎样咧开没有牙齿的嘴嘲笑他呀！他们会含糊不清地说，吉里贝尔从来也不是个精明的行家，而是个粗枝大叶的家伙。

万一！万一几天以后他在报纸上看到从雅尔塔发来的电讯，说是有某个谢苗·里沃维奇·什威采尔找到了一幅新的普希金画像呢！什么都有可能。结果是，他把可靠的线索告诉什威采尔，是做了一件糊涂事。这都是因为自己有喜欢知识分子的弱点！

吉里贝尔把一堆已经填装好了的香烟推开，走到门边，开开门，望了望那些童车，对着下面喊："卡普斯坚斯卡娅同志，我老是叫您这些可恶的摇篮绊倒，这要到什么时候才有个完啊！"不等听到尖声回答，他就回到屋里，第三次用力砰的一声关上房门。卡普斯坚斯卡娅同志已经擦干了手，打算冲上走廊，开始一场唇枪舌剑的战斗，但听到他那吓人的关门声，只是用眼睛望了望，嘟嘟囔囔地说："发疯的小商贩！野兽！"可是没有挪动地方。

吉里贝尔一支接一支地填装纸烟，香烟纸筒老是被他填破。

尼娜为父亲担心，她在报纸上看到一条简讯；"比萨拉比亚号"在图亚普谢和诺沃罗西斯克之间遇到风暴，已改变航线，驶往塞瓦斯托波尔。途中经过的所有港口都不能停泊。

杜瓦尔乔格鲁和往常一样，到波琳娜姨妈这儿来喝咖啡，谈谈工作中的不幸。

可是波琳娜姨妈并不在听他说话。每当风吹得铁皮屋顶轰隆轰隆地响，她都吓得发抖，并画十字。要是尼娜不在家的话，波琳娜姨妈准会从厨房桌子的抽屉里取出那个发黑的尼古拉·马尔里基斯基圣像，并在圣像前点上硬脂蜡烛。

杜瓦尔乔格鲁小口小口地喝着咖啡，不时悲哀地望望波琳娜姨妈已经花白的头发。一个孤独的老年人活在世上真是艰难啊！而且是在这样的晚上，在他那间单身汉的房间里，风吹得报纸沙沙地响，电灯一直在眨眼，这大概也是由于风暴的关系。

尼娜躺在父亲书房里的沙发上，一本翻开的高尔基短篇小说丢在一旁。尼娜没有看书。她在望着一个黑暗的角落，那儿墙上挂着的晴雨计不时发出微弱的闪光。晴雨计上的指针在颤动。应该起来，去看一看，它是在下降呢，还是在上升。不过就是不看，尼娜也知道，暴风越来越猛。风越来越经常地在墙里面的老鼠洞里号叫，当阵风平息下来，就会听到可怕的喧嚣声，仿佛是一列列满载铁块的货车从敖德萨附近全速疾驰而过。这是大海在咆哮。

沿海一带的晚上似乎长得没有尽头，黑暗像墨水那样闪闪发光。尼娜想起北方的夜晚，空中冰雪的闪光照在脸上，还有米哈依洛夫村，莎斑斯卡娅的画像，塔吉雅娜·安德烈耶芙娜激动不安的脸。不过这一切是不是有过呢？

当尼娜从普斯科夫回来的时候，父亲也是刚从克里米亚航线上归来。他说，尼娜变“聋”了。

她一直在回忆这次旅行，但是无论如何也无法把她所看到的一切都讲给父亲听。这些情况总是会悄悄地溜走，躲藏起来，不让人用语言表达出来。怎样向父亲说明那里的雪呢？这完全不是在敖德萨下的那种像大麦米一样又硬又粗糙的雪。怎样说明积雪？怎样来说明那雪地上的闪光呢？当你站在平原边上，它在你面前伸展开来，一望无际，太阳在积雪表面反射出点点银光。当然啦，可以谈谈和塔吉雅娜·安德烈耶芙娜、什威采尔、维尔美尔的会见，但是无法转达这会见的全部迷人的魅力。

父亲不能理解，对尼娜的激动感到惊讶，他认为这都是由于她的年龄，由于她容易激动，由于她的神经质。

父亲也谈了他最近一次航行的情况。这是一次普通的航行，没有发生任何特别的事情，如果不算下面这件事的话：他们从菲奥多西亚把一个叫拉蒙·彼烈罗的害肺病的西班牙人带到了雅尔塔，把他送进了山上的疗养院。这是一个著名的疗养院——送到那里去的人只是在等死。可惜，是一个很好的青年人！“科英布拉号”还一直停泊在菲奥多西亚，在风浪中颠簸。

尼娜听着父亲的话，脸红了。但父亲什么也没发觉。尼娜记起了自己在米哈依洛夫村答应过的话——一定要在敖德萨和塔吉雅娜·安德烈耶芙娜见面。

第二天她打听到了她的住址。塔吉雅娜·安德烈耶芙娜住在天文台街——这是一个荒凉的街区，就在兰热隆附近。尼娜几次想要去找塔吉雅娜·安德烈耶芙娜，但总是下不了决心，每当找到一个什么妨碍她前去的借口，她都轻松地舒一口气。

窗外的风越刮越凶，仿佛打算把房子连同地基一起刮走。

“赫里斯托法尔·格里高里耶维奇，几点了？”尼娜大声问。

杜瓦尔乔格鲁掏出厚厚的八音表，贴到耳朵上，不慌不忙地回答：“九点，尼娜·格奥尔基耶芙娜。”

尼娜从沙发上跳了起来。她决定到航运局去问问值班员，“比萨拉比亚”有没有消息？波琳娜姨妈感到不安了，正如在这种情况下尼娜所说的那样，“无谓地嚷嚷起来”：“这样的天气怎么能去呢！最好还是打个电话吧。”

“打电话从他们那里什么也问不出来！”尼娜反驳说，说着开始穿衣服。

杜瓦尔乔格鲁被波琳娜姨妈愤怒的目光吓坏了，他揣度他应该送尼娜去。他把琥珀念珠藏到口袋里，站起来，揉揉膝盖。不管尼娜怎样一再谢绝，他还是跟着她一起走了——默默不语，连连叹息。

在街上，风从背后袭来，为了不致跌倒，尼娜抓住杜瓦尔乔格鲁的袖子。穿过十字路口的时候，特别可怕。风顺着纵向的街道吹过来，风力之猛，仿佛富有弹性，似乎这就要从人行道上把空气通通吹走，把它们吹到大海里去。风把裙子吹得缠在脚上，让人无法行走。

在航运局附近，风小了些。头顶上方，看不见的旗子在高高的旗杆上呼啸。走廊里温暖，空无一人。尼娜去找值班员，杜瓦尔乔格鲁留在前厅里。他坐在一张木制的小沙发上，用很辣的烟草卷了一根纸烟，把它插在骨质的烟嘴里，津津有味地抽了起来。

这里的一切他都熟悉。在过去的时间里，杜瓦尔乔格鲁经常挟着一沓提货单到这儿来，提货单上由交叉的船锚组成的小花饰下面开列着各种芳香扑鼻的货物，都是给糖果厂运来的：香油、蔗糖、葡萄干、无核小黑葡萄干、含油的齐墩果、橙黄色的香橼。港口上的气味多么好闻！仓库里和轮船货舱里的气味多么好闻啊！香荚兰味、煤烟味、咸水味……航运局前厅里唯一发生了变化的，是墙壁。“路易·特里耶金诺”“梅萨热里·马里吉姆”和“开罗”轮船公司的彩色招贴画不见了，从前贴招贴画的地方，现在挂着剧院的戏报和壁报。

尼娜很高兴地从楼梯上跑了下来。值班员对她说，“比萨拉比亚号”已经到达塞瓦斯托波尔，停泊在那儿了。

杜瓦尔乔格鲁站了起来，但是尼娜亲切地叫他抽完烟再走，这时候她可以看看戏报。尼娜首先看了看俄罗斯话剧院的戏报，她想知道今天演什么戏——在演阿尔布佐夫[①]的《丹娘》。尼娜知道，这出戏里没有塔吉雅娜·安德烈耶芙娜扮演的角色。

“赫里斯托法尔·格里高里耶维奇，亲爱的，”尼娜恳求地说，“陪我到天文台街去一趟。我得去找一个熟人。我在那儿只等不大一会儿工夫。我们一道去她那儿，这样要好一些。我自己不好意思去。”

“这是怎么一回事啊！”杜瓦尔乔格鲁回答，说着把骨质烟嘴在手掌上磕了磕。“走吧，不过我在街上等着您。”

“为什么呢？”

杜瓦尔乔格鲁抱歉地笑了笑：“我穿着这身衣服，您的熟人看了会大吃一惊的。”

他敞开大衣，露出因为太旧、磨得发光的上衣。

“亏您好意思这么说！”尼娜高声说，拉着杜瓦尔乔格鲁的手就走。

在到天文台街去的路上，他们被风吹得喘不过气来，可是还老是在拌嘴。杜瓦尔乔格鲁试图向尼娜解释，不能穿着这身家常便服去登门拜访一个不认识的人。

“什么拜访啊！真是胡说八道！”尼娜大声嚷，并且哈哈大笑。但是杜瓦尔乔格鲁明白，她笑是由于激动的缘故，于是窘得更厉害了。是尼娜的激动迫使他和她一起去一个陌生人的家里。也许，要进行严肃认真的解释，而他，杜瓦尔乔格鲁，对她可能是有用的。当然啦，他不是心理学家，不过谈到外交手腕嘛，杜瓦尔乔格鲁认为，在这方面自己还不是最差

---

① 阿尔布佐夫（1908—1986），苏联剧作家，《丹娘》是他的主要作品之一。

的一个。

什威采尔从古董商人那儿回到旅馆，没脱大衣，就坐在一张大写字台旁，陷入沉思。

有好长时间他在细细端详桌子抽屉上用橡木雕刻的骑士头盔、一个很厚实的玻璃墨水瓶——瓶底上沉淀着一些紫色残渣，以及一只用青铜铸成的鹿，鹿角是可以拧下来的。后来他取出钢笔，拉过一张盖有旅馆印记的有光泽的纸，在上面写下了一些暴露出他心情极端不安的字句。

“我已经五十多了，头发都花白了，几乎是个盲人，”什威采尔写道，想了想，又接着写下去，“而我却像个傻瓜一样，为每一口新鲜空气，为每一天美好的日子而喜不自胜。这意味着什么呢？老年，让它见鬼去吧，应当像青年人那样生活。”

“直到老死吗？”什威采尔讥讽地出声问自己，但立刻生气地回答，“对，直到老死。”

“不应向软弱屈服。不应习惯于这样一种感觉，似乎生命已经拖得太久。当一个人感觉到双肩疼痛，仿佛是被棉袄压痛时——那么就完了。应当少回忆往事。而且有什么好回忆的呢？回忆那些犹如平静的一天一样的岁月吗？而这样的一天是在连最后一粒灰尘都已研究过的住宅里度过的。生命在于工作，在于欢乐和不断地——一定要不断地认识到风暴会带来清新的感觉，一切思想和感情都被彻底更新。只有在冲突中才会产生力量，才会意识到自己的能力，才会出现一个目标，一个目标之后又会出现另一个目标——一条诱人的任务之链。”

“我怎么想得这样模糊呢，”什威采尔喃喃低语，“大概是因为我从来没有真正认识自己的命运吧。”

屋里渐渐黑了。什威采尔看了看表，才三点钟。显然，窗外的风吹来了许多乌云。

“我今后的命运，”什威采尔又在纸上写道，“我一生中所做的一切是不是重要呢？我做的，只是我喜欢做的。我是一个正直的凡人，但是如果我未能把使我变得高尚起来的诗的感情全部转达给我周围的人，这并不是我的过错。将来的生活是不是可能没有这样的感情呢？不！如此说来，我做了需要做的事情。有些时候，在那些斗争、战争和动荡的时代，一切都退居一旁。但是当最后胜利到来，人类又回到和平劳动、回到创造文化的时代，如果我们失去过去所留下来的最美好的一切，那么人类会对我们说什么呢？是的，我老了，我身体衰弱，但是我是在参加人类思想的运动，我是为未来的生活在保护它。我是一个守卫者，甚至不是守卫者——我是一个哨兵。在我这个平凡的岗位上，我必须像任何一个参加战斗的人一样坚强。”

“啊，请等一等，”什威采尔想起维尔美尔的讥笑，威胁地说，“我要给你点儿厉害瞧瞧，老家伙，看你还敢嘲笑我研究诗，看你还敢骂我是小蠢虫！只要一见面，我就叫你知道我的厉害。”

什威采尔拿起破烂的电话簿。他深信上面不会有塔吉雅娜·安德烈耶芙娜的电话号码，但还是翻了翻。然而电话号码是有的。

什威采尔把手放在冰冷的话筒上，望了望窗外。法国梧桐树枝摇摇晃晃，听筒里发出轻轻的嗡嗡声。

什威采尔拨了电话号码，好久没有人来接电话。现在微弱的铃声正在塔吉雅娜·安德烈耶芙娜的住宅里不停地响着，什威采尔竭力想象隔在他和电话铃声之间的广阔空间。这广阔的空间里充满了海洋的潮气和风暴，因此塔吉雅娜·安德烈耶芙娜平静的声音才显得如此突然。

“是您吗？”她高兴地说，“难道这真的是您吗，谢苗·里沃维奇！好，请您马上就到我这儿来。谈谈一切。请您穿过亚历山大公园。我跑出去接您。”

什威采尔着急了，立刻来到了街上。

在希腊桥附近的一条小巷子里，什威采尔站下来，看了看人行道上一块破碎的石板。石板缝里，一只已经干掉的粉红色小虾不时发出微弱的闪光。一片法国梧桐的枯叶被风驱赶着，顺着路面在什威采尔身旁奔跑。什威采尔把它拾起来，装在衣袋里。一滴雨点落到手上——绝无仅有的一滴，再没有旁的雨点了。什威采尔看了看它——雨点上微微闪着绿光，这是风暴的反光。大概这不是雨点，而是海上飞来的小水珠。

亚历山大公园里树叶凋零，烟雾弥漫。许多噼啪作响的叶子被吹集到长椅子旁边。

一辆空电车从柏油路边驶过。电车的牌子上写着“兰热隆—希腊市场”。年轻的女司机头上包着暖和的头巾，愉快地对着什威采尔打铃，向他点了点头。他摘下帽子，向女司机深深鞠了一躬。她回头看看，笑了起来，什威采尔看到了她小小的白牙齿。立刻，另一个姑娘——售票员——跑着穿过整个车厢，轰隆一声拉开前面的门，非常好奇地对司机大声喊：“这是谁呀，卓伊卡？”“没什么……一个愉快的小老头儿，一个不认识的人。”司机无忧无虑地回答，开着电车继续向前驶去。

柏油马路绕过一个多石的山岗。左边大海昏暗无光。前面只能看到灰蒙蒙的天空和一些像扫帚样的干枯的白杨。脚下贝壳噼里啪啦地响，路上空无一人。

什威采尔慢慢地走着。他希望就在这儿，在公园中遇到塔吉雅娜·安德烈耶芙娜，风正在这儿，在旧海关的断垣残壁间呼啸着。

一条仿佛生着蓬乱的胡子的黑狗迎着什威采尔跑来。它站住了，抿起耳朵，尖声吠叫起来。什威采尔没有停下来，那狗惊恐地回头望着他，向后跑去。他立刻看到，塔吉雅娜·安德烈耶芙娜在侧面的林荫道上迎着他走来。他好像觉得，她比在米哈伊洛夫村的时候高了些。她还是戴着那顶黑色的皮帽子，她的眼睛好像通常戴着面纱的女人的眼睛那样闪着光。不过她没戴面纱。

他们热烈地亲吻。

“最近几天，我真希望我们自己人中有人到我这儿来，”塔吉雅娜·安德烈耶芙娜说，“非常希望。好，咱们走吧。我请您吃点儿东西，喝点儿茶，听您谈谈，哪怕一直讲到早晨也行。”

他们穿过公园。风平息了，公园后面的房子已经点上了灯。

“画像的事怎么样了？”塔吉雅娜·安德烈耶芙娜问，“找到了吗？”

什威采尔讲了契尔科夫和吉里贝尔的情况，说，他既没有问契尔科夫，也没有问那个古董商人，画像上有没有普希金的诗句。

“可是为什么呢？”塔吉雅娜·安德烈耶芙娜惊讶地问。

“您怎么了！难道能对这样的骗子开诚布公吗？要是讲了，他们就无论如何也不会说出，在哪儿能找到那幅画像了。”

“这么说，您现在就去雅尔塔吗？”

“对，过几天就去。”

“要是我能和您一起去该多好啊！”塔吉雅娜·安德烈耶芙娜叹了口

气。什威采尔立刻激动起来。

“咱们一起去，说真的！”他提高了声音说，“这太好了！冬天，群山，空旷无人的甲板！”

“您还是一个这样的孩子！”塔吉雅娜·安德烈耶芙娜拍了拍什威采尔的手。

“怎么了？”什威采尔吃惊地说，“难道这不好吗？”

“恰恰相反，很好。我有时觉得，我比您年纪大得多。”

“是啊，”什威采尔叹了口气，“要是我能从肩上丢掉一些岁月的话，哪怕丢掉二十年也好……”

“那么怎么样呢？”

“幸福来迟了，”什威采尔开玩笑地说，“而且是太迟了。”

塔吉雅娜·安德烈耶芙娜站下来，疑问地看了看什威采尔。他们站在小巷子里一道高大的石头围墙的旁边。

“挺不错的巷子，”什威采尔喃喃地说，“简直是太美了！它叫什么呢？”

“炮垒巷，”塔吉雅娜·安德烈耶芙娜回答，并且笑了笑，“您怎么不说话呢？莫非您感觉到自己不幸吗？”

“啊，不，愚蠢。”什威采尔笑了，“恰恰相反，我一生中很少有这么好的时候。现在我对一切都感到高兴——风暴的喧嚣，就连这寒冷的黄昏也让我觉得高兴。不久前我的生活发生了变化。您要知道，有时是有这种情况的。一个人不能下决心迈出勇敢的一步，他拖延着，感到十分痛苦。后来，他决定了，但这时他一定要对自己说：‘好吧，反正一样——我算完了！’在说出这句‘我算完了’以后，这时后退的道路已经没有了，于是他感觉到，他不仅没有完蛋，而且恰恰相反，他突然有了一种自由感，感觉到浑身都是力量和勇气。在我身上也大致发生了这样的情况。”

“这您还嫌不够吗？”

“塔吉雅娜·安德烈耶芙娜，亲爱的，”什威采尔恳求地说，“我自己也知道。不过对于人来说，总是会嫌不够的。唉，这种事情，不值得去讲它。”

塔吉雅娜·安德烈耶芙娜拉住什威采尔的手，让他站下，打开高高的围墙上的铁栅栏门。

“这就是我的家，”她说，“我这儿就像修道院里一样。”

“好像就是这儿。”尼娜低声说。

从花园里飘散出冻坏了的野草的香味。几棵树叶凋零的树后面看得到一幢不大的房子，二楼上的窗户里灯光明亮。

“您要知道，”尼娜说，“我好像有点儿害怕。”

杜瓦尔乔格鲁庄严地咳嗽了一声。

他们穿过花园。狭窄的楼梯上有一盏蓝色的电灯。

“是哪一套住宅呢？”尼娜问，并侧耳倾听。

上边有人在弹钢琴。

“这大概是她，”尼娜低声说，“咱们上去吧。”

她拉着杜瓦尔乔格鲁顺着楼梯上到二楼，在一扇没有任何牌子的门前按了按门铃。给她开门的是什威采尔。这是如此出乎意外，以致尼娜忘了提出那个早已准备好了的问题——塔吉雅娜·安德烈耶芙娜·包布罗娃是不是住在这儿，她在家吗。

“我运气真好！”什威采尔喊了起来，“多么意外的相逢！你们这个敖德萨是座多么奇妙的城市啊！请进！塔吉雅娜·安德烈耶芙娜在家。”

塔吉雅娜·安德烈耶芙娜跑到前室，看到尼娜，喊了一声，大概是由于感到意外，她们热烈地亲吻。杜瓦尔乔格鲁很有礼貌地伸手拿着他那顶淋湿了的帽子，仿佛是拿着一顶大礼帽，并且愉快地微笑着。

“这是我们波琳娜姨妈的老朋友，”尼娜慌慌张张地说，她的脸红了，“也是我父亲的朋友……他陪我到您这儿来。我只待一下就走。”

但是什威采尔为她脱掉了大衣，杜瓦尔乔格鲁和塔吉雅娜·安德烈耶芙娜握手，他口袋里的琥珀念珠被抖得当当地响。随后杜瓦尔乔格鲁掏出一块老大的手帕——一块有白色小圆点的蓝手帕，津津有味地擤擤鼻涕，擦擦胡子，从他脸上的表情来看，尼娜明白，他并不打算很快就走。她感到沮丧。

但不久尼娜也不想走了。电茶壶里那样愉快地冒出一团团蒸汽，一回想起普斯科夫、滑雪旅行、在普希金博物馆里的那天晚上，心里觉得那样高兴……对，在普希金博物馆里的那天晚上……

尼娜不再笑了，她不作声了。因为她来找塔吉雅娜·安德烈耶芙娜，是要告诉她彼烈罗的消息。可是这该怎样讲呢？

塔吉雅娜·安德烈耶芙娜是这样兴奋，因此尼娜已经决定什么也不说了。不，还是应该说。反正应该说。在米哈依洛夫村说过那几句话以后，尼娜猜到，彼烈罗和塔吉雅娜·安德烈耶芙娜曾经有过某种关系。

“也许我是个傻瓜，根本什么也不该说吧？”尼娜想，“我干吗要管别人的闲事呢？不，我一定要说。”她立刻决定，并摇了摇头，发夹从头上飞下来，掉到地上，辫子散开了。

尼娜到隔壁一间屋里去，好把辫子编起来。她对着镜子编辫子，一面在看桌子上的照片。有一张照片上是一个很老的老太婆，她的背有点儿驼。老太婆旁边站着一个穿印花布夏装的小姑娘。小姑娘的眼睛及前额和塔吉雅娜·安德烈耶芙娜的一模一样。

“莫非是女儿吗？”尼娜想，“不，大概是妹妹。”

另一张照片是一座木头房子，台阶歪歪斜斜，门口放着一个盛雨水的木桶，还有一个像椋鸟巢的阁楼。

塔吉雅娜·安德烈耶芙娜进来了，尼娜立刻打定了主意。她没有回头，仍然继续在编辫子，说：“您记得‘科英布拉号’吗？我父亲在菲奥多西亚看到它了。”

“是吗？”塔吉雅娜·安德烈耶芙娜用发抖的声音问。

“是的。”尼娜回答，低下了眼睛，她怕看镜子里的塔吉雅娜·安德烈耶芙娜，“不久前父亲用他的内燃机船把拉蒙·彼烈罗从菲奥多西亚送到了雅尔塔。”

“为什么？出什么事了？”塔吉雅娜·安德烈耶芙娜问。

“把他送进了雅尔塔附近的一座山区肺病疗养院，父亲说，他快死了。他很不好。”

尼娜抬起头来，她们的眼睛在镜子里碰在一起了。

塔吉雅娜·安德烈耶芙娜紧紧地攥着手。

“您知道些什么呢？”塔吉雅娜·安德烈耶芙娜沉默了一下，问，“您能从哪里知道所发生的一切呢？从他那儿吗？”

“我什么也不知道，”尼娜慌忙回答，“一点儿也不知道。真的，我只是猜到，还在米哈依洛夫村就猜到了。”

“您听我说，”塔吉雅娜·安德烈耶芙娜说，摸了摸尼娜的辫子，“趁他们在那儿闲扯的时候，我告诉您……”

她关上了房门，把她和拉蒙的事情全部告诉了尼娜。塔吉雅娜·安德烈耶芙娜为什么要把她瞒着大家的事情告诉这个姑娘呢，她自己也不知道。尼娜不抬起眼睛，神情严峻地听着。后来她这样说，仿佛是在发问：

“可是他快要死了。”

塔吉雅娜·安德烈耶芙娜默默地点点头——她在想着，甚至好像没有听到尼娜的话。

“我不懂，”尼娜说着站了起来，“就年龄来说，我可以做您的女儿，您可以甚至不听我的话。不过有一点我不明白……”

“什么呢？”

“我不能理解……似乎您又是对的，又根本不对。有这样一些人……永远也不能欺侮他们。尤其是不能为了一些微不足道的小事。他们已经受了很多的痛苦……而且像孩子一样……”

“我知道，”塔吉雅娜·安德烈耶芙娜回答，“一切都怪我。只是请让我想一想。这不是那么容易就能决定的。”

“决定什么？”

塔吉雅娜·安德烈耶芙娜抬起明亮的眼睛，看着尼娜。

“好吧，”她说，突然微微一笑。尼娜觉得，她的眼里这就要流出眼泪来了。“应该这样——我也一定要这样做。我不会做任何违背自己良心的事。”

“您在说什么啊？”尼娜惊恐地问。

“咱们走吧！”塔吉雅娜·安德烈耶芙娜站了起来。“我们还会见面的，而且不止一次。”

她们来到餐厅里。什威采尔朝塔吉雅娜·安德烈耶芙娜看了一眼，看到她突然消瘦了的脸，猜出准是发生了什么不好的事情。尼娜一声不响。什威采尔感到不安了，他看看表，跳了起来。杜瓦尔乔格鲁不乐意地站了起来。

和什威采尔告别的时候，塔吉雅娜·安德烈耶芙娜没有看着他的眼睛。她的手冰冷，没有一点儿力气。什威采尔痛苦地想，人们要彼此开诚布公、推心置腹，可不是一件那么容易、那么简单的事。

“我是一个天真的人，”什威采尔想，“当真是个饭桶。”

他立刻觉得，对于塔吉雅娜·安德烈耶芙娜来说，他是个外人——还不仅仅是外人而已，甚至是她生活中一个令人感到遗憾的障碍物。

不过能出什么事呢？这个梳着两条辫子的姑娘知道这件事。可是你却不能盘问她。

当他们三人在兰热隆坐上电车以后，什威采尔假装叹了口气，对着广阔的空间说：

“我们的塔吉雅娜·安德烈耶芙娜不知怎么突然忧愁起来了。”

尼娜什么也没回答，连看也没有看他。杜瓦尔乔格鲁马上解释说，这种刮大风的天气对于神经质的人有很大的影响。他们会变得爱发脾气，有时候甚至会无缘无故地哭起来。

他们在林荫大道上分手。什威采尔慢慢走回旅馆里去。

旅馆房间里电灯如此暗淡，在这样的灯光下就连看书也不可能。“鬼知道这算什么！”什威采尔气愤地说，“这里有地毯、楣饰、用青铜铸的鹿、艾瓦佐夫斯基[①]的摹本，可是舍不得装一个真正的电灯泡！”

他打铃叫来值班员，气愤地叫他立刻给换一个灯泡。值班员默默地点点头，走了，好久还不回来。窗外大海仍在喧嚣，但响声中已经没有先前那种狂暴的气势了。

什威采尔走到镜子前面，站在那儿，但是没有去照镜子。他开始觉得，在这个陌生的城市里，在这个旅馆里，很不舒服。这里就连蒙着天鹅绒的家具也好像是冷冰冰的，床放在这里仿佛是一个镀镍的灵台。一想到要脱掉衣服躺在上面，就感到可怕。

“她能出什么事呢？”什威采尔问，并立刻回答自己说，“其实，关您什么事呢，亲爱的谢苗·里沃维奇？”

但他立刻对自己的话和自己的所有想法都感到愤怒了。她有她自己的生活，而在这生活中显然发生了不幸。需要帮助她，需要做一个忠实的朋友，完全忘记自己。对他来说，世界上有一个塔吉雅娜·安德烈耶芙娜，这正像有普希金的诗，有天空，有苹果的香味，正像大地上有诱人的美好事物一样。

电话铃响了。什威采尔拿起听筒，懊恼地说：

“嗯，是的，我在听着！”

值班员拿着灯泡进来了。什威采尔朝他挥挥手，叫他别吵。值班员耸耸肩，小心翼翼地把灯泡放在安乐椅上，走了出去。

“啊，您给我打电话来，我很高兴，”什威采尔惘然地说，“不，不，我甚至根本没打算睡觉。我注意到了，您很难过。”

---

① 艾瓦佐夫斯基（1817—1900），俄国著名画家，海上风景画大师。

“是的，”塔吉雅娜·安德烈耶芙娜回答，“咱们明天谈。”

“好极了！”

塔吉雅娜·安德烈耶芙娜不作声，什威采尔在等着。

“还有……”塔吉雅娜·安德烈耶芙娜没有把握地说，“我可能和您一道去雅尔塔……不过这还不能肯定……好，请安歇吧。”

她放下了话筒，可是过了一分钟又打电话给什威采尔，叫他明天早晨十一点钟到剧院里去找她。

什威采尔又把值班员叫来，感谢他送来了灯泡，而且，尽管他表示拒绝，送给了他一盒贵重的香烟，还问他，餐厅是不是开着。

“开到三点。”值班员回答。

什威采尔下楼来到了餐厅。他坐到一张小桌旁边，那儿摆着的几盆粉红色绣球花，入冬以来已经渐渐凋谢了。他要了一杯咖啡，看了看表。才两点半。

什么也不想，是多么好啊！只是等着第二天的到来，倾听酒杯叮叮当当的响声，台球互相碰撞的声音，港口上远远传来的蒸汽的嗞嗞声。

在一个被风暴吹透了的陌生城市里，在一个发出隆隆的回声的旅馆里等着，怀着感激的心情望着挂钟上的钟摆，知道它每摆动一次，都会使生活逐渐接近一条新的界线。

黄昏时分，内燃机船启碇离开了敖德萨。轻纱似的薄雾遮住城市的灯火，压低了岸上各种已经听惯了的声音。不久，周围什么都没有了，只剩下了波涛凄凉的喧嚣声。

意识到已经离开陆地，离开了陆地上的不幸和忧虑，什威采尔觉得，这是他一生中所体验过的最美的感觉。

塔吉雅娜·安德烈耶芙娜一直没有离开甲板。从早上，从她在剧院前厅里对什威采尔说，她要和他一道去雅尔塔以后，她一直默默不语。对什威采尔高兴的感叹，她只是报以病态的微笑。什威采尔感到不知所措，不作声了。

塔吉雅娜·安德烈耶芙娜的沉默使他感到苦恼。他猜到，她到雅尔塔去，心情是沉重的。和一切富有同情心的人一样，他为别人的痛苦而苦恼不堪，并决定无论如何也要探测出她的秘密，安慰她，帮助她。

由于有雾，船尾上用木板条钉成的长椅子有点儿潮湿，塔吉雅娜·安德烈耶芙娜坐在长椅子上，看着测程仪在旋转。有时测程仪会响起来，报告里程。

她在想着拉蒙。她还能看见他吗？在别人看来，这次意外的旅行是轻率的，但她却觉得，这是她一生中所做的一切事情中一件最必要的事情。

有时船尾后波涛汹涌，波浪挟着拖长的咝咝声滚滚而去。一只海鸥茫然地高声啼叫，为它飞到这水天一色的荒漠之中，失去岸上温暖的巢而感到惊慌失措。从水手舱里传来一阵阵漫不经心的吉他声。

后来一切都静下来了，只有大海远方仍然传来单调的、不太清晰的波涛声。波涛喧嚣，似远方浪涛拍岸，好像在议论说：世界是多么辽阔广大，有多少地方笼罩在烟雾之中，天空是多么神秘莫测。

什威采尔走了过来。塔吉雅娜·安德烈耶芙娜抬起眼来看了看他。他说，渐渐冷起来了，是不是到饭厅里去喝杯茶呢，然后可以再回到甲板上来。

塔吉雅娜·安德烈耶芙娜顺从地站了起来。

饭厅里点着枝形吊灯。没有旅客。旁边一张小桌后面坐着一个头发花白的水手，一面喝茶，一面在看书。风从打开的舷窗里吹进来。雪白的桌布，空旷无人，玻璃和抛光的木器上发出的微弱闪光，桌子上摆着的紫罗兰——从舷窗里吹进来的风吹得它们微微颤抖着，散发出一股淡淡的清香——这一切都使人联想起节日前最后几个小时的气氛：大厅已经收拾好了，灯火辉煌，可是还没有客人。

招待员端来了茶，并且悄悄地按了按桌边的按钮——收音机立刻响了起来。

一个男人的声音在不慌不忙地叙述西班牙难民的情况：他们到了法国，滞留在边界附近。冬天，他们在海边露宿。风暴到来，波浪会淹没他们的营地。他们被带刺的铁丝网包围着，由塞内加尔步兵担任警卫，不准走出铁丝网来。既没有帐篷，也没有暖和的衣服，也没有被子。没有足够的水，没有粮食。儿童们患病，每天都有人死去——他们不得不睡在潮湿的土地上。下着寒冷的雨，雨中夹雪。谁也不知道难民们今后的命运如何。法国政府不同意给他们避难权。

什威采尔摘下眼镜。塔吉雅娜·安德烈耶芙娜第一次看到了他的眼睛。他的眼睛是善良的，但已失去光泽。他眼睛近视，用手摸到墙上收音机的按钮，按了按，声音不响了。

“用不着，”什威采尔说，“我是个胆怯的人，我听不得这个。”

塔吉雅娜·安德烈耶芙娜默默不语，把一些碎屑从桌子上丢了下去。

“年轻的时候我在欧洲待过，”什威采尔说，“看到过拉特兰宫[①]著名

---

① 拉特兰宫是罗马教皇宫，19 世纪中叶改为博物馆。

的雕像，波提切利[1]的《春天》，听过阿纳托里·法朗士的讲话，醉心于魏海依伦[2]的诗。过去我总觉得，世界文化是永恒的、坚不可摧的，它使我的生活有了意义。以前我爱人类思想的一切形式——不管它是石头建筑、油画，还是印刷的字母……”

什威采尔不作声了。

“现在呢？”

“现在怎样吗？现在我知道，最优秀的人们的一切努力，多少世纪来他们所做的一切伟大的工作，他们在地球上创造幸福的全部热情，都可能被士兵的皮靴一脚踢进血泊和泥泞中去。这太可怕了，首先是它的无法理解让人感到可怕。无法理解的残酷、仇恨，毫无意义的痛苦、背叛、怯懦，追逐利益和诉诸暴力的政治，破坏文物的行为，人民的最大的苦难，而这一切都是由于几个人罪恶的，也许是疯狂的意志——瞧，西欧已经落到什么境地。传统消失了，普通的规矩不见了，世界正处在令人极端厌恶的大屠杀的前夜。最荒谬的是，没有任何一个从事劳动的普通人需要这种大屠杀，无论是在法国、德国，还是在任何一个欧洲国家里。”

“这已经要结束了。”塔吉雅娜·安德烈耶芙娜用勉强可以听到的声音说。

“要结束了。”什威采尔说，“我们，劳动人民，有文化的人们，一定会结束这场世界性的疯狂。应该如此，什么也不能妨碍我们。您想象不出，苦难会创造出多么可怕的力量。您不知道，备尝艰辛的人民能做出什

① 波提切利（1445—1510），意大利佛来米派画家，《春天》是他的名作之一。
② 魏海依伦（1855—1916），比利时诗人。

么事情来。一切受苦的人民联合起来……”

什威采尔望了望塔吉雅娜·安德烈耶芙娜，突然停下来，不作声了。

她咬着下嘴唇，用手掌捂住眼睛。从舷窗中吹来的风仍然是那样清新，吹过台布，吹得桌子上的花晃来晃去。

看到什威采尔惊恐的目光，塔吉雅娜·安德烈耶芙娜站起来，走了出去。内燃机船晃动了一下，她抓住门边的栏杆。招待员从柜台后面说："在外面他们会轻松一些。"

什威采尔付了钱，跟在塔吉雅娜·安德烈耶芙娜后面走了出来。他在船尾上那个老地方找到了她。黑暗的大海仍然是那样波涛喧嚣，螺旋桨后拖着一条泡沫翻滚的波纹，测程仪在旋转。

"请您听我说……"塔吉雅娜·安德烈耶芙娜拉着什威采尔的手，强迫他坐在自己身边，"最后我还是得说出来……我不能再独自一个人思考这件事了。"

她对他讲了拉蒙的故事，还说，现在他在克里米亚的山上，已经奄奄一息。什威采尔听着她的话，完全忘记了他是为什么要去雅尔塔的。他已经深信，他此行的目的是帮助塔吉雅娜·安德烈耶芙娜。怎样帮助她呢？这一点还不清楚，不过什威采尔也没有深入考虑这个问题。他明白，不能详细问她……

他们默默地坐了好久，后来什威采尔说："我永远听您吩咐。"

塔吉雅娜·安德烈耶芙娜很快站起来，走了。

什威采尔望着她的背影。在灯火辉煌的客厅门口，她站下来，犹豫了一下，想要回到甲板上去，但后来顺着舷梯下去，回自己的舱房去了。什威采尔只是长叹一声。他竖起大衣领子，把手插在衣袋里，久久地听着船舷外哗哗的流水声。他在衣袋里摸到一片已经折断的、扎手的法国梧桐叶子，掏出来，扔到船舷外面，然后回到自己的船舱里去。

塔吉雅娜·安德烈耶芙娜在黑暗的船舱里坐了好久，和什威采尔的谈话并不能使她感到轻松些。

她站起来，旋开沉重的舷窗，很吃力地把它打开。一阵冷风扑面吹来，冲进一股带咸味的潮气。海水像闪闪发光的黑色丘陵，从一旁流过。它就在近旁，似乎可以把手浸在水里。塔吉雅娜·安德烈耶芙娜想，这儿，在这薄薄的铁墙外面，绵延数百海里都是不平静的海水、黑暗和雾气。这个想法给她带来了轻松的感觉。

她走到走廊上，看了看挂在墙上的轮船时刻表——这已经是第十次了。雅尔塔对面写着一个数字："18。"这就是说，只有到明晚六点钟，内燃机船才能到达雅尔塔。要等多久呀！塔吉雅娜·安德烈耶芙娜登上了甲板。从左舷传来了哗哗的波浪声。透过粘在一起的潮湿的睫毛，她看到了远方潜入海水之中微微发蓝的火光。

内燃机船已经进入梦乡。没有人可以问一问，这火光是什么。

她走到右舷。那里一片寂静，没有风。在已经关闭的书亭附近，黑暗中有一个熟悉的招待员站在那儿抽烟。塔吉雅娜·安德烈耶芙娜问他，这蓝色的火光是什么。

"塔尔汉库特，"招待员回答，"灯塔，最不平静的地方。北方的海水和克里米亚的海水在这儿汇合。晕船吗？"

"不，"塔吉雅娜·安德烈耶芙娜回答，"只不过这样问问……睡不着。难道离克里米亚已经很近了吗？"

"塔尔汉库特在克里米亚海岸线上，"招待员回答，"不错，这儿不像克里米亚。”

塔吉雅娜·安德烈耶芙娜登上装着玻璃的上层甲板，坐到一张藤椅上。玻璃被风吹得不停地颤抖。烟囱在背后发出嘶哑的响声。塔吉雅娜·安德烈耶芙娜希望夜一直延长到轮船抵达雅尔塔的时候：那么就用不着说话，也用不着动了。

但是已经渐渐看到模模糊糊低垂的云彩和蒙着一层泡沫的大海，东方露出一线微光。一个冻坏了的麻脸的人提着一把铜茶壶从下面的甲板上跑过去，去打开水。当他回来的时候，茶壶里冒着蒸汽，那人微笑了。

塔吉雅娜·安德烈耶芙娜回到船舱，躺在很窄的床铺上，盖上薄薄的毛毯，把头埋到枕头里。

“我该怎么办呢？”她喃喃地问。

黎明前毫无热情的大海在铁墙外飞快地流着。

由于有雾，维尔美尔喘不过气来，他在诅咒格陵兰。不久前他在一篇关于气象学的文章上看到，列宁格勒遭受的一切灾难——雾、雨、水灾等，都要怪格陵兰。极其恶劣的天气就是在那里，在这个阴郁的地方诞生的。

白天亮着的灯光使维尔美尔生气。似乎是屋里躺着个病人，他床边那盏彻夜亮着（在这种情况下都是这样）的灯忘记关了。

在混合光线下无法工作。这不是光，鬼知道是什么东西！有点儿像鱼油。

不过维尔美尔还有一个不满意的原因——和谢拉菲玛·马克西莫芙娜的一次简短的事务性的谈话。她给维尔美尔打电话来，说是什威采尔从敖德萨到雅尔塔去了，并且请她打电报告诉什威采尔，维尔美尔是不是已经从诺夫戈罗德回到了列宁格勒，因为什威采尔有重要事情要找维尔美尔。谢拉菲玛·马克西莫芙娜还补充说，两天前她已经给什威采尔发了电报，告诉他，维尔美尔在列宁格勒。

在谈话的末了，她忍不住说，如果什威采尔在这次荒谬的冬季旅行中生了病，死在外面，那么这都怪维尔美尔，只怪他一个人。

“这和我有什么关系？”维尔美尔大发脾气。“老头子老早就该独立自主了。谢天谢地，他已经是五十五岁的人了。”

“五十三。”谢拉菲玛·马克西莫芙娜干巴巴地纠正说，然后挂了话筒。

谈话是当着帕霍莫夫进行的。他不知在一堆书里翻寻什么，这些书都乱丢在一只干裂了的大橱里。那里面有用各种文字出版的艺术杂志、评论家的各种学术著作、回忆录以及许多旅行手册……

墙上杂乱无章地挂着一些绘画：佛来米画派的公牛，叶卡捷琳娜朝代大臣们的肖像，立体派的静物写生，木刻，漫画，俄罗斯风景画。所有这一切——镶在形形色色的画框里，或者根本没有画框，和一些石膏模型、发绿的大烛台、照片、四周围着一串粉红色和浅蓝色玻璃花的威尼斯小镜子相互交错，混杂在一起。

许多小飞蛾在沙发、旧地毯和罩着破灯罩的电灯之间飞来飞去。

维尔美尔把这整个房间叫作“旧货摊”。每年春天卸下窗框的时候，他都发誓要把“所有这些废物”通通贱卖掉，要么丢到柴棚里去。但是一切都仍然平安无事地留在原来的地方。

夏天晚上房间完全变了样。落日的余晖照在青铜挂钟、暗淡的玻璃和早已枯萎、蒙着一层柔软灰尘的花束上，涅瓦河水的凉气和木块马路的气味——列宁格勒白夜中熟悉的气味——涌进窗来。

维尔美尔急不可耐地等待着什威采尔的电报。好奇心在折磨着他——老头子还会想出什么花样来呢？难道他已经找到了大家都不知道的普希金画像吗？那么大概就可以原谅什威采尔无聊的家庭生活，甚至可以对他表示一些敬意了。

邮递员急急拉铃解除了他等待的痛苦。电报纸上写着一个总是会使维尔美尔感到激动的词："雅尔塔"。维尔美尔拆开电报，骂了起来。

"哼，还用说吗，"他高兴地说，"什威采尔的把戏开场了！您听着，他是怎样写的：'已找到意大利名手所画的普希金画像。鉴于画布陈旧，必须就地修复。画像上普希金之未知诗句已被涂抹。来吧。'嗯，下面是雅尔塔的地址。对，还有一句相当奇怪的附笔：'塔吉雅娜·安德烈耶芙娜在此。'她怎么会到那里去的——我不明白。"

"什么把戏啊，"帕霍莫夫反驳说，他脸红了，"是一封很有道理的电报。"

"没有道理！"维尔美尔大声嚷道，"他知道我这会儿不能离开列宁格勒，过一个星期就要交草图了。再说我上哪儿去弄钱来进行这场冒险啊？还有，他怎么知道画像上普希金的诗被涂抹了呢？"

"我看得出，您很想去。因此您才大声嚷嚷。"

"您是怎样认为呢？不想去吗？"维尔美尔问，"米沙，难道您当真以为我是个白痴，宁愿无聊地待在这个列宁格勒吗？"

帕霍莫夫耸耸肩。

"咳，老头子，老头子！"维尔美尔说，显然他这话是对什威采尔说的。“有朝一日，你会后悔的！不过怎么办呢，米沙？得做出决定啊。”

“交草图，我只能碍您的事，”帕霍莫夫说，“当然啦，考虑到您的性格……”

“嗯？”维尔美尔怀疑地问。

“让我去吧。”

维尔美尔不作声，他在考虑。帕霍莫夫的心在跳。他好像觉得，维尔美尔会听到他的心跳声，什么都会明白。

“我知道您是一个修复古画的能手，”维尔美尔说，“可是钱呢？而且，总而言之，您别愚弄我。这有点儿不对头！”

“钱，我从玛丽亚·福兰采芙娜那儿拿。过一个月我们拿到钱再还给她。”

“我们？”维尔美尔装作很生气的样子，高声大喊，“您去旅行，去游山玩水。这只能让我遇到一些不愉快的事情。我还得为您向玛丽亚·福兰采芙娜还债！您的逻辑真妙啊，米沙！”

“咱们别吵架了，”帕霍莫夫和解地说，“我可没这么想。”

“啊，不，”维尔美尔狡猾地笑了，“我不是傻瓜。我也想参加这件工作。您要知道，我喜欢它。我也出一份——三百卢布，一个戈比也不多给！这样您满意了吧？”

帕霍莫夫同意了。维尔美尔从橱里取出一瓶什么液体，立刻动手调配洗油画的溶液。他向帕霍莫夫提出许多忠告，因为自己不能去而感到难过，他羡慕帕霍莫夫再过三天就能看到克里米亚的春天，只是到晚上他们去欧洲饭店吃晚饭的时候，他才安静下来。

就在那天夜里，帕霍莫夫动身到塞瓦斯托波尔去了。只是在过了洛佐瓦亚以后，列车才冲出三月的雨雪天气。静悄悄、阴沉沉的天空笼罩着草原。山沟里还有积雪，但天已经暖了，在一些小站上可以听到嘈杂的鸟鸣，过了詹科依，暖烘烘的阳光第一次照射到油漆过的车厢门上。在巴赫齐萨莱，杏园花开，远远望去，宛如一片粉红色的彩霞。

帕霍莫夫一直不离开车窗。晴空如洗，照耀着贝尔别克山谷，帕霍莫夫真想在列车行驶时就从车厢平台上跳下去，躺在多石的土地上观看天空，永远永远。

帕霍莫夫眯缝起眼睛。列车载着他从容地向大海驶去——大海犹如一堵雾墙，隐隐约约出现在远方。帕霍莫夫仿佛在闪闪烁烁的蓝色大海里看到了已经离得很近的可爱的地方，在那里他将再次见到塔吉雅娜·安德烈耶芙娜。

护士走进拉蒙的病房，把几根冬青树枝放到他的被子上。拉蒙睁开了眼。

护士说，大概西班牙也有这种美丽的灌木。拉蒙看了看那些带刺的黑色叶子。叶丛中一颗很硬的红色浆果好像一大滴鲜血。

“是的，”拉蒙说，“谢谢。”

树枝是湿润的，小露珠在叶尖上闪闪发光。拉蒙想要从被子底下伸出手来，摸摸冬青。护士说，不能动。拉蒙顺从地同意了。

最近三天，山上狂风怒吼，窗外松树给吹得唰唰地响。夜里拉蒙好像觉得，风从远方、从西班牙带来了他熟悉的声音。拉蒙甚至听到了个别的字句。有人在呼唤他。也许是父亲来了，他戴着他那顶黑帽子，脖子上围着围巾，正站在窗下，叫他出去，就是出去一分钟也好。

有一天夜里，拉蒙听到熟悉的呼唤声。他克服身体的虚弱，从床上起来，披上长袍，走了出去。风在像峡谷一样空荡荡的走廊里喧嚣。

沉重的橡木门怎么也开不开，一直到有人从外面把它推开。这是父亲。他抓住拉蒙的肩膀，吻了吻他汗涔涔、冷冰冰的前额，然后把自己那件沉甸甸的旧大衣披到拉蒙肩上，于是他们手挽着手，像小偷一样，很快地沿着森林中陡峭的小路向前走去。

明亮的星空被风吹得左右摇摆，把星星浸入漆黑的海水里。后来，灌满了阴暗火光的星星又飞上了天顶。

“父亲，我头晕，”拉蒙小声说，“快到了吗？”

“这就到了，”父亲回答，“他在这儿，在山谷后面。得快点儿到那里去。”

拉蒙知道，父亲说的是曼努埃尔。他们顺着一条干涸的水道，在尖锐的石头上行走。

“曼努埃尔！”父亲喊。

老远有一个熟悉的孩子的声音答应了一声，声音十分微弱，风把声音吹跑了。

拉蒙绊了一跤，跌倒在小溪里。水是热的，黏糊糊的。拉蒙想要站起来，但是怎么也不能从被这水沾湿了的石头上把手抽出来。

夜里三点钟的时候，护士听到一阵沉重的、不太响亮的声音。她跑进拉蒙的病房，发现他倒在地板上。他脸朝下俯卧在地上，嘴唇上流出一条很细的血丝。

不过这只有一次——后来拉蒙躺着一动不动。

他又看了看冬青，对着广阔的空间说：

“是的……谢谢。”

最近几天，拉蒙几次请护士给他拿来纸和铅笔，开始给父亲和塔吉雅娜·安德烈耶芙娜写信。但是刚写了几个字“我在这儿……”，他就累了，于是把纸放了下来。

给父亲写信反正是不可以的。为了爱父亲，为了爱曼努埃尔，他应当沉默，应当消失，应当安于这样的命运：再也见不到他们，甚至不能让他们知道自己的消息。在那里，在马德里的时候，他以为只不过是离家几天而已，可是竟一辈子离开了那里。

他想请求塔吉雅娜·安德烈耶芙娜原谅他的愚蠢行为，但是他什么也不能写。为什么要说谎呢？他跪在她的面前，这又有什么愚蠢可言呢？不是吗？人们会爱上可爱的手曾碰到过的每一块石头。不是吗？可以爱上一句话，仅仅是因为它是由亲爱的嘴唇说出来的。你千万次听到别人从不同的嘴唇里说出这些普通的词句：“风”“河”“别忘了”，等等，但是如果这些词句是由她说出来的，那你为什么就会倾听这些词句的每一个音呢？

拉蒙累了，他闭上了眼。根据窗外嘈杂的鸟鸣，根据太阳才照到门框上，还有，根据心上冷冰冰的感觉，他知道，现在还是清晨。

空旷的公路上，汽车喇叭唱出愉快、悦耳的歌声。下面砰砰啪啪一阵开门关门的响声，然后一切又都静下来了。

拉蒙竭力小心翼翼地呼吸，以免喉咙里嘶哑的声音妨碍他倾听。一直好像觉得，愉快的汽车喇叭正在山间的森林中歌唱。心跳得很慢，然而有力。由于心跳，冬青树枝在微微颤抖。

拉蒙按了按铃，护士好久没有来。他第二次按了按铃，进来的不是护士，而是医生。拉蒙抬起头来，医生从来不在这个时候来查病房，他摸了摸脉，问拉蒙，这一夜他过得怎么样。

“我不记得，”拉蒙回答，“护士呢？”

医生什么也没回答。他很小心地往杯子里滴了几滴咖啡色的药水。

“谁来了？”拉蒙问，“新来的病人吗？”

“不是，”医生回答，“请您喝了这个。”

他让拉蒙喝了药水，说，马上就派护士来，然后走了。可是护士一直也没来。

医生给他喝的是什么药呢？哪儿来的这种温暖的松木锯末的香味和蜜蜂嗡嗡叫的声音？小溪匆匆流过石头河床，为什么听得这样清楚？在此之前，拉蒙只是在夜间才听到溪水奔流的声音。溪水的絮语和林中催人入睡的嘈杂声，这都是夜间的声音。大概是夜里寒冷的空气从上面流下来，摇动针叶，所以它就发出了沙沙的响声。如果站起来，打开窗户，就可以看到，山楂树湿润的树枝正在晃来晃去。也许是因为护士从一旁走过，衣服挂着了树枝吧。

汽车喇叭又响了。拉蒙侧耳倾听，这才明白，这是院子里一把大锯在歌唱。

有人在走廊上靠近敞着的房门站住了——影子落到了地板上。拉蒙用俄语说：“护士，我早就在叫您了。”

护士很快地悄悄走了进来。雪白的罩衫在阳光中一闪。拉蒙望着冬青问：“护士，是谁上山来了？”

“是我，拉蒙！”

拉蒙很快转过头来，从被子底下抽出一只手，想要说什么，但是感到呼吸困难，咽下了就要夺眶而出的眼泪。

塔吉雅娜·安德烈耶芙娜跪在床前，用双手紧紧捧着拉蒙没有刮过的双颊，像他一样，泪珠大滴大滴、慢慢地从她的眼里滚了下来。

“我不了，拉蒙，”她急促地小声说，“我不了……”

而那把大锯一直在窗外歌唱。

什威采尔在下面的客厅里等候塔吉雅娜·安德烈耶芙娜。他望着挂在他对面墙上的一幅颜色已经发暗的画像，可是什么也没有看见。

窗子开着。院子里有两个鞑靼工人在用一把大锯锯一根松木。客厅里飘散着新鲜锯末的香味。有时会有一股冰雪的寒气渗透到温暖的空气里。最近下的一次雪还堆在山上、山间的裂缝里和带刺的柞树丛里。

什威采尔不相信，这是他——什威采尔，现在坐在群山之中一间凉爽的屋里，而窗外是高高耸立的灰色峭壁。下面，在烟雾弥漫的深渊里，大海在闪闪烁烁。大海后面是黄色的陡岸。

“难道是土耳其吗？”什威采尔想，“还是这是云呢？”

他觉得一切都很奇怪。列宁格勒已消失在烟雾之中。简直难以相信，他会不得不再回到那些散发着漆布味的房间里去，再回到由于年深日久而发黄的手稿旁边，再去闻图书馆里那种稍有点儿发甜的霉味。

什威采尔感到最苦恼的是这样一种奇怪的情况。每次他回到列宁格勒，第一个遇到的，总是一个不相干的人——他早就忘记了世界上还有这么一个人。要么是房屋管理员要求看看他的工资单，要么是当会计的女邻居来告诉什威采尔关于统计改革的最新消息。单单是预见到这些会见，就会使什威采尔发抖。唉，要是能永远留在这儿，那该多好啊！

一只黄蝴蝶飞进了客厅。什威采尔注视着它。蝴蝶刚刚从茧里钻出来。它飞得还没有把握，摇摇摆摆，仿佛春天里就这样暖和未免太荒唐了，因此它感到头晕。它沿着墙飞过去，落到了那幅发暗的画像的画框上。

只是到这时候他才注意到那幅画像。他跳起来，走到画像前，对，这是普希金，就是那幅画像，正是为了它他才到这儿来的！但他没有感觉到他精神上早有准备的那种喜悦。

他想，这幅画像正是应该挂在这儿，而不是挂在博物馆里。正是在这儿，在塔夫里达[①]，在南方的土地上，在这间屋里。在这儿，那些命中注定不久就要离开人世的人们将会看到它，对于他们来说，即将与之告别的此生的每一个特征都是宝贵的。只需要把画像清洗一下，清除掉上面的白颜色——这些白颜色正好涂在普希金手里拿着的那张纸上。

什威采尔取下眼镜，走到画像跟前。在那层白颜色底下，看不出纸上有任何题词的痕迹。医生进来了。

“您在欣赏吗？”他问，“是幅很好的画像。可惜我们不知道这是谁的肖像。”

“这是普希金，”什威采尔说，“是一幅早就遗失了的他的画像。”

“这是真的吗？”

“是的。我是个研究普希金作品的人，知道这幅画像的历史。您很走运。您别害怕，我不打算把画像弄到博物馆去，就让它挂在你们这儿好了。只是需要清洗一下。几天之内我的一个朋友，列宁格勒的一位修复古画的专家就到这儿来。我想，他不会拒绝做这个工作的。”

“好极了！”医生说，“真是谁也没想到，我们这儿保存着这样一件珍

---

① 在古代，克里米亚半岛称为塔夫里达。

品。应该让病人们高兴高兴。他们在我们这儿就像是一些孩子。”他不作声了。“彼烈罗支持不了多久了。您还能有什么希望呢——肺只有一小点儿了，其余的都是空气，靠接氧气是活不久的。我这就告诉护士，让她给您送茶来。您路上大概什么也没吃吧。”

什威采尔谢了谢。医生走了。塔吉雅娜·安德烈耶芙娜没有回来。什威采尔没有等护士来，就到花园去了。高高的灌木丛上盛开着大朵大朵的白花。

他顺着公路走去。汽车停在树荫底下。司机在睡觉。

什威采尔从汽车旁慢慢走过去，走到第一个转弯的地方，然后加快了步伐。道路盘旋而下，走起来十分轻快。

他停下来，想：也许该回去吧？不，不需要回去。

到雅尔塔是十八公里。什威采尔决定慢慢走。他估计，六个小时以后可以到达旅馆。

公路上空无一人。松树的阴影均匀地散布在公路上。从急转弯处眺望，浩渺的大海一览无遗，可以看到一条拍岸的浪花，但是波涛声却传不到这儿。草丛中开着淡紫色的花，花上蒙着一层密密的发亮的茸毛。有些地方，从峭壁上流下一股清水，沿着路边匆匆奔流。什威采尔把手伸进水里，水冷冰冰的。他把手掌对着太阳——现在特别强烈地感觉到了太阳的温暖。

什威采尔顺着公路往下走的时候，突然发觉，大概自从他去米哈依洛夫村以来，不知怎的，他的生活变得丰富多彩，变得充实起来了。几个星期里，他的感受比许多年的感受还要多。前面等待着他的欢乐、孩子式的希望和失望，已经不多了，但是永远也不会有空虚和无聊的日子。永远不会！

他记起了自己的年龄和白发。有什么呢！关于这一点，早就有人说过，而且说得好极了。他出声地背诵了几行他心爱的诗句：

一切，我的一切，现在的和过去的一切——
在幻想和梦境中都不受时间的制约。
心灵没有把幸福的幻想强行分割——
老年人的和青年人的梦没有任何区别。

背后传来很响的汽车喇叭声。山上面，从高处驶来一辆汽车，在转弯处发出一阵沙沙的响声。什威采尔坐在路边的石栏杆上等着。

过了几分钟以后，汽车才从树丛后钻了出来。司机来了个急刹车，给什威采尔打开车门，说：

“给您的条子。”

什威采尔拆开字条。塔吉雅娜·安德烈耶芙娜在字条上写着，她要留在医院里，请什威采尔把她的手提箱给送来。

字条的最后是这样几句话：“谢谢，为了一切，不过，如果可以的话，一两天内请不要来。”

汽车驶进森林，那里一棵棵百年老树东倒西歪，仿佛有一些巨人把它们摇晃过似的。后来森林里听到水声隆隆——这是瀑布发出的雷鸣般的响声。过了瀑布，道路沿着茂密的药草种植园行进。雅尔塔出现在左面广阔的平原上。

在塞瓦斯托波尔公路上，汽车从里瓦吉亚一座座藤蔓卷曲的葡萄园旁疾驶而过，顺着铺了柏油的斜坡向城市驶去。从那里已经吹来被晒暖的石头的暖气，飘来水草和巴旦杏花的香味。

第三天，什威采尔收到了帕霍莫夫的电报。帕霍莫夫告知，他已乘内燃机船从塞瓦斯托波尔动身了。什威采尔向旅馆看门人打听了一下。内燃机船要到晚上很晚的时候到达。

什威采尔走了出去。波浪拍打着石砌的堤岸，铁桩在响，卵石发出低沉的隆隆声。风停了。路灯已经亮起来。夜幕降临到海上，这夜是浅灰色的，仿佛才下过雨。山变暗了，似乎离得更近，给人以可怖的感觉。

内燃机船汽笛长鸣，群山震动。它驶进港口，船上灯火闪烁，色彩变幻不定。无线电在甲板上播放出狐步舞曲。几十条色彩绚丽的光线在水面上跳起舞来。机器房里哗哗地流出一股油腻的水流。蒸汽呼啸，绞车发出辘辘的响声，逐渐放长钢缆。

内燃机船靠近防波堤，遮住了群山、雅尔塔和天空。一股热气从打开的客厅门里迎面扑来，这股好像旅馆里的空气中混合着香烟味、烤羊肉和咖啡的香味。

什威采尔在甲板上找到了帕霍莫夫，他们热烈地亲吻。帕霍莫夫心情激动，也许因此没有立刻注意到什威采尔身上发生的变化。等他注意到了以后，他问："您病了吗？"

"没有。怎么呢？"

"没什么……您瘦得厉害。塔吉雅娜·安德烈耶芙娜呢？"

什威采尔一声不响。

"米沙，出了这样的事情，"最后他说，"我似乎若有所失。"

"我就看出您心里准是有什么事，"帕霍莫夫说，"她怎么了？"

"她在这儿，身体健康，"什威采尔支支吾吾地回答，"到旅馆里我把一切都告诉您。走吧。”

路上帕霍莫夫在讲列宁格勒和维尔美尔的情况，不过经常停止谈话，顺便看看室内灯火辉煌的咖啡馆、拖上岸来的纵帆船乌黑的船体、浮标上闪闪烁烁的灯光和雅尔塔的绿色天空。

“真有意思！”最后，帕霍莫夫说，“好像我到了塔希提岛[1]。”

帕霍莫夫在旅馆里洗了脸，从手提箱里取出了几个装着修复古画用的溶液的罐子，把它们摆在桌子上。随后什威采尔和帕霍莫夫一同下楼到餐厅去。

在一个小舞台上，爵士乐队装出无忧无虑的样子，尖声怪叫，鼓乐齐鸣。萨克斯铜管声音清脆响亮。一个拉手风琴的胖子，生着一头淡黄色的头发，他的脸让人看上去就觉得烦闷，有时他从椅子上站起来，用手摸着脸上的伤疤，唱道：

噢，坦戈丽塔，噢，坦戈丽塔，
你生在炎热地方的天空之下！

在爵士乐队让人感到无聊和愉快的伴奏声中，什威采尔把拉蒙和塔吉雅娜·安德烈耶芙娜的事告诉了帕霍莫夫。从帕霍莫夫听他说话的神情可以看出，帕霍莫夫难以相信这一切都是真的，这个故事使他感到惊讶。爵士乐队的演奏，令人眼花缭乱的灯光，海滨的夜晚和白葡萄酒的气味，这一切使他感到晕眩。

噢，坦戈丽塔，噢，坦戈丽塔，

---

① 塔希提岛是太平洋上的一个法属岛屿。

太平洋关怀备至，把你抚养长大！

“嗯，”什威采尔说，“对这件事您有什么看法呢，米沙？”

“有什么看法吗？”帕霍莫夫回答，“您不该说某些行为是高尚的。”

“是的，”什威采尔说，“我感到惭愧。”

“为什么呢？”

“为我自己，米沙。我们总是在无谓地左思右想，像一些甲虫——窃蠹一样，拼命要到什么地方去，老是满腹牢骚。什么都不合我们的心意。直到像这样的事情震动了我们，擦亮了我们的眼睛，我们这才清醒过来。我们在争论，人类尽善尽美的感情是什么？可是，瞧，来了一位妇女，一声不响地给我们上了一课，这一课你永远也不会忘记。”

帕霍莫夫默默不语。他想，什威采尔当然是对的。帕霍莫夫还从来没有体验过精神上得到这样的提高，他仿佛受到挑战：内心里为塔吉雅娜·安德烈耶芙娜感到骄傲，并对她怀着感激之情，因为她没有欺骗他，她的确是像他所想象的那样一个人。

“画像的事只好等一等了，”什维采尔说，“明天我们去那儿一趟。我得给塔吉雅娜·安德烈耶芙娜送点儿东西去。”

“咱们到堤岸上去吧？”帕霍莫夫提议说，“这儿太吵闹了。”

他们来到堤岸尽头的小公园里。那里光线很暗。路灯的灯光透不过洋槐树丛。

他们坐到长凳子上，默默地坐了好久。拍岸的浪涛涌来。防波堤上灯火已经消失——内燃机船开走了。防波堤尽头的灯塔上红光一亮，随后又熄灭了。海上，在黑暗中，从只有暗淡的星光闪烁的远方，传来了单调的马达声。

“到疗养院去有几公里？”帕霍莫夫问。

什威采尔没有回答。他睡着了，他的脸色苍白，样子十分疲倦。帕霍莫夫叫醒了什威采尔，他们一道回到旅馆里。

在旅馆里，什威采尔很快就睡着了。帕霍莫夫坐在沙发上，抽着烟，望着窗外。他好像觉得，有一颗小星飞进屋里，悬在桌子上面，一直在眨眼。帕霍莫夫站起来，走上前去——齐他眼睛这么高的地方，有一根白色的绒毛，在路灯灯光中不时发出微弱的闪光。绒毛好像蒲公英，是一种不知叫什么的南方树木的会飞翔的种子。

在路灯灯光下，他从便条本上撕下一页纸来，写道：“谢苗·里沃维奇，明天早晨我在公路上离疗养院一公里的地方等着您。”他把这张纸放在什威采尔床边的桌子上，然后走了出去。

在前厅里，他看了看钟——夜里两点。墙后面爵士乐队仍然在大吵大闹，不过已经疲倦了，是在马马虎虎地演奏。

帕霍莫夫走到去里瓦吉亚的公路上，慢慢地往山上走去。他时常停下来，望望天空。泉水在喃喃低语，空气中飘散着桧树的清香。海岸在下面，没入半夜的烟雾之中。峡谷发出低沉的响声。

黎明时塔吉雅娜·安德烈耶芙娜在护士的屋里醒来了，感到有点儿冷，窗外阴沉沉的天空好似一堵墙壁。塔吉雅娜·安德烈耶芙娜从沙发上跳起来，匆匆穿上衣服。护士已经走了，不过她的床还没有收拾过。

“大概还很早。”塔吉雅娜·安德烈耶芙娜想。

她在大理石小脸盆里洗了脸，然后对着贝壳框的镜子梳头。

拉蒙住的病房在另一座大楼里。塔吉雅娜·安德烈耶芙娜走进花园，她觉得身上发冷——想必是因为没有睡好，因为太疲倦了。大海上面是一望无际的天空，万里无云，对人的命运漠不关心。

拉蒙的病房门半开着。塔吉雅娜·安德烈耶芙娜看到了床边的医生和护士。护士回头望了望，走到门边，对塔吉雅娜·安德烈耶芙娜小声说，现在不行，于是掩上了房门。

塔吉雅娜·安德烈耶芙娜坐在走廊里的藤椅上。她仍然觉得冷，她把手掌夹在膝盖中间，侧耳倾听。病房里传来一阵玻璃叮叮当当的响声，随后又听到人嗓子里发出轻微的呼噜呼噜的声音。

“在接氧气！”塔吉雅娜·安德烈耶芙娜想。

护士出来了。

“请到食堂里去，喝一杯热牛奶吧，”她说，“茶还没有。”

“他怎么了？”

“没什么……”护士回答，“我想，您不久就可以进去了。我去问问医生。请在食堂里等着我。”

塔吉雅娜·安德烈耶芙娜走进食堂，在桌边坐下。一个包着红色三角头巾的瘦瘦的姑娘把一杯热牛奶放在她的面前，又把一盘白面包推了过来。塔吉雅娜·安德烈耶芙娜喝了一口牛奶，就把杯子推开了。

“您怎么了？”姑娘问，“会冷掉的。”

“不，没什么。”

“要不要给您拿块头巾来？”

塔吉雅娜·安德烈耶芙娜点点头。

姑娘出去了。院子里鞑靼工人已经开始在锯木头。塔吉雅娜·安德烈耶芙娜隔着窗子看到姑娘走到他们跟前，她手里拿着一块毛茸茸的白头巾，对鞑靼人说了些什么。他们停下来，不锯了，其中一个把当当响的弯锯扛到肩上，走了。

姑娘走进来，把头巾披到塔吉雅娜·安德烈耶芙娜的肩上。

“您在胸前打个结，”她说，“让我来帮您。”

她把头巾在塔吉雅娜·安德烈耶芙娜的胸前打了个结。护士一直还不来。塔吉雅娜·安德烈耶芙娜站起来，向门口走去。

“您上哪儿去？”姑娘惊恐地问，“牛奶呢？”

塔吉雅娜·安德烈耶芙娜什么也没回答。她走进了花园。二楼上拉蒙病房的窗户开着。塔吉雅娜·安德烈耶芙娜坐到蓄水池旁的一条长凳子上，金鱼在池中游来游去，现在立刻聚集到塔吉雅娜·安德烈耶芙娜坐着的那一边——要求给它们丢一些面包屑。

塔吉雅娜·安德烈耶芙娜回到食堂里。无论是那个姑娘还是护士，都不在那里。于是她向拉蒙的病房走去，又坐到了那把藤椅上。她等了很久。医生终于出来了，他对塔吉雅娜·安德烈耶芙娜点点头：“请进去看他吧。”

塔吉雅娜·安德烈耶芙娜走了进去。护士向她指指拉蒙床头的椅子。

“我出去一下。”护士说，她有点儿不好意思，然后走了出去。

拉蒙的脸色发黑，闭着的眼睛上睫毛是湿润的。他呼吸急促，时断时续。

“我在这儿，拉蒙。”塔吉雅娜·安德烈耶芙娜低声说。

拉蒙先是紧紧闭着眼皮，后来慢慢睁开了眼。“您是光。”他用勉强可以听到的声音说。

塔吉雅娜·安德烈耶芙娜从他的额头上撩起他的头发，对着他的嘴唇低下头去。

拉蒙抬起一只手来，用手指慢慢地摸了摸她的眉毛。

“现在反正都一样了，”他说，“也许，您会见到我的父亲。”

“用不着说话，拉蒙。”塔吉雅娜·安德烈耶芙娜低声说。

拉蒙还是那样轻轻地用手指摸她的眉毛。

“在西班牙，”他说，“有一些白色的墙……我们撤退了……每个人都用木炭在墙上写下他到哪里去……为亲爱的人写的。所有的墙上都写满了，只有我一个人没有写。那时我还不知道您的名字……”

他不作声了，闭上了眼。

塔吉雅娜·安德烈耶芙娜低下头，吻了吻他那只冰冷的手。“怎样才能延长生命呢？”她想，“需要集中全部力量、全部意志，把生命从我的身体里注入他的身上去。”

突然她的眼里一阵发黑。她抬起头来——黑暗像一道黑色的幕布向天花板飞来，在放下的窗帘外面，太阳好像是血红的。

医生进来了。

“您得走了，”他低声对塔吉雅娜·安德烈耶芙娜说，“他需要安静。”

“不，医生，”塔吉雅娜·安德烈耶芙娜回答，“现在他需要的只有我。”

医生走了。塔吉雅娜·安德烈耶芙娜留了下来。时间停止了。仿佛透过很厚的棉花传来了各种声音——汽车喇叭声，护士的喃喃低语，医生们匆匆忙忙的脚步声。她听得清楚的唯一的声音，是拉蒙断断续续的呼吸声。

他在下午三点钟停止了呼吸。他似乎是睡熟了，塔吉雅娜·安德烈耶芙娜坐在他的床边，目不转睛地看着他。

黎明时，帕霍莫夫走到了刻着“17”字样的路标那儿。离疗养院还剩一公里。帕霍莫夫坐到栏杆上，等着。

他望着群山。它们好像慢慢活起来了，各种纯正的色彩组成一幅活的画面，仿佛在熊熊燃烧——砂砾斜坡和苔藓是黄的，花岗石粗糙的平面呈淡紫色，洪水流过形成的河床已经干涸，它们是红色的，橡树林的叶子呈墨绿色，松树树皮似乎在闪闪发光，它们是粉红色的，山路旁边的栏杆是的白垩色的——山路一会儿在这里，一会儿在那里，突然从一堆堆石头和绿荫中冲出来。

后来太阳照到了帕霍莫夫坐着的道路转弯的地方，往公路上、他的脸上和手上洒下几十个闪闪烁烁的光斑，并渐渐向下移动，把阳光洒进蔚蓝的海水。不知什么地方传来了山羊咩咩的叫声。

空中慢慢升起像一团团蒸汽样的白云——度过潮湿的夜，群山渐渐被晒干了。

帕霍莫夫已经有很久没到过山里了，和往常一样，山中空气所产生的那种独特的共鸣使他感到惊讶：森林深处松球落下来的声音听得那么清楚，好像它是落在你的脚边；从陡崖上滚下一些石块，愉快地噼噼啪啪地响着，惊动了山间的回声；但是不管你转向哪边，到处都能听到同样响亮的流水声，一会儿声音高亢，一会儿比较低沉，从峭壁上流出许多涓涓的清泉。

上面有一辆载重汽车驶过，车上载着一大堆粒状的雪。太阳在发出咔嚓咔嚓响声的雪堆里挖了许多小小的山洞，每一颠簸，都会从洞里溅出融化的雪水，汽车后面迤逦地拖着一条湿淋淋的雪水痕迹。太阳晒暖了树木、野草和开满粗糙的野花的陡峭山坡，空气一分钟比一分钟变得更浓、更香，已经能分辨出紫罗兰、野蔷薇和马鞭草各自不同的香味。

帕霍莫夫听到了小汽车喇叭声，于是站了起来。可以看到下面的汽车——它正急急忙忙地在公路上奔驰，每到转弯的地方喇叭就响起来。什威采尔什么也没对帕霍莫夫说，只是看了他一眼，就又陷入沉思，把头缩进竖起来的大衣领子里。

在疗养院里，人家告诉他们，拉蒙情况很不好，大概不久就要死了。塔吉雅娜·安德烈耶芙娜一直不离开他。护士把什威采尔和帕霍莫夫领到食堂里，请他们喝茶。

他们在疗养院的花园、草地里慢慢走着，偶尔匆匆地说一两句话，不时侧耳倾听。四周丸花蜂在傲慢地嗡嗡叫着。后来他们到客厅里去看画像。

一个包着红色三角头巾的姑娘走进来说，彼烈罗刚刚死了。过了几分钟，汽车司机跑了进来，惊恐地对什威采尔大声说，塔吉雅娜·安德烈耶芙娜独自一个人到山里去了。

帕霍莫夫和什威采尔沿着公路去找她，他们看到她在远远的一个转弯处后面。她把那条有绒毛的白色头巾铺在地下，坐在石头上，弯着腰，在嚼一根草茎。

“您到她那儿去，安慰安慰她。”什威采尔说。

“您呢？”

“去吧！我在拐弯的地方等着你们。”什威采尔严厉地说，仿佛是害怕帕霍莫夫反驳，说罢立刻就走开了。

帕霍莫夫走到塔吉雅娜·安德烈耶芙娜身边，喊了她一声。她回过头来，怀疑地皱起眉头，看了看他。随后她站起来，向帕霍莫夫伸出了双手。他抓住了她的手，塔吉雅娜·安德烈耶芙娜问："您都知道了吗？"

"是的。"帕霍莫夫回答。

"这么困难……"她说，她的声音中断了。"我在等着您，米沙。一直盼着您来。"

在去雅尔塔的路上，他们很少说话。

在雅尔塔，为了汽车在疗养院里停留的时间过久，什威采尔要多给司机一些钱，司机断然拒绝了。

"这不关您的事。"他粗暴地说，一面在发动马达。

拉蒙被安葬在阿乌特卡墓地。这天阳光和煦，有风。

来参加葬礼的，除了塔吉雅娜·安德烈耶芙娜、什威采尔和帕霍莫夫，还有疗养院的护士。在最后一分钟，汽车司机也来了。什威采尔没有立刻认出他来。司机穿一身灰西装，干干净净地刮过了脸，他带来了一束石竹花，是从马桑德拉他认识的一个园丁那儿弄来的。

塔吉雅娜·安德烈耶芙娜的脸上没有一点儿血色，因此她的眼睛、眉毛、睫毛似乎黑得出奇，显得很不自然。

每个人都往还没掩埋的墓穴里、拉蒙的棺材上丢了一把土。这是有很多碎石的泥土，很像他的故乡西班牙的泥土。

坟墓上安放了一个临时墓碑——一根普通松木柱子。帕霍莫夫在柱子上钉了一块牌子，在上面写上："拉蒙·安东尼奥·彼烈罗，一九一六年生于马德里（西班牙），一九三九年四月死于雅尔塔。"

护士和司机走了，塔吉雅娜·安德烈耶芙娜仍然留在墓旁，什威采尔和帕霍莫夫在墓地上慢慢地走来走去。

蜜蜂立刻从四面八方飞到撒在坟墓上的花朵上。它们贪婪地吮吸石竹花的汁液，嗡嗡地叫着，金色的肚子在太阳底下不时发出微弱的闪光。

塔吉雅娜·安德烈耶芙娜坐到地上，双手抱膝，陷入沉思。最近几天的沉重心情和经常的痛苦变成了奇怪的宁静和对拉蒙的柔情。她久久地看着蜜蜂，于是微笑了。风吹动她脚边的草。一些蚂蚁在拖一个干枯的洋槐荚。一只灰色的小鸟儿落在树枝上，好长时间在树枝上擦它的喙，敲击着树枝，发出很响的声音。

塔吉雅娜·安德烈耶芙娜看了看自己脚下的土地。阳光透过草丛，照亮了像铁矿石一样有许多小孔的石子和一些很小的小黄花。

塔吉雅娜·安德烈耶芙娜站起来，迎着什威采尔和帕霍莫夫走去。她说，他们大概都很累了，该回城里去了。

回去的时候，他们步行经过阿乌特卡。最初道路向下奔入平原，那里有一条小河，水声清晰可闻。过了河，道路陡然向上，通往阿乌特卡郊区。他们在契诃夫的别墅附近走上了公路。

什威采尔提议进去看看，塔吉雅娜·安德烈耶芙娜同意了。但是进去以前，她先在微微倾斜的小院子里一条长凳上坐了一会儿，然后走进了花园。花园里花木繁茂，有乔木，也有灌木丛，因而显得很挤。水顺着水泥槽奔流。水很浅，可以看到水下面有一些黄绿相间的海中的小圆石子。花园里空气凉爽，似乎稍有点儿甜味。

一进到屋里，立刻感到，仿佛回到了童年。吊着的煤油灯、格子柜、彩色的窗户、装帽子的硬纸盒……一切都是童年的景象，一切都让人感到宁静舒适，仿佛是经过深思熟虑、精心布置，造成了这样的气氛。

房子没有任何一点儿博物馆的样子，这是一个作家生活、休息的地方。好像觉得，高高的房门就要打开，契诃夫就会从隔壁屋里走出来，轻轻地咳嗽着，像所有眼睛近视的人一样，稍有点儿不好意思地伸出他那只干瘦的大手。

当他们从契诃夫的屋里出来的时候，太阳照得人眼花。刚从凉爽的屋里走出来，阳光似乎显得格外强烈，令人难以忍受。

“人的最好的品质，当然是淳朴，”什威采尔说，“与其他作家比较，我最喜欢契诃夫，喜欢他的淳朴。”

他想起了他的一些同事，不由得皱起了眉。最惹他生气的，就是他们缺少淳朴的品质。

这些自以为接近文学的人，偏见多得惊人，对不属于他们职业范围之内的许多事物都缺乏好奇心，你和他们就不能谈谈像下雨啦、采蘑菇啦……这样一些极其美好的事物，这些都是第三等的话题。他们认为，头等的话题是谈论司汤达、斯托科夫斯基①，最近剧院里的首场演出。

“无益的生活！”什威采尔想，“僵化！编辑部里香烟缭绕，烟雾腾腾。一个人一生中一次也没有光着脚体验过大地的温暖，从来没有在榛树林里被雨淋得浑身湿透——这样的人，他的一生毫无欢乐可言。即使是体验过这一切，也只是感到痛苦不堪，犹如住在屋顶漏雨的屋里，或者是穿着夹脚的鞋子。这样的人在大自然中是不舒服的，他们当中的大多数人是靠别人的智慧、别人的天才、别人的错误和成功而生活的，然而却认为，没有他们，没有他们的干预，就既不会有真正的文学，也不会有真正的诗和戏剧。”

---

① 斯托科夫斯基（1882—1977），美籍波兰指挥家。

什威采尔暗自骂了一句。以前他也是从事这种无聊的工作的，有时会把一些很有才能的人都搞糊涂。但现在这一切都结束了。即使能对生活做出一点点自己的贡献，不管这贡献是多么微不足道，也胜似在别人的工作台旁无谓地瞎忙。

整整这一天，什威采尔一直受昨晚接到的谢拉菲玛·马克西莫芙娜来信的影响。这封信是严厉的，然而又是温柔的。“愿上帝保佑你，”谢拉菲玛·马克西莫芙娜写道，“也许，你当真是需要过经常不安定的生活，需要经常发生变化，需要我和你为了它而不和并发生争吵的一切。你自己看着办吧。现在我不想以任何方式来束缚你。归根结底，重要的是，在你的一生中做你能做的事，至于怎样才能达到这个目的，通过什么途径——这已经不是事情的本质了。我非常了解你，我看得出来，你很苦恼。你安心好了，今后你认为需要怎样，就怎样生活吧，自管轻松地生活吧。我呢，将在你身边作为你的家庭医生，是不是这样呢？别生我的气——所有的母亲，大部分都是独断专横的。”

“我就知道会是这样，”什威采尔看完了信说，他的眼睛在镜片下闪闪发光，“最后不可能不明白，每一个人都需要有他自己的生活，而不是接受别人给他安排的生活。”

他立刻给谢拉菲玛·马克西莫芙娜写了一封温柔的信，亲自送到码头，送上了内燃机船，顿时感觉到如此轻松，大概他一生中还从来没有过这样的感觉。

他们从山上下来，沿着阿乌特卡舒适的街道进入市里。塔吉雅娜·安德烈耶芙娜在想着拉蒙。

拉蒙死了，临终前他相信了她的爱情。需要这样，她不能不这样做。

是的，这是欺骗，但是没有任何一个人能对她说，她做得不对。几天之内她仿佛长了许多岁。生活世代相传，永远不会枯竭，这生活是很平常的，没有任何传奇色彩，需要咬紧牙关，和妨碍生活自由进程的一切进行无情的斗争。拉蒙为此斗争过了，为此维尔美尔、帕霍莫夫和什威采尔也在以各自不同的方式斗争着。只能让这样的愿望充实她的未来——让我们周围的生活、对于每一个人来说都是唯一的生活，达到尽善尽美的地步。

在城里，他们走进了咖啡馆。浪涛又在开始拍打海岸。柏油路上出现了许多水洼。

什威采尔用小勺搅着杯子里的糖，说:“我想，米沙，后天您就可以动手修复画像了。这需要多少时间？”

“两三天，不会再多了。”

“这么说，我们还得在这儿住五六天。”

帕霍莫夫疑问地看了看塔吉雅娜·安德烈耶芙娜。她垂下眼睛，说：“好的。”

“我们送您回敖德萨去。”什威采尔对塔吉雅娜·安德烈耶芙娜说，“怎样回列宁格勒——是经过敖德萨呢，还是经过莫斯科，对我们来说，反正都是一样的。”

“好的。”塔吉雅娜·安德烈耶芙娜回答，没有抬起眼来。

帕霍莫夫把画像带到警卫室去进行修复。警卫室在疗养院的边上，窗子冲着森林。

帕霍莫夫在警卫室里度过了三天。

如果可能的话，帕霍莫夫真想长期住在警卫室里。一间普通的雪白的房间，有点儿潮湿的白垩气味，窗外温暖的阳光——这一切他觉得真美极了。他一向认为，画家的住处就应该是这样的。

头两天，帕霍莫夫慢慢清除掉画像上的一层污垢，有些地方恢复了它原来的颜色。今天从早上起，他就决定要最终清除掉普希金题词上的那层白粉，显示出上面的原文。

他还没有开始工作，他在等着什威采尔。什威采尔不知为什么还不来。帕霍莫夫忍不住了，他用一块在淡黄色溶液中浸湿了的棉花小心翼翼地拭净普希金拿着的那张纸的下半部分，露出了几个模模糊糊的字母，后来露出了第一个词："昏昏欲睡的。"

帕霍莫夫放下了棉花，需要做出巨大的努力，才能忍耐着，在什威采尔到来之前不把全文都清洗出来。帕霍莫夫的手在发抖。如果白粉已经变得像石头一样硬，不得不花几个月的时间一点一点地清除它，帕霍莫夫一定会很高兴这么做。

他回过头来，仔细看看凹凸不平的墙壁，顶棚梁上一个个老大的椽钉以及一张旧皮凳子。他不相信，克里米亚群山之中这间空荡荡的房子会载入史册，将会有千千万万人知道这间房子。现在只有他一个人在这里，独自面对被一层颜色遮盖着的诗句。

快到中午的时候，什威采尔来了。他竭力保持平静，但是看得出来他心中焦急，一直在搓手。

看到诗中的第一个词，他的脸色发白了，他对帕霍莫夫说："您真不知道好歹，米沙！难道您不能忍耐着点儿吗？"

"我只是试一试溶液，谢苗·里沃维奇。"

"试一试！好吧，上帝保佑您。开始清洗吧。"

"从上面，还是从下面开始？"

“最好是在各个不同的地方。”

帕霍莫夫锁上房门，蘸湿了棉花。他用力擦了擦那张纸的中间，露出了一个词：“黄昏的”。他对着油画深深弯下腰去，继续擦洗。后来他决定先擦普希金的手，在一层深棕色的颜料底下露出一只指甲很长、戴着发光的宝石戒指的手。帕霍莫夫对着手指弯曲的地方端详了好久，回过头来看看什威采尔。什威采尔坐在凳子上，望着窗外。

“您怎么了？”帕霍莫夫问。

“请您擦净那张纸的最上端，”什威采尔头也不回，说，“那里一定有一个‘疏’字。”

“您怎么知道呢？”“您擦吧，米沙！”

帕霍莫夫擦了擦，真的，从颜色底下露出一个用斜体书写的“疏”字。

“一切都明白了！”什威尔采说，“我刚看到头一个词‘昏昏欲睡的’，就猜到是这几句。”

“明白什么了？”

“明白了这是哪几句诗。这首诗您也知道的，米沙。”

帕霍莫夫默默地继续擦洗。他并不感到失望，但是他可怜什威采尔。一切努力、找寻，全是白费力气。

什威采尔猜对了。第一行诗出现了：“空中飘浮的缕缕白云渐疏，渐淡。”

帕霍莫夫把原文全部清洗了出来。原来这是从儿时起就熟悉的一首诗的第一节。

“您感到难过吗？”帕霍莫夫问什威采尔。

“一点儿也不。”什威采尔回答。他走到画像前，念出了这节诗的全文：

空中飘浮的缕缕白云渐疏，渐淡。
一颗黄昏的星，神情悒郁，哀怨！
你的光芒给草木凋零的平原，昏昏欲睡的港湾，
还有那黑压压峭壁的峰巅，披上一层银白色的纱幔。

“一点儿也不，米沙！”什威采尔又说了一遍，开始在屋里走来走去，从一个角落走到另一个角落。“我对什么也不感到懊悔。仅仅为了咱们俩能在这里再读一遍这几句诗，付出这么多的努力也是值得的。您认为呢？”

“大概是值得的。”帕霍莫夫回答。

“如果说世界上有所谓尽善尽美，那么它就包含在这四行诗中。我们会死亡，民族会衰亡和复兴，而这些诗句却将世代相传，使人们惊叹不已。‘你的光芒给草木凋零的平原……披上一层银白色的纱幔’，您听得出来吗，每一个字母都在歌唱？这太准确了，这简直像空气一样，是透明的。悲哀，宁静。每次重读这几句诗，都会有新的发现。”

“我在天才面前感到茫然若失，”帕霍莫夫说，“我不知道这是什么。永恒的青春吗？还是什么旁的呢？这一切都是像瀑布一样从心灵中迸涌出来的。人恐怕没料到他能做出什么样的事情来。大概是这样的。”

“大概是这样的，”什威采尔赞同地说，“我们爱有天才的人，显然，我们所爱的，就正是我们自己不能完成的事情。我的寻找到此结束了，米沙。”

什威采尔不作声了，后来突然精神一振。

“现在——去雅尔塔。塔吉雅娜·安德烈耶芙娜请求快点儿把您带回去。”

在靠近敖德萨海岸的地方遇上了大雾。每一分钟汽笛都在怒吼。

塔吉雅娜·安德烈耶芙娜醒了，她侧耳倾听——内燃机船一动不动。有时螺旋桨慢慢地隆隆响着转动几下，然后又停止不动了。

“雾！”塔吉雅娜·安德烈耶芙娜高兴地想。可是，因为有雾而高兴，她又感到有点儿不好意思。雾会使内燃机船耽搁很久，而塔吉雅娜·安德烈耶芙娜却希望航程能再延长几天。她知道，与帕霍莫夫和什威采尔分手，对她来说不会是很轻松的。

“奇怪。”塔吉雅娜·安德烈耶芙娜说，于是动手穿衣服。

她走上甲板。雾犹如闷热的波浪，一阵阵从轮船旁飘过去。有时雾变得稀薄一些，这时会觉得，巨大的内燃机船，连同船上雄伟的烟囱、高大的桅杆以及甲板，不知是由于什么奇迹驶进了一个湖水稍有点儿发绿的深水小湖，船头和船尾都靠在由白茫茫雾气形成的高大的岸上。帕霍莫夫和什威采尔站在甲板上船舷旁边，不知在倾听什么。塔吉雅娜·安德烈耶芙娜喊了一声什威采尔。立刻有一个声音从船长台上庄严而平静地说：“旅客同志们，请保持绝对安静！请帮助我们听清岸上的汽笛声。”

塔吉雅娜·安德烈耶芙娜惊讶地瞪大了眼睛，踮着脚尖走到帕霍莫夫和什威采尔跟前。

“轻一点儿！”什威采尔说，“我好像听到了。”

由于潮湿，塔吉雅娜·安德烈耶芙娜在发抖——才从温暖的船舱里出来，感到甲板上有点儿凉。帕霍莫夫身旁，船舷上搭着他的夏季大衣。帕霍莫夫拿起大衣，把它披到塔吉雅娜·安德烈耶芙娜的肩上。她默默地对他点点头，把大衣裹在身上。

“真的，我听见了。”什威采尔说。

大家都在侧耳倾听，船尾后面有什么东西喑哑地嗡嗡响了一阵儿，然后又静下来了。

“对，一点儿不错！”感到高兴的什威采尔说，“强音雾笛！您输了一个卢布，米沙。是我第一个听到的。我去告诉船长。”

他顺着舷梯登上上层甲板。塔吉雅娜·安德烈耶芙娜和帕霍莫夫两人留在那儿。

“我从来没想到过，海上会这么静！”塔吉雅娜·安德烈耶芙娜说。她用胳膊肘撑在船舷上，站在帕霍莫夫身边。“穿着您的大衣多暖和呀！谢谢！”

船长台上汽笛猛烈地响了起来。

“您不冷吗，米沙？”塔吉雅娜·安德烈耶芙娜问。

“不，我很好。”

“您要知道，米沙，我大概是很贪心的。我想要记住一切，保存一切。您看见了吧，波浪翻腾，流进雾中。我想要永远记住这海里的波浪，还有这雾，还有这汽笛声。因此我羡慕您和尼古拉·根里霍维奇。”

“想得起来的，羡慕起什么人来了。”帕霍莫夫开玩笑地说。

“因为所有这一切——哪怕是下雨的时候粘在窗户上的一片叶子——这一切都只有用颜色才能保存下来。一般说来，我羡慕画家。”

什威采尔回来了，他拉着塔吉雅娜·安德烈耶芙娜和帕霍莫夫去喝茶。客厅里开着电灯，小桌子上摆着白色的紫罗兰。塔吉雅娜·安德烈耶芙娜·安德烈耶芙娜摸了摸这些花，想起去雅尔塔的途中在轮船上的那天晚上，同样的紫罗兰花，还有和什威采尔的谈话。她记起了他说的话：理智和正义一定会获得胜利，于是感激地望了望他。

除了茶，什威采尔还要了一瓶葡萄酒。

“好，”他扶正眼镜，说，“为未来干杯。”

帕霍莫夫看着杯里的酒。

“哪儿来的太阳？”他问，说着抬起头来。透过雾霭已经露出了天蓝色。

机器隆隆地响了起来，玻璃杯发出叮叮当当的响声，白色的阳光中出现了微呈淡红色的很高的海岸和挺拔耸立的灯塔。

“大喷泉！”塔吉雅娜·安德烈耶芙娜说，盛着酒的酒杯在她手里颤抖了一下，“多么快呀！”

六月中旬，瓦尔瓦拉·加夫里洛芙娜的花园里第一批鲜花已经开放了——向日花、紫罗兰、烟草。玛莎在小路上撒了些沙子。

一根野葡萄藤从台阶上耷拉下来。它摆动了很久，后来攀住落水管，向房顶，向顶楼的窗子爬去。由于蒲公英盛开，苹果树下的草丛变成一片金黄。亭子旁边一个潮湿的角落里，荨麻长得十分茂盛，还长出了老大一丛飞帘。

一些翅膀上带小黑点的红色甲虫从灰色围墙的缝隙里跑出来晒太阳。

塔吉雅娜·安德烈耶芙娜来信说，她在六月二十几号回来。二十几号包括许多天，瓦尔瓦拉·加夫里洛芙娜不知道该在哪一天等着她，该在什么时候烤甜馅饼，在塔尼娅的屋里、在阁楼里摆上鲜花。塔尼娅的屋里，不管什么时候进去，整天都洒满阳光，太阳晒暖了擦洗得干干净净的地板、油漆已经干裂的窗台和桌子上的书——这些书还是塔吉雅娜·安德烈耶芙娜冬天临走前从箱子里取出来，放在那儿的。

今天，和往常一样，为了以防万一，瓦尔瓦拉·加夫里洛芙娜在塔尼娅的屋里摆上了鲜花，玛莎则跑到车站上去等火车。她已经是第三天跑去碰运气了。

瓦尔瓦拉·加夫里洛芙娜来到了花园里。菩提树散发出一股甜蜜的芳香。瓦灰色的乌云遮住了太阳，传来隆隆的雷声。瓦尔瓦拉·加夫里洛芙娜急忙躲雨，这时听到了辚辚的马车声。

瓦尔瓦拉·加夫里洛芙娜用颤抖的双手拉开门闩，开开大门。大雨如注，大滴大滴的雨点垂直跌落下来。阳光时而穿透乌云，雨水宛如闪闪发光的长线从空中飞向地面。她在轻便马车上看到了皮肤晒得黝黑的塔尼娅、玛莎，还有一个没戴帽子、穿一件夏季大衣的姑娘。塔尼娅从马车上跳下来，抱住瓦尔瓦拉·加夫里洛芙娜，热烈地吻她的双颊，然后又吻她的前额、白发和干瘦的小手。

雨还在下，在房顶上喧哗。潮湿的泥土散发出强烈的芳香。公鸡在院子里高声啼叫。

“这是幸福的兆头，塔纽莎，”瓦尔瓦拉·加夫里洛芙娜低声说，并且擦干了眼睛，“出着太阳下雨，这一向是幸福的预兆！”

“当然是幸福的预兆，妈妈。”塔吉雅娜·安德烈耶芙娜说。瓦尔瓦拉·加夫里洛芙娜笑了——她说话的声音这么响亮，还完全是个姑娘。谁也不会想到，她已经有一个成年的女儿了。

“尼娜，”塔吉雅娜·安德烈耶芙娜大声喊，“请过来亲亲我的老太婆！”

瓦尔瓦拉·加夫里洛芙娜感到有点儿不好意思。陌生的姑娘个子高大，好像很严厉的样子。她和瓦尔瓦拉·加夫里洛芙娜互相亲了亲，塔尼娅说：“这是我的朋友，尼娜。我带她来住一个夏天。”

赶车的是个蓝眼睛的老头儿，他把手提箱搬进前室，嘴里嘟嘟囔囔地说着：“谢天谢地，瞧，咱们到了。老大娘，这不是吗，幸福已经来了。”玛莎小心翼翼地把一小筐老大的杏提了进来。

开始忙乱起来，笑声不停，井水已经在面盆里哗啦哗啦地响着了。穆哈站在沙发上汪汪地叫，后爪在撕扯蒙在沙发上的面子。厨房里茶炊发出咕噜咕噜的响声。整座房子里充满了女人们说话的声音。

“我多么高兴啊！”瓦尔瓦拉·加夫里洛芙娜说，“你简直不知道，塔纽莎，你像这样回来，我觉得多么高兴。”

“‘这样’是什么样？”塔吉雅娜·安德烈耶芙娜问。“这样好，这样美。”瓦尔瓦拉·加夫里洛芙娜回答，在去厨房的半路上坐到五斗橱旁的一把椅子上，又哭了一阵。

“现在我将永远是这样的，妈妈，”塔吉雅娜·安德烈耶芙娜说，“就在这几天里，我和尼娜一道到列宁格勒去几天。好吗？”

“嗯，上帝保佑你，好吧。”瓦尔瓦拉·加夫里洛芙娜回答。

塔吉雅娜·安德烈耶芙娜不知为什么感到不好意思了。她跑上楼顶，回到自己屋里，不由得惊呼了一声——墙上挂着一幅陌生的画：海浪翻滚，流入雾霭之中。

“这是什么？”塔吉雅娜·安德烈耶芙娜问。

“这是米沙·帕霍莫夫送给你的礼物，”玛莎说，“是他在几天以前寄来的。”

塔吉雅娜·安德烈耶芙娜打开窗子。从花园里涌进一股雨天的清新空气和晒干的薄木板的香味。塔吉雅娜·安德烈耶芙娜回转身来，抱住了玛莎。

“你怎么了，妈妈？”玛莎惶惑地问。

“没什么，”塔吉雅娜·安德烈耶芙娜笑着回答，“不知为什么，我感到遗憾，因为只有我一个人看到这一切。”

“怎么是一个人呢？”玛莎惊讶地问。

“我只是这么说说……”塔吉雅娜·安德烈耶芙娜回答，“你怎么竟晒得这么黑了？好，咱们下去，去找姥姥和尼娜吧。要是你能知道的话，玛莎，你们这儿是多么好哇！……”

第二部

夏初塔林没有黑夜，黄昏是有的。它一直延长到黎明，直到太阳在芬兰湾上冉冉升起。那时一切都闪着蓝光——空气，窗子上的玻璃，就连塔吉雅娜·安德烈耶芙娜的女房东阿玛丽娅·布拉乌恩的白头发，也好像变成了蓝的。

塔吉雅娜·安德烈耶芙娜睡得很不安宁，经常醒来，望望窗外，北方的白夜在窗外发出暗淡的闪光，她在想她自己的遭遇。

显然，是爱情来了。但是它完全不像塔吉雅娜·安德烈耶芙娜所熟悉的和经常在生活中所见到的那种爱情。帕霍莫夫一次也没有和她谈起过爱情。她也默不作声。

如果有人问她，从那个遥远的早晨，在敖德萨岸边的内燃机船上控制了她的那种感情叫什么，她准会回答说，那是一种梦的感觉。在梦境中，被太阳照亮的窗框也会像一种十分壮丽的景象，长期留在记忆里。塔吉雅娜·安德烈耶芙娜现在所遇到的也正是这样的情况。一切微不足道的小事——公路上转弯的地方，伸到篱笆上的树枝，路灯的灯光——这一切似乎都含有重大意义。塔吉雅娜·安德烈耶芙娜认为，有许多极普通的事物，它们的本质是很好的，可是由于要操心的事情太多，我们往往仿佛变成了盲人，因此注意到这一点的时候实在是太少了。

一九四一年春，她离开敖德萨剧院，在诺夫戈罗德瓦尔瓦拉·加夫里洛芙娜那里只住了几天，然后就到喀琅施塔得波罗的海舰队的剧院去了。因为能见到帕霍莫夫，而且能为水兵们演出，她感到很幸福，但不久剧院就转到了塔林。

演出有时是在船上，有时只好在塔林城市公园的露天舞台上演出。有时，正在上演的时候，已经驯熟了的松鼠会从云杉上跳上舞台，在演员们的衣袋里乱翻，找核桃吃。观众笑了。导演助理，说话结结巴巴的萨沙·尼德尔用聚光灯的灯光对准松鼠，松鼠逃走了。“别——别——别，真——真的，别拉——拉幕！”

六月中旬，帕霍莫夫来看塔吉雅娜·安德烈耶芙娜。列宁格勒剧院里的壁画就要完工了，但是维尔美尔老头儿让帕霍莫夫来的时候，唠唠叨叨抱怨个没完，因此帕霍莫夫下不了决心，不敢使自己在塔林停留的时间超过一个昼夜。

塔吉雅娜·安德烈耶芙娜在车站迎接帕霍莫夫。他们在食堂里喝了杯咖啡，从一个穿印花连衫裙、把两条淡褐色的辫子盘在头上的小姑娘那里买了一束向日花。花束上喷过了水，水滴流到桌布上，留下一些潮湿的斑点。

“像眼泪一样。”塔吉雅娜·安德烈耶芙娜说。

“您很少哭吧？”帕霍莫夫问，忽然感到不该这样问，他脸红了。问题是愚蠢的。

“很少，”塔吉雅娜·安德烈耶芙娜微微一笑。“最近一次是在得知巴黎陷落的时候。”

她总是觉得，她曾经在巴黎住过。也许这是因为，她所爱的法国人——巴尔扎克、莫泊桑和福楼拜——对她来说不仅仅是法国作家，而是她的朋友吧。他们讲了一些机智的故事，当着她的面互相争论，而且怜惜她这个没有经验的外国女人。特别可爱的是福楼拜，他把旧时代的温文尔雅和父亲般的仁慈都集中到了自己身上。

巴尔扎克——用什威采尔的话来说，是塔吉雅娜·安德烈耶芙娜的远亲——比福楼拜狡猾。他夸耀自己的小说。他嘲讽地小声打着鼾，用浮肿的小眼睛仔细观察别人。他看透了他们，这就难怪他自己也有他们的一切缺点了。

塔吉雅娜·安德烈耶芙娜最喜欢巴尔扎克谈起他心爱的题目，开始高谈阔论，大讲法兰西各个城市里的种种情况。他熟悉国家的各个角落，津津有味地谈论葡萄园、整桶酒的香味、瓦屋顶的牢度以及构成法兰西外省风貌的其他事物。

帕霍莫夫从车站送塔吉雅娜·安德烈耶芙娜去城市公园参加排演，后来他们在港口附近一家小饭馆里一道吃午饭。他们回忆起雅尔塔、咖啡馆、什威采尔以及寻找普希金的新诗的情况。

“现在他，什威采尔，在哪儿？”塔吉雅娜·安德烈耶芙娜匆匆地问。她怕帕霍莫夫想起彼烈罗来。

“又到米哈依洛夫村去了。”帕霍莫夫回答。他真的想起了彼烈罗，不过他没有说出来。

灰暗的水里映出了天空，连同它那在雾蒙蒙的西方渐渐熄灭的、轻纱似的晚霞，还有它那令人难以理解的悲哀。一艘船尾上挂着瑞典国旗的轮船，一面在港口中调头，一面慢慢拉响了汽笛。轮船从饭馆旁驶过。一些穿绒衣的人把胳膊肘撑在船舷上，站着观看饭馆里的灯火。

晚上很晚的时候，塔吉雅娜·安德烈耶芙娜把帕霍莫夫送到了火车站。一些愉快的搬运工人在抽着烟斗。海上的凉爽空气和候车室里的暖气混合在一起，吹进放下来的车窗里。塔吉雅娜·安德烈耶芙娜不知怎的产生了这样的想法：所有这儿的寂静和舒适都像蛛丝一样，是不牢固的。她为这个想法感到可怕。

分手的时候她很快拥抱了帕霍莫夫，第一次吻了吻他，然后转过身去。

“别伤心，一切都会很好的。”帕霍莫夫说，但是他的声音里并没有信心。

列车开走了。塔吉雅娜·安德烈耶芙娜走回家去，回到阿玛丽娅·布拉乌恩家里。晚上是空闲的——这天没有演出任务。

天空阴云密布，稀稀拉拉地下起雨来。塔吉雅娜·安德烈耶芙娜想起自己在车站上的接吻，她脸红了，又感到有些可怕。唉，算了吧，她是不是爱帕霍莫夫呢？这爱情是不是她虚构出来的？可是她又用这样的想法安慰自己：人们总是害怕来得很快的幸福。只不过是因为他们对它还不习惯罢了。而且是不是能认为她所遇到的是幸福呢？幸福——这是一种犹如晴空万里般完美无缺、十分稳固的东西，而她，心中却充满了担心，对自己很不满意。

海关官员的寡妇阿玛丽娅·布拉乌恩住在旧港附近的一座小房子里。她一心一意只想着自己的儿子——由于战争而滞留在美国的轮船机师——

不过还是抽得出时间把房子收拾得十分干净。

“阿玛丽娅·伊万诺芙娜，”塔吉雅娜·安德烈耶芙娜有时说，“我愿意变成一件什么东西，好永远留在您家里。”

“只有童话里才会有这样的事，”阿玛丽娅·伊万诺芙娜笑着回答，“这么漂亮的一个女人！这么自由自在的一个女人！突然一下子变成阿玛丽娅·布拉乌恩简陋的住宅里的一件东西！您为什么要这样呢？”

“我想要安安静静地生活，什么也不去想，阿玛丽娅·伊万诺芙娜。”

“您认为东西就没有思想吗？”阿玛丽娅·伊万诺芙娜狡猾地问，“是吗？那么夫人想变成什么呢？”阿玛丽娅·伊万诺芙娜指着屋里说，屋里的一切都是那么干净，亮闪闪的。“莫非要变成这个挂钟吗？”

“挂钟也可以。”

“啊，不！”阿玛丽娅·伊万诺芙娜摇摇头，“钟比女人还要劳累。它从来也不睡觉。您以为，当我们因为钟慢了或者走得太快而生气的时候，它的心不会痛吗？您得变成一件没有沉重的工作的东西才行。譬如说，变成这个八音匣子，要么是这面镜子。噢，不！镜子必须一生都照出人的影子。谁知道它这样做是高兴还是不高兴呢？”

阿玛丽娅·伊万诺芙娜讲得似乎挺认真，不过她的眼睛在笑。

现在塔吉雅娜·安德烈耶芙娜回到了自己屋里，开开灯，把那束已经打蔫的向日花插到玻璃杯里。然后打开窗户，好长时间望着街道。有些地方，绿荫中的电灯已经亮了。灯光下细雨蒙蒙，好似尘土飞扬。

市里钟楼上的钟打了十二响。阿玛丽娅·伊万诺芙娜敲了敲门。塔吉雅娜·安德烈耶芙娜回过头来，看到了她那双惊恐的近视眼。

“有个海军军官找您，我的夫人，”阿玛丽娅·伊万诺芙娜小声说，

“干吗这么晚啊？”

塔吉雅娜·安德烈耶芙娜走进前室。司令部驻剧院的代表鲁戈沃依中尉站在那儿，正斜着眼在照墙上的镜子。鲁戈沃依总是衣着整洁，总是保持警惕，竭力只说有意思的事情。

塔吉雅娜·安德烈耶芙娜请鲁戈沃依到她屋里去。他走进来，用手指动了动向日花，说：“英国舰队的习惯，规定每逢隆重的场合，都要在餐桌上撒一些野花，比如说母菊，或者是三叶草——是个很可爱的传统。当然啦，有点儿文雅。故乡的芳香，田野和草地的芳香。”

“很好的传统。”塔吉雅娜·安德烈耶芙娜赞同地说，猜不出鲁戈沃依为什么这么晚到她这儿来。

“我是在乌克兰长大的，”鲁戈沃依继续这样前后毫不连贯地说，“有一座城镇，叫作白教堂。‘明月安详地从高空……’您记得吗？黑特曼[①]时代的都城。祖母的家。圣诞夜，祖母家里的桌子上要撒上干草。干草上面再铺上桌布。”

“您是乌克兰人吗？”塔吉雅娜·安德烈耶芙娜问。

“不是。我出身于一个古老的俄罗斯家族。我的曾祖父伊瓦什卡·鲁戈沃依因为出言不逊，辱骂君主，曾被沙皇鲍里斯下令处以笞刑。”

鲁戈沃依微微一笑。塔吉雅娜·安德烈耶芙娜问：“有什么新闻吗？阿列克赛·亚历山德罗维奇？”“是剧院里的，还是欧洲的？”

“既是那里的，也是这里的。”

“说实在的，我来，就是为了事先通知您一声。命令：夜里三点在市

①1654—1764年在乌克兰执政的首领叫黑特曼。

公园举行音乐会。只有司令部的人出席。”

“为什么这么晚呢？”

“战地剧院必须能在任何时间开展工作。在任何情况之下。明天要派你们到里加湾去。”

“有什么呢！我准备好了。”

“至于说到欧洲嘛，那里的土地在燃烧。谨向您致意。如果允许的话，我在两点半来接您。”

塔吉雅娜·安德烈耶芙娜把鲁戈沃依送到前室。他已经站在开着的门口，又说：“当球状闪电飞进屋里来的时候，应当屏住呼吸。连手指也不能动，否则您就会把闪电吸引到自己身上来。对我们来说，情况也正是这样。球状闪电就是战争。它已经停在门槛上，一个极其微小的动作就会把它引进屋里来。”

鲁戈沃依举手行了个礼，走了。塔吉雅娜·安德烈耶芙娜站在门口，目送着他。她的手发冷。她把手紧贴在面颊上——这个姿势总是使瓦尔瓦拉·加夫里洛芙娜感到害怕。

“关于战争，他说了些什么啊！”她小声说，“不，不，不！这不可能！”

塔吉雅娜·安德烈耶芙娜没有躺下。阿玛丽娅·伊万诺芙娜也没有睡。她们两人坐在窗前。雨一直还在稀稀拉拉地下着。

真想躺下来，盖上被子，安然入睡。但是她没有让梦神进屋里来。塔吉雅娜·安德烈耶芙娜好像觉得，梦神就在门边徘徊。这完全是一种小孩子的感觉。当她还是个小姑娘的时候，冬天夜里她在诺夫戈罗德醒来，凝神注视着暗处，好像觉得，有一个毛茸茸的东西，很像是那只叫瓦夏的猫，蜷缩在沙发上，轻轻地打着鼾。这个东西显然就是梦神了。

阿玛丽娅·伊万诺芙娜想起，塔吉雅娜·安德烈耶芙娜不久就得到剧院去，心里觉得害怕，于是到厨房里去准备咖啡。塔吉雅娜·安德烈耶芙娜只剩下了一个人。她又把手紧贴在面颊上，呼唤道："米沙！"当然，谁也没有回答。她感到不好意思，眼看就要流出泪来。"我的天哪！我多么傻呀！"她想，紧紧地把手贴在双颊上。"简直能发疯！"

两点半，鲁戈沃依来了。塔吉雅娜·安德烈耶芙娜和他一起走到街上。黎明前的风在喧哗。它向树林猛吹过去，在电线间尖声呼啸，但立刻又静下来了。

"您说的那些话让我感到害怕，"塔吉雅娜·安德烈耶芙娜对鲁戈沃依说，"原来您是一个悲观的人。"

鲁戈沃依只是腼腆地笑笑。

夜间的音乐会在塔吉雅娜·安德烈耶芙娜的记忆里留下了这样的印象：晶莹闪光的雨点落在脚灯边的草丛里，草被顶灯照得雪亮。第一排里坐着一位脸呈深棕色的海军上将。塔吉雅娜·安德烈耶芙娜知道，这是统帅。

音乐会结束以后，他来到了后台。演员们聚集在他的周围。他摘下帽子，用手掌抚摸了一下头发，说："我是个军人，不大懂得艺术。不过我喜欢艺术，把所有空闲时间都花在艺术上面。当我有空的时候，看书、听音乐、看戏。有一些我的同志们说，艺术是娱乐，或者是休息。这些同志们使我生气。要说休息嘛——有时我还可以同意。可是要说它是娱乐，那对不起！我不同意。艺术是力量。它能移山倒海，创造人，磨炼生活。第一眼看上去，生活似乎是块灰色的东西。就像一块石头、一块鹅卵石。一个工匠走来，敲敲打打，磨一磨，把它磨光，于是灰色的石头就像星星一样发出光来。就是如此！我想提醒一下，国家的未来要由伟大的努力去创造出来，其中也包括像你们这样的人的努力，从事艺术工作的人。我们的时代是一个严峻的和需要提高警惕的时代。我们的眼睛必须是明亮的、敏锐的，必须能透过所有的迷雾看清一切。我们周围掀起了战争的风暴。我不说是十二级，不过已经达到十级了。就是如此！请你们激励战士们，让他们知道保卫什么，怎样保卫它。牌到了你们的手里，你们都是工匠，最后请允许我祝贺你们。今天半夜里你们的剧院要到里加湾的海岛上，到海岸防御部队里去。那里在等着你们。祝你们工作顺利，一路顺风！”

统帅戴上帽子，举手行了个礼，由几个军官护送着走了。塔吉雅娜·安德烈耶芙娜换了装，穿过花园走回家去。萨沙·尼德尔追上了她。

“说得多好！”他说。

太阳从淡红色的雾霭中慢慢地漂浮出来。一些女人提着篮子到集市上去，篮子里装着湿漉漉的小洋萝卜、小鱼——黑背鲱——小鱼上面盖着白菜叶子，有些鱼还是活的。它们有时会跳到马路上，女人们把鱼拾起来，又往前走去。集市广场上，水龙头里水往外哗哗地流。一些女小贩就用这水喷洒一把把的鲜花。一个衣着整洁、穿着西装上衣的小男孩儿提着一小篮草莓走了过去。

城市醒来了，但梦，像雨后的土地一样温暖的梦，在摇晃着塔吉雅娜·安德烈耶芙娜，使她不得不挽着萨沙·尼德尔的手，把脸对着风，好让风从脸上吹掉犹如蛛网一样使人昏昏沉沉的睡意。她试图用小手帕擦掉这些蛛网，可是总擦不掉它。

海湾已经光彩四射，飘散着浓郁的松树的清香——大概是从他们今天就要去的那些砂质海岛上飘来的。那里遍地都是沙丘、帚石南，到处都能听到拍岸的波涛声。萨沙·尼德尔这样说。是不是这就是幸福呢？幸福是不是就是这风，这海水的气味，遥远的旅途和在小木板房中度过的夜晚，而号手的号声将要把他们从这些木板房中唤醒呢？那时应当从屋里跳出去，跑到海湾，齐脖子浸在清凉的海水里，踩在像地板一样坚硬的沙地上。水将在眼前起伏荡漾，像线一样细长的白云会倒映在水里。是不是这就是幸福呢？

“请稍等一等。”塔吉雅娜·安德烈耶芙娜对萨沙说，说着靠在一棵菩提树的树干上，“它这就会过去的，这梦。我怎么也对付不了它。”

她闭上眼睛，站着。多么好哇！她从来没有过这样的情况。“这是什么呢？”她想，“每一件微不足道的小事——一切都来得正是时候。”

萨沙·尼德尔拉拉她的手。

“您这是怎么了！”他生气地说，“当真睡着了！您听我说，我可不喜欢这样。”

塔吉雅娜·安德烈耶芙娜睁开了眼。卖花女、萨沙、挎着一小篮草莓的小男孩儿和一个民警——大家都望着大海那边，那里传来一阵阵时断时续的、可怕的隆隆声，仿佛头顶上的天空裂开了。隆隆声越来越近。

“这是什么？”塔吉雅娜·安德烈耶芙娜问。

“不知道，”萨沙·尼德尔回答，“莫名其妙。它们太多了。”

“他们是谁？”

凶恶刺耳、蛮横无理的号叫声仿佛把天空割裂成两半。大地在颤抖，在叹息。港口外不远的地方一声巨响，恰似钢铁爆炸，又如隆隆的雷鸣。塔吉雅娜·安德烈耶芙娜看到，炮火似疾风骤雨，从停泊在碇泊场上的驱逐舰船舷上飞过。炮弹欢快地呼啸着飞向天空。

人们已经在沿着街道奔跑，同时向四面环顾，但是谁也不知道发生了什么事情。萨沙·尼德尔拉着塔吉雅娜·安德烈耶芙娜的手，把她拉到邻近一家人家的大门里。

“这是什么？”她匆匆地问，“这是什么，萨沙？”

“什么，什么！”萨沙生气地大声喊，“开始了。就是这么回事！这是德国人，要么是芬兰人。我怎么知道呢？”

轰炸像一阵暴风一样过去了。隆隆的爆炸声、呼啸声、像溪水一样从上面几层房子撒下来的碎玻璃的响声、高射炮的射击声、妇女的叫喊声，而突然——短暂的寂静，后来是一阵拖得很长的轮船上的汽笛声，汽笛声犹如哀号，充满了天地之间的广阔空间。

随着这忧郁的叫喊声，塔吉雅娜·安德烈耶芙娜胸中一种迟钝的疼痛感觉每一秒钟都在增强。这是不幸的感觉，还是仇恨的感觉呢？很难说。大概，既是不幸，又是仇恨。

“卑鄙，卑鄙，卑鄙！”塔吉雅娜·安德烈耶芙娜喃喃地说。

街道上笼罩着砖瓦的灰尘。救火车响着警铃在这片灰尘中疾驰而过。

“到剧院去！”萨沙·尼德尔喊了一声，拉着茫然若失的塔吉雅娜·安德烈耶芙娜向街上跑去。

在剧院附近，他们遇到了鲁戈沃依。他穿着行军的制服，皮带上挎着一支乌黑的手枪。他简短地对塔吉雅娜·安德烈耶芙娜说，他们夜间的谈话“应验”了，不过晚上剧院还是要按指定的任务乘汽车出发，去维尔斯港，从那里再去艾泽尔岛，到海防部队去。

和鲁戈沃依谈话的时候，塔吉雅娜·安德烈耶芙娜看了看花园里的草坪。草上的水还没干。“而世界的命运已经改变了”，她想。

塔吉雅娜·安德烈耶芙娜从剧院里到电报局去。生活安定的感觉已经消失得无影无踪。城市几乎未受破坏，树还在那样喧哗，窗户上还在发出蓝色的闪光，积云仍然飘过海湾上空，但是这一切似乎已经是一场梦。

她发了两封电报——给瓦尔瓦拉·加夫里洛芙娜和帕霍莫夫——然后就回家了。那里迎接她的是哭哭啼啼的阿玛丽娅·伊万诺芙娜。

“没什么，阿玛丽娅·伊万诺芙娜，”塔吉雅娜·安德烈耶芙娜机械地说，“一切都会很好的。”

她记起，这些话是昨天帕霍莫夫刚刚对她说过的。

帕霍莫夫清早就回到了列宁格勒。他从火车站上直接乘车到维尔美尔工作的剧院里去。

“谢天谢地。”维尔美尔给帕霍莫夫开开大厅的门，叹了口气，大厅里散发着胶水和锯末的气味。“我得承认，我以为您不会这么快回来。您不回来，我也不会责备您。”他拍拍帕霍莫夫的肩膀，“我羡慕您。对，我羡慕您。现在，工作吧。有开水、面包，还有糖和茶——这就是说，直到晚上我不会放您出去。”

“好极了。”帕霍莫夫回答。对当前的工作他感到高兴。

夜里他在火车上一直在想塔吉雅娜·安德烈耶芙娜。他好像觉得，他所遇到的一切是这样不可思议，以致他的心开始狂跳起来。于是他竭力去想旁的，心才渐渐地平静了。

在纳尔瓦，他在食堂里喝了点儿葡萄酒。列车驶过庄园，向庄园喷出一股蒸汽，蒸汽慢慢落到一片漆黑的花园里。帕霍莫夫第一次感觉到自己有一种愉快的信念。以前他从来没有这样的信心。

直到列宁格勒，他一直把头伸出车窗，轻轻地唱着。他在唱所有突然来到他头脑中的歌曲。“春天，星光闪烁，春天神秘的力量支配着我。你，温柔的姑娘！在虚幻的大地上你把幸福应许给我。”他甚至记不得写这首诗的诗人是谁。不过这无关紧要。

帕霍莫夫一直工作到晚上，每一笔都十分轻快、准确。

有人几次执拗地急急敲门，然而无论是维尔美尔，还是帕霍莫夫，都既不回答，也不去开门。只是到了黄昏，维尔美尔才离开壁画，望着它，看了好久，然后坐到高凳梯子上，用双手捂住了脸。

“您怎么了，尼古拉·根里霍维奇？”惊恐的帕霍莫夫问。

“没什么，”维尔美尔回答，“壁画画完了。可是欢乐在哪儿呢，米沙？它像只老鼠，一溜，就溜得无影无踪了！当真是：‘我站着，犹如一个不再需要的短工，拿到了自己的工钱，别的工作没有我的份。’旁人什么都有：妻子、孩子、心爱的女人，有心爱的地方，有各种各样的习惯，有可能休息。而我，除了颜料，什么都没有。什么都没有！这就是我的幸福，仅有的幸福。我是个疯子，米沙！瞧，您很快也要抛弃我了。唉——老兄，请别反驳。这我非常清楚。”

帕霍莫夫抱住维尔美尔的肩膀。

“别这么想，尼古拉·根里霍维奇。我们将永远在一起生活。”

维尔美尔从天鹅绒短上衣口袋里掏出手帕，走到窗前，站在那儿，背对着帕霍莫夫，看着街上，在擤鼻涕。

“米沙！”他呼唤，“您到这儿来。”

帕霍莫夫走到窗前。宽阔的大街上，有一些红军战士像牵马那样，用绳子牵着一些巨大的银白色大鱼，这是些用绳子系着的气球。落日照亮了气球，红军战士却罩在阴影里，似乎有一些懒洋洋的肥大的鲤鱼自己在街上慢慢地游着。

“有多少啊？”帕霍莫夫说，“有几十个！这是什么意思呢，尼古拉·根里霍维奇？”

一阵钢铁的隆隆巨响从最近的十字路口冲向大街，一些重型坦克摇摇晃晃地从那儿飞驰而来。它们完全不像检阅时那样——站在炮塔里的指挥员面部精神集中，神情阴郁。钢铁履带滚过路面，迸发出一阵阵火星。

“他们上哪儿去？”维尔美尔问。

“大概是去芬兰车站。准是出什么事了，尼古拉·根里霍维奇。”

“您又在预言了，米沙！您怎么知道的呢？”

帕霍莫夫无法向维尔美尔说清楚，他为什么这样确信不疑。这是由几十种细节构成的——城市上空喑哑的隆隆声，行人匆匆忙忙的脚步声以及扬声器不间断的播音，帕霍莫夫怎么也听不清扬声器里在讲些什么。

帕霍莫夫从窗户里探出身子，仔细听了听，转过惊慌失措的脸，对着维尔美尔。

“尼古拉·根里霍维奇，”他轻轻地说，“真的出事了。”

“什么事？”

“战争，尼古拉·根里霍维奇。”

“住嘴！”维尔美尔大声喊，“这到底是怎么一回事！大家头脑里都只是想着战争。就差您还没有用关于战争的话来折磨我了。”

维尔美尔解下围裙，扣上天鹅绒短上衣的纽扣，开始寻找帽子。

“这么说，也要征召您了，米沙。”他说，并用一动不动的眼睛瞅着帕霍莫夫。“走吧！快点儿！”

他们走了出去，才走了几步，维尔美尔还什么也没有弄清楚，然而他已经明白，帕霍莫夫是对的——在几个钟头里，城市的面貌立刻变了样。城市变得气氛严峻，警惕。

只有涅瓦河仍然在平静地把乌黑的河水流向西方。

就在剧院门口附近，碰到的第一个行人——一个纺织厂的工人——向维尔美尔和帕霍莫夫讲了德军越过边界，轰炸基辅、维尔诺、塔林和塞瓦斯托波尔的情况。

帕霍莫夫感到心底下在发冷。在听那个工人讲话的时候，他把手伸进上衣口袋，摸到了兵役证，把它转放到另一个空着的口袋里。工人感到惊讶：竟有这样的怪人，到晚上还不知道战争已经开始了。工人走了以后，帕霍莫夫对维尔美尔说，他得到兵役局去。

“好的，米沙。”维尔美尔同意了，“不过咱们先在这儿，在小公园里坐两分钟。得平静下来。”

他们坐在特洛伊茨桥旁一个小公园里的长凳子上。窗子里没有灯光，路灯也没有亮，防空气球像一些从未见过的银鸟升到城市上空。墙上贴着的进入战时非常状态的命令微微闪着白光。

维尔美尔扭过脸去，一声不响。后来他站起来，抓住帕霍莫夫的肩膀，用力摇他：“当然啦，米沙！现在我们只有战斗，义无反顾，什么也不可惜。不可惜！”维尔美尔大声喊，“等战争结束以后，我们再来收拾剩下的一切。到那时我将跪倒在我得到的第一幅油画前，像一个傻瓜一样放声大哭。可是现在，应当忘记这一切。咱们走吧，米沙。”

帕霍莫夫默默不语。他的脑海中出现了许多想法——关于战争，关于正在前面等待着大家的巨大的苦难。但这些苦难并不使他感到害怕，也许这是因为，在这几分钟里帕霍莫夫已经摆脱了自己。他已经不属于自己，而是属于奋起迎击致命的危险的整个国家了，这危险正在轰炸机的吼叫、炮弹的呼啸和坦克的隆隆声中像潮水般从西方涌进我们国家。“我的岗位是在千百万战士中间。”他对维尔美尔说。

他们在苏沃洛夫纪念像旁分手。统帅的青铜雕像凝望着城市战时的繁忙景象。列宁格勒上空已经响起了第一次空袭警报，许多报警的吼声，一声接着一声，最初音调较低，随后越来越高，从郊区向涅瓦河那边滚滚而去。

维尔美尔回到自己屋里，把被子挂在窗户上，开开电灯，骂了一句：难道他这儿一向是这么乱糟糟的吗？房间有几个星期没有收拾过了。以前维尔美尔没有注意到，可是现在，在等待爆炸和毁坏的时候，他却想要清洁、整齐和新鲜空气。“无怪乎，”他想，“战士们在作战前要穿上新衬衣哩。”

他收拾了一下房间，拭净灰尘。所有的东西——以前他几乎没注意到，如果注意到了，就会为了破旧和其他缺点而责骂它们——现在他好像觉得，所有这些东西都很安静，而且是孤独的。

“没有我，你们将会怎样呢？”维尔美尔问，并侧耳倾听自己说话的声音。

他还不知道明天他会怎样。但是他心中有一个信念，他不应该留在此地，而应该和整个国家步调一致。上哪儿去呢？迎着敌人、大火、战斗和死亡，到西方去。时代突然变了。他从未想到，过去会这样迅速地落入一片空虚之中。

当维尔美尔收拾完了的时候，天已经亮了。他打开窗户，窗外已是灰蒙蒙的黎明，从海滨传来短促的雷鸣般的响声。

维尔美尔点着煤气，把茶壶坐到煤气灶上，自己坐在安乐椅里，抽起烟来。因为一切都已经收拾好，摆放好，凉爽的空气流进窗来，阳光正在书橱玻璃上闪烁，他体验到一种轻松的感觉。维尔美尔在口袋里摸到了房门上的钥匙。这么说，一切都好了！这么说，可以站起来，戴上帽子，关上房门，到大路上去，混杂在征尘满面的战士们中间，喝井里的水，睡在草屋顶下，在不安定的广大国家里找到自己的位置了。

这个想法给维尔美尔带来了心情的宁静。他甚至微微一笑，似乎战争终于给他的生活带来了明确的目的。

他走到窗前，久久地细看被黎明洗净的天空。

“是的，俄罗斯。”他说。整个国家仿佛是一幅由伟大画家所画的油画儿，连同它的清澈流水、乡村里的炊烟以及树叶簌簌的响声，栩栩如生地呈现在他的面前。“是的，俄罗斯，”维尔美尔又说了一遍。他想，他如同一个懒惰的奴隶，虚度了一生，却不了解自己的国家。这个想法使他感到痛苦。他这一生是在忙忙碌碌、急急匆匆中度过的，是在抽烟抽得烟雾腾腾的画室里度过的。而国家一直在忘我地工作，国家像一位美人儿，光艳照人，在寂静中，在野草的芳香中照耀着周围的一切，草丛被阳光照亮，甚至能看清牛蒡茎上的每一根茸毛。“我是个傻瓜，傻瓜，”维尔美尔喃喃地说，“错过了，忽略过去了。当真是不幸会打开人的眼界。”

早晨六点钟的时候，霍帕莫夫来了。他瘦了，心情已经平静下来，他说，派他到南方前线上去做军事通讯员，火车在下午一点开出，还说，他收到了塔吉雅娜·安德烈耶芙娜的电报。他把电报递给维尔美尔。维尔美尔读道：“我去艾泽尔岛，等待您的消息，很为妈妈和玛莎担心，必要时请帮助她们，热烈地、温柔地吻您。塔尼娅。”

夜间折磨着维尔美尔、渴望采取行动的模模糊糊的想法立刻有了明确的答案：他立刻到诺夫戈罗德去！毫不迟延！

“为什么呢？”帕霍莫夫问。

“什么为什么？”维尔美尔大声嚷，“振作起来吧，米沙！真的，您有点儿变傻了。战争就在附近进行，应该拯救诺夫戈罗德一切最珍贵的东西。我这就去学院，争取授予我全权，派我到诺夫戈罗德去。我可以顺便帮助瓦尔瓦拉·加夫里洛芙娜和玛莎。”

老头子已经在吵吵嚷嚷，激动起来，他知道他该做什么了。和往常一样，在这种情况下，由于渴望行动，他变得十分活跃。

帕霍莫夫走了。他们约好，中午在十月车站会面。维尔美尔乘车到美术学院去，又从那里去斯莫尔尼宫，回家时心情兴奋，神情严肃。他的口袋里装着政府的委任状，委派他去诺夫戈罗德，运出博物馆里的美术珍品。

车站里挤满了军人。维尔美尔没有立刻找到帕霍莫夫。帕霍莫夫已经头戴船形帽，身穿军装，领章上有两条横杠。

玛丽亚·福兰采芙娜，一个胖胖的、神态惊慌的老太婆，抓着帕霍莫夫的皮带，匆匆披上的头巾从她的头上滑了下来。

“玛丽亚·福兰采芙娜，”帕霍莫夫说，“请您记住，亲爱的。要把这封电报发到艾泽尔去。从这儿，就从车站上。火车一开，马上就发出去。好吗？您尽管安安静静地过日子。如果塔吉雅娜·安德烈耶芙娜来了，请让她住在我们那儿。”

“你说什么呀，米沙？”玛丽亚·福兰采芙娜小声责备说，“好像我自己不知道似的。只要她能来，我们两个人住在一起会轻松一些的。米沙，你可要每天都写信来，打电报来呀。”

维尔美尔和帕霍莫夫同车到达丘多沃站，他想从那儿乘轮船沿沃尔霍夫河进入诺夫戈罗德。

他们在丘多沃分手。帕霍莫夫从车窗里探出头来，望着长长的木板月台。不久前才下过雨，月台变暗了。除了维尔美尔和一个戴红色制帽的值班员，月台上一个人也没有。维尔美尔在挥帽子。

整整一天，维尔美尔在等轮船。它是夜间在沃尔霍夫河上航行。河流上空，我们的战斗机整夜飞往西方，马达声震动空气，仿佛要用愤怒的吼声刮光河岸上的一切。

玛丽亚·阿尔瓦莱斯用手抿平闪闪发光的头发。由于落到头发上的咸水的飞沫，手掌变得有点儿发黏了。

强大的蓝色波浪冲向悬崖，又退回去，带动岸上的砾石。每次浪涛退走后，都有一股被搅动的海底的清凉气味——刺鼻的盐味和腐烂的草味——飞进炎热的空气。

太阳照耀着阿尤—达戈岛，照耀着带刺的柞树林，灼痛人的脊背。渔村帕尔根尼特荒凉无人，死气沉沉。一个戴着汽车司机眼镜、身上落满灰尘的老头儿，正在用小锤懒洋洋地敲打一块砂岩石板，在石板上凿出粗糙的花纹，还有一些少先队员在岸边嬉笑。

他们是一清早从克里米亚全苏少先队健身营到这儿来的，他们在这儿游泳、喝羊奶、爬荆棘丛生的罗马古堡的遗迹、捉蜥蜴，现在他们正在岸上休息。他们躺着的地方，海浪刚刚能冲到他们晒黑的脚，然后就退回去，在砾石上留下一些像跳蚤一样蹦蹦跳跳的异翅亚目小动物。

谢拉菲玛·马克西莫芙娜·什威采尔——从春天起，担任克里米亚全苏少先队健身营里的医生——坐在玛丽亚·阿尔瓦莱斯身边，微笑着看着她。她喜欢这个从莫斯科到克里米亚全苏少先队健身营来照料西班牙儿童的西班牙青年妇女。

谢拉菲玛·马克西莫芙娜在反复思考我们时代人们的命运。就说阿尔瓦莱斯吧，她是西班牙贵族的女儿，女诗人，在马德里天主教教会中学里毕了业，为逃避佛朗哥将军的迫害，来到了我们这里，在这儿找到了第二祖国。每当玛丽亚抚摸自己浓密的头发时——她经常这样做——谢拉菲玛·马克西莫芙娜就想，这时候玛丽亚大概是在回忆她的故乡。

现在玛丽亚·阿尔瓦莱斯和谢拉菲玛·马克西莫芙娜一样，也在思索自己的命运。

童年似乎完全是在天主教的祈祷仪式中度过的。她回忆起教堂里铃铛叮叮当当的响声和大教堂里的生铁板（这些铁板曾剐破她的一双一直穿到膝盖的长袜子）。父亲已经破产，在郊区父亲的房子里度过的枯燥无味的假期……只有白色的太阳，落满灰尘的家具上、镶木地板上、干旱的花园里、干燥的天空中，到处都只有太阳。天空仿佛是一幅中世纪的图画，已经褪了色，是淡蓝色的，颜色很淡很淡，而且也旧得很。还有祖父留下的许多书。书都干透了，掀开的时候会啪啪地响，好像已经粘在一起似的。掀开以后，会散发出一股略有点儿发甜的气味——久未通风、没有任何人去看书的图书馆里的气味。

一切都是从书开始的——无论是醉心于诗，还是结识了一些诗人、记者、作家以及对其中一个人的第一次回忆。当玛丽亚还是个小姑娘的时候，他把他自己的一本书送给了她，还在书上写下了这样一句话：“当大地还未成为幸福的大地时，只有仇恨才有生存的权利。”

这是一位著名作家，头发已经花白，然而是一个不妥协的人。为了免遭普里莫·德·里佛拉[①]将军的迫害，他不得不逃亡到法国。

玛丽亚并不认为自己是西班牙人。对她来说，法国更为亲近——她和父亲经常到法国去。但是有一次，她在瓦伦西亚滨海一带亚利康特的亲戚家里度过了一个夏天。在赤日炎炎、土地干旱的荒凉城市里，生活是很无聊的。高墙被太阳晒得发烫。只有早上可以呼吸，坐在凉台上，听着下面波涛喧嚣。

有一天早上，玛丽亚来到阳台上，坐在阴凉里。在微微发红的雾霭里，从海角后驶出一条样子笨拙的帆船，帆船的桅杆上飘扬着西班牙国旗。下面，渔夫们正站在岩礁上拉一面湿淋淋的渔网，同时在轻轻地唱着歌。

玛丽亚俯在栏杆上，弯下腰去听着。渔夫们不唱了，摘下帽子，和她开起玩笑来。帆船越来越近了，可以看到船帆上补着的补丁。有一个渔夫对玛丽亚说，这条帆船是从南美运硝石到亚利康特来的。

玛丽亚自己也不知道为什么，这天早晨她觉得自己是一个西班牙人了。晚上，在被风吹得摇摇晃晃的灯光下，她写了第一首诗。

后来呢？不想回忆了，要回忆的事情太多了，不能令人满意的结婚、离婚、一本诗集、叛乱、卡拉班切里的战斗、逃亡等。她的一首诗译成了俄文。玛丽亚很吃力地学会了它，而且经常暗自背诵。

---

① 普里莫·德·里佛拉（1870—1930），1923—1930 年期间西班牙的法西斯独裁者，将军。

现在她想起了这首诗，但是谢拉菲玛·马克西莫芙娜打断了她的思路。

“不久我要介绍您认识我的丈夫，”她对玛丽亚说。“噢——我将非常感谢！”玛丽亚拖长了声音回答，“和他谈话，我懂得的俄语够用还是不够用呢？”

“和他谈话，就是用西班牙语也行，”谢拉菲玛·马克西莫芙娜笑了，“他什么都听得懂。现在他离这儿很远，在普希金生活过的乡村里。”

玛丽亚叹了口气：“大概，从那儿来要走很久吧？”

“不，总共只要三天。他明天动身，再过五天，他就到这儿了。”

玛丽亚又叹了口气——多么大的国家啊！她从火车车窗里看到过它，看到这一望无垠的平原，她觉得有点儿可怕。一群群鸟儿从列车上面飞过，消失在风轻轻晃动着野草的远方。玛丽亚望着飞鸟，心想：如果列车停下来，不再往前开，不开到海边去，那可怎么办呢？但很快这种恐惧心理就消失了，变成了喜悦。她希望风驰电掣般奔向遥远的远方，向这翻乱头发的风，向这些由淡紫色、白色和黄色鲜花组成的林间空地疾驰，奔向前方。那里空气是蓝色的，而且总是会急急忙忙跑开，躲避列车。无论如何也不能接近它，不能挟带着隆隆的巨响和汽笛声冲进这蓝色的空气，冲进云彩里去，大概那里，前面，地上都铺着一层白云吧。用狂怒的机车的胸膛冲进这些白云中去，把它撕碎，抛向四面八方。

玛丽亚·阿尔瓦莱斯不是一个人来克里米亚的，她受委托把两个西班牙男孩子从莫斯科带到克里米亚全苏少先队健身营来。

其中一个，曼努埃尔·彼烈罗，是个有病的、腼腆的孩子，他一直不离开车窗。当玛丽亚喊他的时候，他回头看看，惶惑地微笑着。他很少说话，只回答别人提出的问题。有一次，玛丽亚走到曼努埃尔身边，发觉他在发抖，并且用双手紧紧抓着放下来的车窗的窗框，竭力想控制住自己，不再颤抖。

“你怎么了？”玛丽亚问。

孩子低下头，咬紧牙齿。她想托着曼努埃尔的下巴，让他抬起头来，但是男孩儿执拗得很，后来很快软了下来，把头埋在玛丽亚的肩上。他的嘴唇在发抖。

玛丽亚把他领到无人的平台上，他在那里哭了很久，一句话也说不出来。惊恐的玛丽亚给他拿来了水，孩子渐渐平静了下来。她给他洗净了脸，领他回到车厢房间里，让他躺下。他躺着，仍然没有放开玛丽亚的手。后来他说，佛朗哥匪徒杀害了他的父亲——马德里的一个老律师，他独自一个人从家里出来，想要步行到阿拉贡去找外祖父，出来的时候，他的口袋里带着一块干酪，可是有一个美国人让他上了汽车，把他带到瓦伦西亚，又让他坐上了去英国的轮船。在伦敦，一个水手领他到苏联大使馆去，他从那里到了列宁格勒，后来又到了莫斯科。

他有一个哥哥——大学生拉蒙·彼烈罗。他曾在曼塞纳烈斯河岸的街垒作战，好像是受了伤，大概也逃到俄国来了。曼努埃尔一定要在这儿找到他。

玛丽亚听着，并且在抚摸孩子发烫的头。他很快睡着了。玛丽亚走到平台上，望着黑暗中的草原。除了分散在地平线上的星星，黑暗中没有一点儿火光。

现在，她坐在海岸上，不时望望曼努埃尔。他正在砾石中乱翻，不知是在找什么。

“我上哪儿能找到他的哥哥呢？”玛丽亚问谢拉菲玛·马克西莫芙娜，“也许他根本不在俄国……”

谢拉菲玛·马克西莫芙娜只是长叹一声。

上面，陡峭的道路上传来了汽车喇叭声。可以听到，汽车在困难地慢慢往下爬，噗噗地喷着气，小碎石子从上面纷纷撒落下来。身上落满灰尘的老头儿停下来，不再砍石头了，他抬起头来——因为路修得不好，很危险，很少有汽车敢冒险下山到帕尔根尼特村来。这会是谁呢？

岸上的少先队员们好奇地望着道路，后来他们愉快地喧嚷起来。杨树之间隐约出现了一辆大汽车——“林考里昂”还看到了他们所喜欢的健身营的司机萨沙。

谢拉菲玛·马克西莫芙娜感到惊讶。本来说好了的，她和玛丽亚以及孩子们一道步行回少先队健身营去。

萨沙在岸边让汽车转了个弯，轮子陷进潮湿的砾石里。他跳下车来，走到谢拉菲玛·马克西莫芙娜面前。

“幸好您还是来了，萨沙，”谢拉菲玛·马克西莫芙娜说，“现在孩子们不会累着了。”

萨沙拿着一根干枯的小棍，用手指默默地转动着，因为溅上了咸水，小棍已经变成了白色的。谢拉菲玛·马克西莫芙娜困惑不解地看着他。萨沙回头望了望，向谢拉菲玛·马克西莫芙娜弯下腰来，很快地说：

“请把孩子们集合起来。快一点儿！问题在于，今天早晨德国人轰炸了塞瓦斯托波尔。”

谢拉菲玛·马克西莫芙娜抓住萨沙的手，很吃力地从地上站了起来。

“暂时先别告诉孩子们，”萨沙又加上一句，“在路上再让他们在思想上有个准备。所有的人，只要可能，今天都送到辛菲罗波尔去，从那儿再送到他们的父母那里去。得赶快。走吧！”

帕霍莫夫在莫斯科的基辅车站坐了整整一天，怎么也上不了火车。

工人们给站台的玻璃圆顶刷上一层赭色泥土，以免玻璃发光，这样从空中就看不出是玻璃来了。车站渐渐没入略微发红的赭石色暗影里，仿佛笼罩在不祥的火光之中。

帕霍莫夫到主任室里去了几次。声音嘶哑的军事运输指挥员用那样疲倦的眼睛望着帕霍莫夫，以致帕霍莫夫无法下决心请求给他，一个军事通讯员，在不断开往南方去的满载各级指挥员的超载列车上安排一个位置。

晚上帕霍莫夫走到车站广场上，看了看莫斯科，而且听了听。几百辆汽车的喇叭声小心谨慎地在多罗戈米洛夫和阿尔巴特大街黑暗的“峡谷”中互相应答着，一幢幢没有灯火的大楼高高伸向碧空。

帕霍莫夫回到站内，坐在电话亭旁，听着指挥员们在和亲人告别时匆匆的谈话。分别时，人们总是既讲重要的事情，也谈一些不重要的琐事。每个人只有三分钟时间，让他们能听到世界上最宝贵的声音。谁也没有讲得超过三分钟，虽然电话亭旁人们排着很长的队伍在耐心地等候着。

半夜里，帕霍莫夫又去找军事运输指挥员。他不等帕霍莫夫请求，就抓着帕霍莫夫的胳膊肘，像领着一个盲人，把他带到售票处去。

“我早就注意您了，”军事运输指挥员说，“您就这样在这儿坐了两昼夜。在战争中，客气是最要不得的事情，指挥员同志。”

过了一个钟头，帕霍莫夫坐进软席客车上一间挤得满满的单间车厢。列车几乎毫不停顿地行驶。谁也不睡，但是谁也不怎么爱说话。

早晨，到了勃良斯克。路上停满了满载大炮的军用列车，好像一条绿色的林荫道——大炮都用白桦树枝伪装了起来。头戴钢盔的哨兵站在树枝下，望着天空。枯萎的树叶散发出秋天气息。遮盖大炮的防水布上放着一抱抱鲜花——母菊、风铃草，鲜花是乡村里的孩子们扔给战士的。

过了勃良斯克，列车驶入辽阔的林区。好像故意和人为难似的，天好极了，天空湛蓝，没有一点儿风丝。车厢的铁壁上落了一层灰尘，暖烘烘的，就连碰到车厢的铁壁，帕霍莫夫都会有一种忧郁的、告别的喜悦感觉。

森林中飘散着一股松香味，丸花蜂飞进了车厢。道班亭一闪而过，一个淡黄色头发的小姑娘在给小窗子贴上几块报纸。后来列车在一条河流的桥上疾驰而过，河向森林流去，发暗的水面上漂浮着黄色的睡莲。高高的草丛中坐着一个头戴破草帽的老头儿，几根长钓竿插在他身旁的河岸上。帕霍莫夫向老头儿挥挥手，老头儿摘下帽子，向帕霍莫夫点点头，太阳照到他的白头发上，闪闪发光。

帕霍莫夫一会儿贪婪地目送着斜坡上的灌木丛——高高的灌木丛上戴着黄色的花冠，一会儿目送着护林员小屋上的一缕炊烟，一会儿又目送着在铁路道口附近打盹的一匹鬃毛蓬乱的小马。

一列列军车迎面驶来，疾驰而过，车上满载着战士、大炮和拆卸开的飞机。车轮的隆隆声和歌声的片段冲进车窗，他们唱的是:《在宽阔的纳尔瓦城门后面》《三个坦克手，三个快乐的朋友》。歌声很快就消失了，松林中又是默默无言的、光辉灿烂的夏天。

有一个身材高大的中尉和帕霍莫夫在同一个车厢里，他也一直在望着车窗，有时回过头来看看帕霍莫夫，对他笑笑。他已经觉得，他早就认识这个人了。因此当中尉在基辅车站上向他走来的时候，帕霍莫夫一点儿也不奇怪。中尉问他：“您是去南方战线吗？”

“是的，是去南方战线。”

“那好吧，让我们一道走吧。走，找军事运输指挥员去。”

基辅车站的所有部门——售票处、主任室、车站值班处——都从车站大楼搬到了露天，搬到了绿荫如盖的包塔尼切斯基花园里。从刚刚挖好的避弹壕里挖出的新鲜泥土，在昙华[1]盛开的花坛中间堆成一座座黄色的小山。成百上千的人坐在草地上，坐在所带的东西上，可以听到波兰语、俄语、乌克兰语的谈话声。保卫城市的战斗机在高空中盘旋，传来一阵阵隆隆的响声。

在从前卖冰激凌的木板亭里办公的军事运输指挥员说，没有去敖德萨的火车。他建议他们乘轮船沿第聂伯河下行，到契尔卡塞，从那里再“斟酌情况”，设法到敖德萨去。

帕霍莫夫和中尉走进一条僻静的林荫道。一个很瘦的人睡在草地上，他留着蓬乱的黑胡子。中尉解开背囊，取出面包、香肠，他们坐到草地上，吃了起来。围墙后传来电车的铃声。几只麻雀飞到面包屑前，从一个太阳光斑跳到另一个光斑。后来市郊不知什么地方轰隆一声巨响，大地颤抖起来。麻雀都飞散了，那个留着乱蓬蓬大胡子的人很快坐了起来，望望天空，说：“晴朗的天空，温暖的夏天，可是瞧——死神从天而降，降落到人的头上。要是你们看到的话，亲爱的同志们，这是一场什么样的战争啊！”

---

① 热带植物，叶大而美，开鲜艳的黄色、红色、橘红色花。

“您怎么，您看到了吗？”中尉不相信地问。

“请您别问了，”那个瘦瘦的人回答，“我是从科维尔来的。他们用燃烧弹打我们的火车。大家都说，他们是野兽。还说，是刽子手！不！还要坏。我不说他们是谁，不过我只知道，他们不是人。只有做梦才会梦见这样的人。就是做梦吧——也只有狂暴的疯子才会做这样的梦！对！只有狂暴的疯子！”

那个瘦瘦的人弓着腰向林荫道深处走去。后来站住了，又走回来，拿了给他的一块面包和香肠，不过没有吃，而是把它藏到了口袋里。

“你们到底想要干什么呢？”他说，“要让人堕落，一点儿也不费功。由于恐惧，人就会变得卑鄙起来。这个希特勒知道怎样培养坏蛋，他宣布杀人是光荣的事业，告密、背叛也是一样，剥夺了人的良心、自由、思想和爱，还要说：‘作为交换，允许你去做暴徒、恶棍。不但不会为此枪毙你，恰恰相反，会发给你铁十字章，会给你高官厚禄，让你有可能靠元首瞧不起的人民把你喂肥。’还有什么比这更妙的呢！‘不要思想！你不需要有脑子。有天才的元首代你思想！’亚述和巴比伦！兽性的力量和由于吃黑猪油而变得迟钝了的脑筋！我的天，我的天哪！而这就是20世纪，亲爱的同志们！那么请你们告诉我，为什么要有歌德、贝多芬和康德呢，为了在他们死后，让人们去舔那个脑筋迟钝的牛皮大王的脚后跟，去舔那个权力狂病患者的脚后跟，去舔那个极端残暴的家伙、那个像黄鼠狼一样尖声叫喊的讨厌的家伙的脚后跟吗！为了让千百万人民，让千万个有文化的聪明人，让工人和勤劳的农民都臣服于一个微不足道的小人吗？而他还不如一堆肥田的大粪！这你们明白吗？”

“不！”中尉说，“我不明白。我只明白一点——应该消灭所有这些卑鄙的坏蛋，趁还不算太晚的时候。您是什么人？教师吗？”

“不是，”那个瘦瘦的人说，“我是林学家。我在波列西亚工作。”

他又走了，不过现在已经是真的走了，边走边望着脚下，不知在嘟嘟囔囔地说些什么。

轮船在傍晚启碇。如果不是城市高大漂亮的楼房上空悬着一些防空气球的话，基辅似乎还是和往常一样安宁：坐在船上，仿佛觉得，基辅正在向北方漂去，渐渐没入烟雾弥漫的晚霞之中。华丽的花园，悬在第聂伯河陡岸上大片大片的绿荫，烟雾缭绕的波多尔，手持铁十字的符拉基米尔[①]纪念像，白杨和别切尔大寺院，这一切都在落日的余晖中渐渐消失了。

城市漂走了——壮丽的城市，在凉爽的叶丛和傍晚的霞光中，不知为什么使它看上去很像罗马城。有许多青蛙在第聂伯河长满柳丛的长条形沙滩上呱呱地叫着。

帕霍莫夫坐在甲板上，在想塔吉雅娜·安德烈耶芙娜。从这儿，从离她这么远的地方想她，他好像觉得，她已经变成另一个样子，和几天以前不一样了。她的每一个脚步都是轻盈的。自从帕霍莫夫认识了塔吉雅娜·安德烈耶芙娜，就有一种令人苦闷的、大概是童话中才有的东西渗透进他的生活里。她纯洁、完美无瑕，而且有一颗坦白诚恳的心。

轮船从河中一个绿色的小岛旁驶过。“瞧这个小岛——神秘的小岛，岛上的灌木丛把枝条伸到水里，摇来摆去——它也是塔尼娅所在的那个世界的一部分。”帕霍莫夫想。

突然，小岛好像爆炸了一样，喷出金黄色的火焰，发出震耳欲聋的啪

① 基辅大公。

啪的响声。从岛上浓密的叶丛中飞出一些炮弹，拖长了声音呼啸着。一个焦急不安的声音从船长台上喊：“所有乘客都到下面去！离开甲板！”轮船来了个急转弯，向西岸驶去，晚上的阴影已经笼罩了河岸。

帕霍莫夫站起来，向上仰望——有一架飞机掠过河面，它撒下一些绿色的火花——这是曳光弹，小岛又发出隆隆的响声。一颗炸弹号叫着扎进水里，帕霍莫夫仿佛被人猛一推，撞到轮船的舱壁上。轮船突然暴躁起来，停住，然后全速向后驶去。

中尉把帕霍莫夫拉到头等舱的走廊里。

“别站在这儿。您要知道——弹片！”他用不满意的声音说，“到底是战争啊！”

“好厉害的小岛。”帕霍莫夫惶惑地低声说。

“那不是小岛，”一个低沉的、嘲讽的声音从走廊里传来，“那是我们的重炮海防舰。伪装起来的水兵们把它打扮得好漂亮啊！”

飞机飞走了。轮船紧贴着昏暗的河岸，又发出啪啪的响声，转动明轮，急忙向下游驶去。

一个上了年纪的妇人在客厅里默默地啜泣，老是在问大家，是不是很快就会天黑。“再过半个钟头。”人们回答她。妇人每分钟都望望壁上的挂钟，一直在说：“天哪，它为什么走得这么慢啊！”帕霍莫夫看了看钟。钟已经停了。

什威采尔低低地俯在桌子上，一直写到深夜。有时他再看一遍所写的内容，于是微笑了：将近暮年的时候，他终于掌握了真正的写作的秘诀。他什么也没有虚构。他只是简单地、甚至是吝啬地把他所知道的普希金在米哈依洛夫村生活的一切情况告诉读者。但是由于一些不被人注意的事物，也许是由于成功的词句的排列顺序，他所写的一切都给人以清新有力的印象。

显然问题不在于找到了适当的词汇，而在于他，什威采尔的心情，形式服从于他的思想、他的热情。词句自然而然地形成了现在唯一需要的顺序。

“好像魔法一样。”什威采尔想。

朴素的词句，得心应手，这中间含有古典作品的某种成分。有什么能比普希金的诗句更为朴素呢？“像一个幽灵，朦胧的月亮升上铅灰色的树丛。”不过现在什威采尔已经完全明白，这些词的魅力不仅仅在于它们的明确性，而且在于，这些词以一种神秘的力量结合在一起，必然会在他——什威采尔的心中引起一种荒凉寂静的感觉。

这些词拥有令人产生深刻印象的巨大权力。什威采尔仿佛看到树叶凋零的树丛，由于初霜的侵袭，已经变成了铅灰色，一片白杨的枯叶飘落到脚边。这一切之中包含着异常的忧郁，许多回忆，无限的孤独和爱。冻坏了的草发出沙沙的响声，夜激起了对往事的回忆，而同时生活又好像那样清新，那样美。

这一切魔法，在学者的语言中有一个最枯燥无味的术语——潜台词。什威采尔跳起来，在屋里走了一会儿，骂了一声：流口水的想象力！潜台词！

他在敞着的窗前站了下来。正在下雨，灌木丛中在沙沙地响，雨点溅到了窗台上，土地散发出阴雨的夜晚所特有的神秘气味。索罗契河对岸，昏暗的小村子里有一条狗在哀号。

什威采尔披上大衣，到公园里去。从隔壁的玛丽亚·普罗霍罗芙娜屋里射出一缕光线，在这条光带中可以看到，雨下得很密，是产蘑菇的雨。

玛丽亚·普罗霍罗芙娜正在窗旁抽烟。她喊了什威采尔一声，抱怨说，她睡不着。

“这是为什么呢？”什威采尔问。

“我这一生，谢苗·里沃维奇，”玛丽亚·普罗霍罗芙娜回答，“愚蠢极了。您相信吗，从小我就是个美人儿。可是您瞧，谁也不需要我的美丽。于是就像阴天里开放的一朵鲜花，慢慢地枯萎了。”

什威采尔耸耸肩，向俯瞰河水的陡岸走去。他稍站了一会儿，听了听喑哑的抽泣声。这是玛丽亚·普罗霍罗芙娜把头俯在窗台上，为自己白白失去的美丽而哭泣。

“鬼知道这是什么！”什威采尔含糊不清地低声说，于是回自己屋里去了。

在漆黑的天空中有一些看不见的飞机隆隆地飞过，然后又静了下来。排水管里惹人心烦的流水声，狗叫声，被雨打得瑟瑟颤抖的树叶的沙沙声，玛丽亚·普罗霍罗芙娜的抽泣声，飞机拖长的嗡嗡声——这一切莫名其妙地惹得什威采尔心慌意乱。

“鬼知道这是什么！”他嘟嘟囔囔地说，“难道要睡不着了吗？”

他躺下来，翻来翻去折腾了好久，只是到天快亮的时候才睡着。他感觉到照在床边地板上的阳光，于是醒了。什威采尔把手伸下去，摸摸被太阳照亮的地板——木板发烫，十分干净。什威采尔想，今天他就要离开这儿到海边去了，叹了口气，抽起烟来。

但是什威采尔没有到海边去。白天，把自己的手稿放进手提箱去以前，他又看了一遍，这时玛丽亚·普罗霍罗芙娜来了。她用严厉而明亮的眼睛看了看什威采尔，说："您白收拾了。您哪儿也去不成。"

什威采尔发火了。玛丽亚·普罗霍罗芙娜莫名其妙的纠缠早就使他感到厌烦了。

"请您别管我的闲事！"他克制地说。

"我本来就没有管，只是您走不了，因为所有的火车都停开了。斯杰帕从车站上回来了。他说，简直是可怕。"

什威采尔耸耸肩。

"您老是在说蠢话，怎么也不觉得腻烦呢。"他和解地说。

玛丽亚·普罗霍罗芙娜笑了。现在什威采尔毫不怀疑，玛丽亚·普罗霍罗芙娜根本不傻，只不过是疯了而已。

"唉，您真是个怪人！既然因为战争的关系，所有的火车都停开了，您能上哪儿去呢。"

什威采尔的脸色苍白了。他走到玛丽亚·普罗霍罗芙娜跟前，望着她的眼睛，轻轻地、几乎是喃喃地小声说："请您离开这儿！听见吗！您让我烦死了！"

然而玛丽亚·普罗霍罗芙娜非但不走，反而惊恐地看着什威采尔，回答说："耶稣保佑您，谢苗·里沃维奇。我可不是开玩笑。战争开始了，今天早晨，和德国人。我自己也是才知道的。无怪乎狗在哀号，无怪乎整整一夜我的心都在痛，好像要裂开似的。"

后来，一回想起这些情况，什威采尔都要皱眉。不知怎的，就连关于战争的消息，他也是以这样愚蠢的方式得知的。鬼知道这是什么！

什威采尔即刻步行到五公里外的普希金山去，好去问个明白。他给还在克里米亚全苏少先队健身营的谢拉菲玛·马克西莫芙娜发了一封电报。接受电报的那个姑娘说，电报未必能发到那里去。没有去南方的火车，只有满载战士的军用列车。据说，也许傍晚有一趟去列宁格勒的列车打这儿经过。

什威采尔决定去列宁格勒。他急于赶回米哈依洛夫村，好请斯杰帕在傍晚前套好马车，把他送到车站去。

这天阳光灿烂，凉爽，寂静。四周一切都好像是陌生的，似乎什威采尔是第一次来到普斯科夫的这块土地上。路上撒了很多干草，他在路上慢慢走着，一面在自言自语。“瞧，道路，”他说，“一个老树桩，一块块亚麻地——这一切多么奇怪啊！”他仿佛是透过烟雾看到周围的一切，而且和这一切中间都隔着一段很大的距离。“我的眼睛是不是要瞎了呢？”他想，“世界上变得多么不舒服了。”

路上遇到一些村妇，一个小男孩儿，还有一个要饭的老头儿走了过去。大家都停住步，对什威采尔说，瞧，战争爆发了。他看到了凝聚在大家眼睛里的悲哀的闪光。他陷入沉思，走到索罗契河边，在柳丛中迷了路。

最可怕的是情况不明。战争爆发了，可是米哈依洛夫村里谁也不知道战争的情况。普希金文物保护区的工人们从一清早就各自回家，回到邻村，刮过脸，打好背包，然后从那儿去普希金山和奥波奇卡，到征兵站去了。这里立刻变得空荡荡的，只有玛丽亚·普罗霍罗芙娜紧紧地裹上破围巾，独自在各间屋子里和公园里走来走去。

什威采尔收拾好手提箱，找到斯杰帕，和他讲好，傍晚前斯杰帕送他到车站去。随后，什威采尔不脱大衣，也没摘帽子，在自己屋里坐了一会儿，在桌子里找到了一包落满灰尘的香烟，第一次点了一根，抽起烟来，同时在默默地思索着。

黄昏时斯杰帕把什威采尔送到了空旷无人、没有灯火的车站上，什么火车也没有。值班员说，普斯科夫被炸，联系中断，大概根本不会有火车了。

什威采尔坐在月台上的一条长木椅上，决定等着。草地上晚霞渐渐熄灭，仿佛是很疲倦的样子，过了好久才完全消失。斯杰帕坐在旁边，在用很厉害的马合烟草卷一根漏斗形的纸烟，啐了几口唾沫，连连叹气。

什威采尔几次到木板房里去找值班员，屋里一盏捻小了的煤油灯冒着黑烟。他在那里听到了一些互相矛盾的混乱消息。据说普斯科夫在燃烧，铁路在奥斯特洛夫附近被炸断了，飞机用机枪扫射了威帖布斯克的一列火车，在奥波奇卡上空打落了一架德国轰炸机。

黑暗中，一些像黄蜂样细长的飞机发出低沉的吼声，从低空掠过车站，很快在森林后面消失了。后来在北方，阴暗的天空中冒出黄色的火光，但是听不到任何声音。什威采尔望着这些火光，猜想，这是高射炮炮弹爆炸的闪光，可是爆炸竟没有一点儿响声，这使他感到惊讶。

深夜，什威采尔和斯杰帕一同回到了米哈依洛夫村。他明白，他是不可能回到列宁格勒去了，不知怎的心里反而平静了下来。现在他已经知道，他将长期，也许是永远和谢拉菲玛·马克西莫芙娜、和朋友们失去联系了。起初这个想法使他感到惊惧，但惊慌很快就消失了，变成了激动，变成了轻快的，甚至是愉快的兴奋。意识到危险已经离得很近，他的心里一阵阵发冷。必须立刻行动起来，毫不迟延。不过，怎样行动呢？他太老了，军队里不会要他。每一个人都应该采取行动，能做什么就做什么。

什威采尔决定留在米哈依洛夫村，尽力抢救普希金博物馆里的一切文物，他将是最后离开这儿的一个人。这些想法还不是十分明确，但最主要的是他已经决定了——他应该拯救这些地方，每一个俄罗斯人都十分珍爱的地方，不让它们遭到破坏，他应该保护普希金墓。

第二天，什威采尔、玛丽亚·普罗霍罗芙娜、斯杰帕和三山村、沃龙尼奇等农村里的孩子们，一整天都在俯瞰山谷的密林中一个偏僻的边缘上挖一个大坑，好把博物馆里的画像和珍贵文物装箱埋藏在这里。不时听到西方有爆炸声，到傍晚，瓦灰色的天空中越来越经常地冒起低低的火光。

只有一件东西，什威采尔没有把它埋藏起来——这就是卡罗琳娜·莎斑斯卡娅的画像。他把它从绷画布的木框上取下来，对着用困惑不解的悲哀神情望着他的那位美人儿的眼睛看了好久，然后把画像卷起来，藏到手提箱里。

卷画儿的时候，他小心翼翼地轻轻摸了摸莎斑斯卡娅苍白的手。他好像觉得，她的手指是温暖的，活的，仿佛莎斑斯卡娅以勉强可以察觉的动作感激地握了握什威采尔的手。

从契尔卡塞开来的最后一班列车于黎明时刻到达敖德萨。帕霍莫夫和中尉告别，背起背囊，来到熟悉的车站广场，向伦敦旅馆走去。

有些地方房屋窗子上的玻璃已被打碎。一些睡眼惺忪的老头子，背着防毒面具，坐在大门洞里。风从海上吹来，懒洋洋地吹动洋槐叶子。

从林荫道上可以看到下面的港口。港口上空无一人，已经用防御浮栅把港口隔开了。帕霍莫夫在海边站了约莫一分钟的光景，眺望了一下远方。它还像两年前一样，一片蔚蓝，但是帕霍莫夫没有感觉到通常的那种喜悦。他好像觉得，海也和整个城市一样，仿佛没有睡足。高射炮的炮筒从沿岸棕黄色的斜坡下指向天空。

伦敦旅馆的前厅里有穿堂风，枯萎的棕榈叶子摇摇摆摆。轰炸的时候玻璃都震掉了。风在走廊里游荡，吹得窗框啪啪地响，墙上的戏报发出沙沙的响声。凉爽的房间里没有收拾过，被褥是揉皱了的，大概，在帕霍莫夫到来之前，原先住在此地的那个旅客刚刚离开这儿。帕霍莫夫按了按铃，铃声在整整一层楼上响了许久，可是没有人来。

帕霍莫夫走了下去，来到餐厅。餐厅里几张没铺桌布的桌边坐着一些浅色头发的青年，在用一种他听不懂的语言说话，这种话声音又慢又长，可是很好听。天花板下，一盏从夜里就忘记关的蓝色电灯，光线柔和，好像医院里的灯光。两个老年招待员在分送盛在盘子里的碎麦片粥。柜台上的白铜盘子、尖顶罩子、五颜六色的高脚酒杯，亮闪闪的，仿佛是生活的最后一道反光。

窗旁坐着一个身材矮壮的人，方方的下巴，花白头发乱蓬蓬的，像一只羽毛蓬松的鸟，无精打采地在喝清茶。帕霍莫夫认出了他，这是著名作家洛巴切夫。他发觉帕霍莫夫在看他，微微一笑，仿佛对着整个餐厅高声说："请坐到我这儿来吧。在这些人当中，只有我们俩是俄罗斯人。"

帕霍莫夫坐了过去，打过招呼，说出了自己的名字。

"这是些什么人？"帕霍莫夫指指桌边的那些年轻人，问。

"挪威人，"洛巴切夫回答，"他们从挪威逃到摩尔曼斯克，又从那里来到了这里。他们要去埃及，到英国军队里去。看到了吧，他们中间有一个黑人是这儿电影制片厂里的演员，路易斯安那州人。他俄语和英语都说得很好，志愿来为这些小伙子当翻译。是的，'奥勃朗斯基家里一片混乱！’[1] 我和这些挪威人交谈过，他们是去报仇的。有一个，他的父亲被德国人杀害了，另一个——是未婚妻，第三个——是兄弟。他们当中有一个诗人。瞧，就是那个，穿黑上衣的。他对我说：‘我的国家就像新年枞树上的玩具。’从前是有这样的玩具的——在一块小木板上贴上用硬纸剪成的树林和山、用云母做的瀑布、小房子，房顶上堆着用棉花做的雪。我清清楚楚地记得这些玩具。当拿走枞树的时候，我就从树枝底下把这样的玩具拉出来。玩具上撒满了干枯的针叶和挂在枞树上的金银线。是的。于是这个诗人对我说：‘枞树国被人变成了杀人场。为此我要复仇。我再没有其他选择了。’”

洛巴切夫抬起头来。窗外警报响了。那些挪威人推开椅子，互相呼唤着，站起来，向门口走去。

“德国人！”洛巴切夫说，“已经是第三天了，每到这个时候他们就要去空袭奥恰科夫。咱们到街上去吧。”

帕霍莫夫和洛巴切夫走了出去，站在旅馆门口的壁龛里。那些挪威人也挤在那里。斜坡下高射炮开始砰砰地射击，打断警报的号叫声。飞机吼叫着在大海上空向奥恰科夫的方向飞去，高射炮弹爆炸，犹如一团团棉花球，包围着敌机。

挪威人举起拳头来吓唬那些飞机。高射炮震动挂在旅馆门口的两盏古老的路灯，震得上面的玻璃叮叮当当地响。

射击停止了，但是帕霍莫夫没有回餐厅去，他需要到司令部去接受任

---

① 这本来是托尔斯泰名著《安娜·卡列尼娜》中的一句话，在这里作为成语，意思是说，挪威人那里已经一片混乱。

务。他对洛巴切夫说，他们一定还会见面。帕霍莫夫走了。

在司令部里，他被派往集团军报纸《祖国报》的编辑部去。编辑部在蒂拉斯波尔。司令部里说，到晚上有一辆载重汽车去蒂拉斯波尔，帕霍莫夫就是要搭这辆汽车前去。帕霍莫夫举手行了个礼，转身走了出来。一直到晚上他都是空闲的。

到哪里去呢？帕霍莫夫从亚历山大公园的边上走过去，转进炮垒巷。敖德萨的这一部分好似城堡的郊区——长满枯草的路面、围墙，耸立在屋顶上的旗杆，花园寂静。帕霍莫夫走到塔吉雅娜·安德烈耶芙娜曾经住过的那所房子，推开便门，向花园里望了望。单单是从对她来说一切都很熟悉的街道上走过，从她曾经住过几年的这些地方走过，就使他感到喜悦。

他回到旅馆，给艾泽尔岛的塔吉雅娜·安德烈耶芙娜写了一封信，并把信送到了邮政总局。信很短，充满了告别的柔情，因此帕霍莫夫害怕再看一遍，这封信里包含有他未说完、而她必定会了解的一切。但最令人苦恼的，是他意识到，她未必能看到这封信。邮政总局里的那个姑娘把它放到了一大堆尚未发出的信里。帕霍莫夫深信，这封信会就这样永远放在敖德萨的邮政总局里。

在旅馆里，他想结账。多嘴的旅馆看门人说，军人不收费——反正房间都是空着的。帕霍莫夫感到惊讶，他谢了一声，拿起自己的背囊，到洛巴切夫的屋里去了。屋里烟雾腾腾，地上乱丢着一些写满了字的纸，字迹很大。洛巴切夫坐在沙发旁一张小圆桌后面，正在桌子上最靠边的地方写着什么。空着的写字台就在旁边。

看到帕霍莫夫，洛巴切夫非常高兴，从衣橱里取出一瓶已经打开过的白兰地。他说，他滞留在敖德萨，未必能回莫斯科去了。火车已经没有了，开始由海路往马里乌波尔和诺沃罗西斯克疏散居民。

洛巴切夫小口小口地喝着白兰地，给帕霍莫夫念了几页他写的文章。这是一些互不连贯、有点儿奇怪然而很有意思的每天的记事。

“通常认为，现代战争是最新式武器的决斗，”洛巴切夫一张张地翻着那些纸，说，“不过也有一些有趣的例外。我记下了一个挪威人讲的故事，是一个惊人的，甚至是感人的事件。就是它，请您听着：‘挪威首都奥斯陆附近有一个峡湾，峡湾中有一个小岛，岛上有一座已经改为博物馆的古代要塞——常春藤，太阳钟和主任居住的一幢白色小房子——主任是一位退伍的大尉。小房子里面有大尉的小孙女，咖啡的香味，长条粗地毯，缠着黑纱的、亡妻的肖像。古要塞里收藏着赫里斯金娜[①]女王和波尔塔瓦战役[②]时代的武器，海岸的石板上放着两门古老的大炮。它们已如此古老，人们甚至给它们取了两个旧约上的绰号——亚伯兰和摩西。每天中午，要塞用这两门大炮开炮校正时间。德国人从空中和海上猛烈进攻挪威，国家被打了个措手不及。德国的“布留赫”号主力舰——法西斯舰队的骄傲——开进峡湾，全体指挥人员和在柏林任命的挪威法西斯伪政权的全体成员都在这艘军舰上。

“‘老大尉站在要塞的塔楼上，望着这艘主力舰。奥斯陆火光冲天。飞机在号叫。挂着“卐”字旗的敌舰驶进峡湾，可是岸上的炮垒一声不响。老大尉在等着。他无法理解，挪威人为什么不开炮。这是什么？是怯懦，背叛，还是惊慌失措呢？他只了解一点——敌人正在不受惩罚地向他

① 赫里斯金娜，1632—1654 年期间的瑞典女王。

② 指 1706 年 6 月俄军在波尔塔瓦击溃瑞典军队的战役。

国家的首都推进，向极其美好而又愉快的城市奥斯陆推进。于是大尉在塔楼上升起挪威国旗，让强盗们看到，挪威还没有投降。主力舰掀起波浪，从一旁开过去，它根本不理会那面旗帜。老大尉下了塔楼，来到亚伯兰跟前，装上一颗古老的炮弹，瞄准主力舰，开了一炮。瞧，奇迹发生了。主力舰上发生了威力强大的爆炸，巨大的战船——航海技术的伟大创作——被炸裂，沉向海底，全体指挥人员、法西斯政府的成员都送了命，两千水兵也全被消灭。大尉跑回屋里，带着小孙女，和她一同渡海上岸，连夜越过国境，跑到了瑞典。后来法西斯翻遍挪威海军部的档案，他们在寻找“布留赫”号的秘密图纸。他们深信，这些图纸已经被窃，而且落到了挪威人手里。他们所以对此深信不疑，是因为博物馆里的那颗炮弹恰好命中那艘主力舰上唯一易受攻击的地方，在弹药舱里爆炸了’……”

洛巴切夫头发蓬松，斜着眼睛看看帕霍莫夫。

“这真是一篇绝妙的短篇小说题材，在这篇小说里，又是狄更斯，又是斯蒂文生，又是当代的现实——一切都搅在一起了。我真希望能像这位挪威老大爷一样，具有这样天真的勇敢精神。”

帕霍莫夫该走了。洛巴切夫和他热烈地吻别，他们分手时已经成了朋友。

汽车上除了帕霍莫夫，还有一个乌克兰战士。他给编辑部带去一桶油墨和一卷纸。

他们来到了去蒂拉斯波尔的道路上。正刮着风。尘土飞扬，道路上罩着一层浓密的灰尘，汽车喇叭几乎在不停地响——司机赶过一辆辆满载战士的汽车和一辆辆行动迟缓、发出隆隆响声的牵引车。

风把灰尘吹向草原。由于落满灰尘，沿路上的一切都变成了灰色——

被践踏得东倒西歪的飞廉、种着向日葵的土地、瓦顶的小矮房子。

迎面开来的载重汽车发出隆隆的响声。坦克叮叮当当地响，好像有人经常在用锤子敲打铁器。战斗机尖声呼啸，沿着道路作超低空飞行。车身震动，发出稀里哗啦的响声。风越刮越猛，越吹越冷，在耳边嗡嗡地响。由于这些噪音，帕霍莫夫几乎变成了聋人，他丧失了现实感，漠不关心地望着陌生的草原和烟雾迷蒙的天空。

越往前去，草原变得越荒凉，渐渐没入黄昏的黑暗之中。从西方升起的预兆不祥的乌云也越来越高了。那个战士把沾上油墨的手揣到军大衣的袖筒里，望望乌云，说："可别遇上暴风雨。雷声倒听不到，可是在打闪电。道路泥泞不堪，这儿的烂泥真他妈的活见鬼——简直要命！"

透过尘土，可以看到苍白的闪电微微颤动，后来不知是什么轰隆一声响，于是传来一阵连续不断的隆隆声。

"是打雷呢，还是弗里茨[①]在哪儿扔炸弹呢？"那个战士说，"难道你能分得清吗！"

天很快黑下来了。风在散热器里尖声呼啸，一丛丛干枯的风滚草蹦蹦跳跳，飞也似的穿过道路。帕霍莫夫朝前望了望——直到地平线，汽车像一条灰色的长蛇，时而爬进山谷，时而又向上爬坡。风抖动车上的防雨布，吹得啪啪地响，似乎由于暴风雨已经开始，汽车正在痉挛。

雨点好像是硬的，噼噼啪啪打在车身上。后来大雨倾盆，仿佛降下一堵昏暗的墙壁，把一切遮蔽起来。汽车在一个陡坡前停住了。坡上几十辆汽车的轮子在空转。司机打开车门，喊了一声，叫帕霍莫夫和那个战士坐

---

① 指德国人。

到驾驶室里去。

驾驶室里很挤，不过干燥、暖和。雨在敲打着铁皮车顶。

战士们身上裹着军用雨衣，靴子扑哧扑哧地踩在泥泞里，在伸手不见五指、只有在南方才会见到的黑暗中行军，他们咒骂道路和大雨，在互相呼喊着。后来有人敲了敲驾驶室的门。

“你要什么？”司机问。

“喂，朋友，”黑暗中一个快活的声音回答，“让我们的护士坐到驾驶室里吧。”

“怎么，你们自己没有驾驶室吗？”

“驾驶室我们倒是有，”黑暗中心平气和地回答，“只是少校躺在里面，腿上受了伤。我们的驾驶室里没有地方了。”

“好，上来吧！”司机打开车门，“咱们挤一挤吧。”

从黑暗中把护士推进了驾驶室，水从她的雨衣上直淌下来。战士爬到了地上，护士挤在帕霍莫夫和司机中间。

“请你们不要生气，”护士说，帕霍莫夫立刻注意起来，“雨一停，我就走。”

“等一等，”帕霍莫夫说，“我好像在什么地方听到过您的声音，护士。”

“也许听到过，”护士回答，“只不过不是在歌剧院里。”

“这么黑，就连亲爹也认不出来。”司机说。

“这么说，您是尼娜·切尔年科啊，”帕霍莫夫说，“您记得米哈依洛夫村吗？还有列宁格勒？您和塔吉雅娜·安德烈耶芙娜到那里去过。”

“莫非是米沙吗？”护士问，又不作声了。显然，对这次相逢，她惊讶的程度并不亚于帕霍莫夫。“难道是您吗，米沙？是帕霍莫夫？简直是奇迹。真是，在哪里遇到了啊！”

尼娜从雨衣下伸出一只手来，摸到帕霍莫夫的手，和他紧紧地握手。电光一闪，帕霍莫夫看到了尼娜的脸——脸是湿的，睁着一双惊奇的眼睛。

开始匆匆交谈起来。尼娜详细询问大家的情况——塔吉雅娜·安德烈耶芙娜、瓦尔瓦拉·加夫里洛芙娜、爱发脾气的维尔美尔和矮小的什威采尔，帕霍莫夫在回答。他已经不觉得夜是那样阴郁，弥漫着灾难的毒烟了。

尼娜说，她送一位受伤的少校回敖德萨，一天后她将经过蒂拉斯波尔回自己的卫生营去。届时也许她能顺便到编辑部去看看帕霍莫夫。

“喂，到底怎么样了，您和……”尼娜问，可是立刻又住了声。

“什么‘和’？”

尼娜很轻很轻地问：“您和……塔尼娅到底怎么样了？”

帕霍莫夫不作声。

靴子又在泥泞中扑哧扑哧地响起来。有人喊了一声：“喂，切尔年科护士在哪儿啊？”

尼娜答应了一声。

“少校情况不好，”一个声音从黑暗中说，“请您到他那儿去，护士。”

尼娜搂住帕霍莫夫的脖子，吻了吻他湿淋淋的脸。

“喂，别难过啊。”她说。

过了半个钟头，汽车开动了，轮子空转着，发出尖锐刺耳的响声，向上爬去，后来，后轮向旁边滑动，开始慢慢地下坡了。

帕霍莫夫在打盹儿。有时他睁开眼，可是什么也看不见。司机的钢盔丢在驾驶室里的地上，老是在脚边讨厌地叮叮当当地响。

后来地平线上露出鱼肚白，黎明已经临近了。开始模模糊糊看到了被雨水浸透的草原、陷在泥泞中的汽车、铁路、路基旁的一个个大弹坑，一群群寒鸦生气地啼叫着从这些弹坑里飞出来。早晨，开始进入蒂拉斯波尔——一座平淡无奇的城市，由于下过了雨，房子仿佛都发黑了。

《祖国报》编辑部设在从前的少年宫里。绘画厅里，窗台上堆着宙斯的石膏像和一些老鸦企的叶子，帕霍莫夫在这儿见到了编辑——沉默寡言的政委，向他作了自我介绍。

“请稍休息一下吧，”编辑说，“晚上开始工作。我们很需要画家。”

一个腼腆的战士把浑身泥泞的帕霍莫夫领进一间摆满鸟类标本和地球仪的房间。地上铺着一个草垫子。帕霍莫夫把背囊放到头下，没有脱掉靴子，就躺到草垫子上，睡意立刻袭来，脑袋里好像有几十条电线在嗡嗡地响。

可是他最多不过睡了半个钟头，有人拉拉他的脚，说：“警报！立刻到花园中的掩体里去。”

他半睡半醒，十分疲倦，走进花园，下到避弹壕里，弄得两手都是泥。避弹壕底部流进了水。旁边有一些不认识的战士在黑暗中抽着烟，在争论着德国的“巴拉贝伦”手枪的性能。外面飞机引擎无精打采的号叫声越来越近，高射炮在砰砰地射击，附近一颗炸弹轰隆一声响，泥土块纷纷落到头上。

帕霍莫夫觉得冷。他很想快点儿回到那间有标本的屋里，重新入睡。“奇怪，”他想，“虽然已是夏天了，可是和秋天一样，潮湿，不舒服，耳边听到黑色炸弹的呼啸声，人们在烂泥水洼里等死。潮湿的细根仿佛在往脸上爬，散发着一股苦涩的烟草味。战争竟是这样和人相遇的！显然，体验到战争强加给人们的坚韧和忍耐，就是培养勇敢精神的开始。”

黄昏之前，第一颗炮弹打到了诺夫戈罗德内城。木头房子里窗户上的玻璃叮当乱响，碎玻璃片撒落到香油罐里、编织的台布和油漆过的地板上。后来，车站那边大地又沉重地一声长叹——第二发炮弹直接打到了沃尔霍夫河里。

维尔美尔从瓦尔瓦拉·加夫里洛芙娜家里向内城，向大教堂跑去。一小时前，他刚刚同博物馆主任和派来帮忙的技工学校的学生们在那儿钉好最后一批箱子，箱子里装着圣像、古代的教堂用具以及手抄的书籍。维尔美尔跑一会儿，又站下来喘一口气，用手抓住篱笆，抓住电线杆子。

军队已经通过内城。载着满面征尘的步兵的汽车开了过去，大炮、坦克、高大的装甲汽车在坑坑洼洼的路面上颠簸着，慢慢地爬行。

维尔美尔跑到了大教堂。大门开着，大教堂的地板上撒了厚厚一层石灰。

箱子放在上敞廊，放在法衣圣器室里。维尔美尔去开通上敞廊的门。古堡有一个需要旋开的、很重的闩，开了好久还开不开。维尔美尔终于打开古堡，他推开铁门，立刻站住了——他好像觉得，整个法衣圣器室仿佛是在一片火光之中。血红色的光从上面流向石阶。维尔美尔没有立刻猜到，这是落日的余晖照进了窗子。

所有的箱子都完好无损。维尔美尔坐到一只箱子上，伸手到衣袋里摸索——手帕不在口袋里。于是他用天鹅绒上衣下摆擦干汗湿的脸，取出香烟，抽了起来。并且好像是要说服自己似的，用很大的声音说：“平静下来吧，老头子。现在该怎么办呢？”

得把箱子运出去。但是维尔美尔知道，这是不可能的。当战斗已经在市郊打响了的时候，还能到哪儿去、去求谁帮忙呢？到哪儿去找汽车、找人来搬运这些箱子——它们都重得出奇，好像是用铅浇铸的。

门廊里有一个受伤的战士坐在地板上。卫生员在他身边忙碌着。“请注意，我伤到了骨头，”伤员严厉地说，“你给扎紧一些。”

维尔美尔走到广场上。教堂门前的台阶旁停着一辆汽车，车上有一些战士，司机在忙着摆弄发动机，旁边有一个身材矮小的中尉在抽烟。维尔美尔走近中尉，喊了一声，但是他没有注意到维尔美尔。他正在凝神注视着司机的忙乱动作，说：“你别急躁，不然更弄不好了。”维尔美尔又喊了一声。中尉转过身来，不满意地看了看维尔美尔，说：“我不能带您，同志。我的汽车上载着战士，没处可挤。我倒是乐意带您，可是不能。”

“可是我又没求您要搭汽车。”维尔美尔生气了。

“那么您需要什么呢？”

维尔美尔一直还没有歇过气来。他气喘吁吁地把装珍宝的箱子的情况讲给中尉听，无论如何也得把它们运走。

“他是个教堂执事吧？”一个战士小声问另一个战士，“你瞧，要拯救圣像哩！妙极了！”

中尉皱起眉头，一声不响。显然，他没有任何办法帮忙。

“大概，挤一挤，可以放下一个箱子。”司机好像无意中含糊不清地小声说，仍然在慢慢地搞他的发动机。“人民的财产嘛！唉，你呀，魔鬼！”

大地在呻吟，墙后面传来树木折断的响声。大家都回头望望。

“没什么！”怒气冲冲的中尉最后说，“往往有这种事情！福明，你跑步去找少校。他在小花园里一辆三吨卡车附近，报告情况，关于箱子的事，你都明白了吗？”

“明白了，中尉同志。”一个面颊红润、眼睛里流露出勤奋努力的神情的战士回答，然后向小花园跑去。

他和少校一同回来了。少校和维尔美尔打了个招呼，什么也没问，就用喊哑了的嗓子命令从某某车队里——维尔美尔没听清究竟是从哪里——开几辆汽车到大教堂来装运木箱。

“我们能运到哪儿，就运到哪儿，不过一定要从这儿运出去。”少校说，说罢转身就走了。

开来了两辆汽车。维尔美尔站在那儿，惘然若失。他立刻被挤到一边去了。战士们在往外搬箱子，在这种情况下，总是像这样大声喊着：“竖着放！”“抬那个角，粗枝大叶的家伙！”“哈，上帝老爷的画像好沉啊！”“帮帮忙，帮帮忙！干吗看着啊！”当全部装好以后，中尉对维尔美尔说：“好，请坐上去吧！这就要开走了！”

这时维尔美尔想起了瓦尔瓦拉·加夫里洛芙娜和玛莎，于是对中尉说，现在他还不能走——有一个老太婆和一个小姑娘要由他照管。

“嗯，那好吧，”中尉说，“这些箱子我们会交到该交到的地方去。祝您顺利。”

汽车开动了。维尔美尔走回家去。

他在饭厅里遇到了瓦尔瓦拉·加夫里洛芙娜。她穿着大衣坐在桌边，戴一顶黑色包发帽，手里拿着一个老式皮手提包。她很吃力地抬起头来，用抱歉的、束手无策的目光看了看维尔美尔。

“瞧，玛莎给我穿好了衣服。我还不知道，到底是走呢，还是不走。我一点儿力气都没有了。”

“玛莎呢？”维尔美尔问。

“在上边，给我找伞。”

维尔美尔站在门口，望着瓦尔瓦拉·加夫里洛芙娜。他第一次感觉到，为了把这个老太太带走所做的一切准备毫无意义。既然瓦尔瓦拉·加夫里洛芙娜在家里行动都很困难，能带着她走到哪里去呢？上哪儿去弄汽车？军队已经渡过沃尔霍夫河，转移到右岸去了。眼看就要炸桥。整个日落的西方都笼罩在硝烟之中。

维尔美尔登上阁楼，玛莎在衣橱里翻寻着。她也穿着大衣，头上披着头巾。她询问地望望维尔美尔，说：“我们在等着您。早就该走了，尼古拉·根里霍维奇。全城的人都走了。”

“玛莎，”维尔美尔说，“瓦尔瓦拉·加夫里洛芙娜走不到的。”

玛莎低下眼睛，默默不语。她的嘴唇紧紧闭着。

“可是在这儿她反正还是会死的，”玛莎回答，“那么最好还是让她跟我们死在一起吧。”

维尔美尔脸红了。

“好吧，”他说，“咱们走吧。咱们设法到柳班去，从那儿再去列宁格勒。我的烟呢，玛莎？”

他在口袋里装满了香烟、火柴。自从知道诺夫戈罗德将被放弃以后，维尔美尔已经是第二天什么东西也没吃了，他只是喝浓茶，一根接一根不停地抽烟。

玛莎下去，来到饭厅里，从瓦尔瓦拉·加夫里洛芙娜身边走过的时候，对她说：“我这就来，姥姥。”于是到花园里去了。她跑到亭子里，用很瘦的手指紧紧抓着亭子上的旧栏杆，向山谷那边眺望。那里，天空被火光照得通红。

玛莎悄悄地哭了。她竭力克制住，采下一片丁香叶子，把它藏在胸前衣服底下。叶子又凉又硬。

“你在哪里呀，妈妈？”玛莎问，“为什么我总是孤零零的一个人呢？”

山谷那边，一颗绿色信号弹嗞嗞地响着，喷出许多火花，向天空飞去。玛莎仿佛看到，谷底有一些黑色的人影在弯着腰奔跑。她跑回家去。

维尔美尔锁上阁楼，下来，来到了饭厅里。玛莎已经在那儿了。她从沙发底下拖出惊恐地嗥叫着的穆哈。

“坐下，玛莎，”瓦尔瓦拉·加夫里洛芙娜轻轻地要求说，“和房子告别吧。也许，它会等到你回来，一直到战争结束也不会倒塌……瞧，这就是我的一生，亲爱的……”

玛莎手里抱着穆哈坐在沙发上，低下了眼睛。维尔美尔坐到安乐椅上，摘下帽子。大家都默默不语。

瓦尔瓦拉·加夫里洛芙娜很吃力地站起来，对着饭厅的各个角落画过十字，走进前室。玛莎跟在她的后面。最后出来的是维尔美尔。他锁上房门，把钥匙交给了玛莎。

可以听到，战争正在南方进行，就在内城后面。

他们穿过空无一人的小巷，走得很慢很慢，但是每走一步都感觉到危险已经离得远一些了。

城门附近卧着一些机枪手，不过寂静无声。穆哈对着机枪手狂吠。他们对它吹吹口哨，于是它安静了下来。

他们出了城，拐了个弯，走进靠近沃尔霍夫河的小树林里。在树林边上，玛莎让瓦尔瓦拉·加夫里洛芙娜坐在一个树桩上，自己坐在她的脚边。维尔美尔也坐在地上，用大衣遮着抽起烟来。

大地在颤抖。火光更大了，浓烟滚滚。除爆炸声、嗒嗒的机枪声外，还传来另外一些莫名其妙的响声——拖得很长仿佛从地下发出的隆隆声，像蒸汽那样哒哒尖叫的呼啸声。

他们坐了好久。后来玛莎问：

“唔，怎么样，姥姥？您歇够了吗？可以走了吗？”

“走吧，亲爱的。”瓦尔瓦拉·加夫里洛芙娜顺从地同意了。

玛莎和维尔美尔帮着瓦尔瓦拉·加夫里洛芙娜站起来。他们顺着树林边缘走，碰到一道篱笆，沿着篱笆走到一条乡间土道上，道路通往北方，就在沃尔霍夫河旁边，正好是通往他们要去的那个方向。

瓦尔瓦拉·加夫里洛芙娜越走越慢，又在沃尔霍夫河高高的河岸上一个灌木丛里坐下来休息。玛莎分给大家每人一块面包。瓦尔瓦拉·加夫里洛芙娜要喝水。维尔美尔下到河边，用带把的铁杯子舀了一杯水。水是黑的。

瓦尔瓦拉·加夫里洛芙娜喝了几口，可是她立刻呕吐起来。她轻轻地哼着，小心翼翼地把玛莎从自己身边推开，说：“你们走吧！快点儿走吧。干吗等着我呢？用不着。”

这时玛莎第一次放声大哭起来，她拽着瓦尔瓦拉·加夫里洛芙娜的袖子，拉她。瓦尔瓦拉·加夫里洛芙娜站了起来。维尔美尔和玛莎搀着她继续往前走。瓦尔瓦拉·加夫里洛芙娜老是沉重地倒在维尔美尔的身上，因此他明白，走不了一百步，她就会倒下来的。

“让我坐在这儿，坐在路边吧。”瓦尔瓦拉·加夫里洛芙娜请求说。

维尔美尔和玛莎又让她坐到被露水打湿的草地上。瓦尔瓦拉·加夫里洛芙娜坐了一会儿，随后就躺下了。玛莎坐到旁边，把瓦尔瓦拉·加夫里洛芙娜的头搁在自己的膝盖上。玛莎抖得那么厉害，抖得头都抽搐起来。

“你们一定要找到塔尼娅。”瓦尔瓦拉·加夫里洛芙娜高声说，又重复了一遍，“你们一定要找到塔尼娅！”

她不作声了，随后小声唱了起来。维尔美尔打了个哆嗦。瓦尔瓦拉·加夫里洛芙娜在唱一首古老的抒情歌曲——这是他的母亲有时也唱过的歌曲。

快起来吧，不觉得难为情吗？
关上窗子熟睡，沉醉于梦幻之中。
知更鸟早已唱出美妙的歌声，
玫瑰花也为你开放，芳香袭人。

维尔美尔呆呆地听着。他猜想，瓦尔瓦拉·加夫里洛芙娜准是疯了。不过，也许她只不过是在呓语，或者是回忆自己的青春。

天开始亮了，夜色渐渐消退。雷鸣般的炮声听得更清晰了，而且越来越近。透过雷鸣似的炮声，传来了喑哑的嗒嗒的马达声。

“汽车，”玛莎说，“也许会让我们搭车吧，尼古拉·根里霍维奇？”

道路转弯处，一辆摩托车向一旁倾斜着从一堆碎石后面跳了出来。摩托车上的人显然发现了维尔美尔和玛莎，他关掉马达，用沉重的皮靴蹬在地上，开始刹车，掀起一团灰尘，他停了下来，问：“Weristda？”[1]

玛莎大叫了一声。

那人把摩托车放在路上，走了过来，维尔美尔看到了最近一个时期他经常暗自想象，但还从未亲眼看到过的德国兵。他的脸被黑色的钢盔遮着，几乎看不见。这个德国兵身体结实，个子矮小，走路稍有点儿瘸。从他身上散发出一股汽油味。

他在瓦尔瓦拉·加夫里洛芙娜面前站住了。他朝下耷拉着的一只手里有一支乌黑的手枪。

德国兵不满意地问了些什么，可是维尔美尔听不懂。瓦尔瓦拉·加夫里洛芙娜望着德国兵，微笑着摇摇头。随后她又用颤抖的声音唱起来：“快起来吧，不觉得难为情吗……”

“啊哈！”德国兵说，仿佛是同意瓦尔瓦拉·加夫里洛芙娜的什么意见，点了点头，立刻也哼起了这首歌的调子，不过没有唱出歌词：“塔——塔，塔——塔，塔——嘀，塔——塔！”他住了声，沉默了一下，执拗地盯着维尔美尔，认真地、但是很平静地问：“Dementia？ Ja？”[2]

维尔美尔没有回答。这时德国兵抬起手来，一声刺耳的响声，好像在甩鞭子。啪的一声，喷出一道黄色的火焰，随即就熄灭了。瓦尔瓦拉·加夫里洛芙娜侧身倒在地上，有几秒钟，她的手还在撕身边的草。

德国兵用手枪威胁着维尔美尔，倒退着向摩托车走去，他骑上摩托车，走了几步，用叉开的两只脚用力蹬了蹬地。

---

① 德语：那儿是什么人？
② 德语：白痴？是吗？

马达嗒嗒地响起来，摩托车摇摇晃晃，疾驰而去。

玛莎跪在地上，把头扎在瓦尔瓦拉·加夫里洛芙娜的腿里。维尔美尔抓着玛莎的肩膀，把她拉起来，抱着她离开道路——转弯处后面传来钢铁碰撞的声音，有什么东西在爬，发出隆隆的响声。

“放开我！”玛莎说，“亲爱的，最亲爱的。她也许还活着呢？尼古拉·根里霍维奇，放开我！”

“不行，”维尔美尔说，“咱们走吧！不行。德国人就在附近。”

“谁来埋葬她呢，尼古拉·根里霍维奇，最亲爱的，谁呢？”

维尔美尔不回答，他用力拉着玛莎。起初她挣扎着不肯走，后来渐渐没有力气了，于是默默地、顺从地跟着他向前走去。不过维尔美尔还是紧紧搀着她的手，不放开她。

他们在灌木丛生的沙地上走了很久。因为有露水，沙是凉的。太阳升起来了。他们下到山谷里。有一条小溪流过谷底，小溪两岸是绿色的淤泥。维尔美尔舀了一点儿水，让玛莎喝够了，然后他自己也喝了些。水是酸的。

维尔美尔听到了轻轻的尖叫声。他回头一看，浑身湿淋淋的穆哈哀怨地低声尖叫着，肚皮贴在地上，在谷底爬着，它在发抖，紧紧夹着尾巴，好像是在请求原谅似的。

玛莎用呆呆的一动不动的眼睛望着穆哈。

夜里，满载乘客的内燃机船停泊在阿卢什塔对面。洛巴切夫没有走出船舱。在雅尔塔，内燃机船曾受到德国轰炸机的袭击，在那以后，洛巴切夫就用剩下来的白兰地麻醉自己，躺在床上，盖上大衣。

他刚一开始迷迷糊糊地进入梦乡，眼前立刻就飞起一根根由爆炸掀起的彩色水柱。洛巴切夫辗转反侧，侧耳倾听，等待着照例的警报、从甲板上传来的拖长的叫喊声：“空——袭！”最愚蠢不过的是，几乎轮船上的一切响声都使他联想起飞机的嗡嗡声——就连机器的响声也不例外。

在阿卢什塔，内燃机船上又搭乘了一些新的乘客。洛巴切夫听到了沉重的平底小驳船和船舷碰撞的响声，还听到了脚步声和船夫的说话声。他们不知在安慰什么人，说，过了雅尔塔，德国飞机就不敢来了。

洛巴切夫站起来，朝舷窗里望了望，可是什么也没看见——既看不到岸，也看不到海和天空。一切都是黑的，只有水在船旁拍溅。

装船结束了，轮船已经起锚，机器又响起来，黑暗开始化作一阵阵稍带点儿咸味的风，吹进舷窗。

隔壁船舱里有人用一种陌生的语言在说话。起初听到小男孩儿的声音，后来又听到一个年轻女人的声音。显然，这是新来的旅客。听不清词句。那个女的讲了很久，声音平静，她笑起来——说话声停止了。

每个人都有一些怪脾气。洛巴切夫也有他自己的怪脾气，其中之一就是喜欢听夜间的各种声音，特别是说话声、夜间的歌声和音乐声。对他来说，最愉快的莫过于夜间听到钢琴声而醒来了。现在他回忆起过去的时光，那时晚上可以在大街上看到灯火通明的窗户，可以听到从窗后传出一阵阵压低了的和音。这样的时光是不是会回来呢？洛巴切夫深信，他活不到那一天了——严重的心脏病在折磨着他，一年比一年厉害。

舱壁后面那个女人的声音使洛巴切夫心情激动。声音在大海上的黑夜里消失了。大概，由于战争的关系，洛巴切夫觉得这一夜是很难受的。但同时黑暗又使人得到安慰，它掩蔽着内燃机船，不让敌人发现它，只有从烟囱中飞出的火星使受尽折磨的乘客发出不安的叹息。

洛巴切夫闭上眼，打起盹来。又飞起彩虹般的水柱，被我们的炮兵连击落的德国轰炸机轰隆一声炸成了碎片。黑烟在船尾后消散了。这是在哪儿的事？好像是在米斯霍尔对面。立刻有千百只海鸥冲向爆炸的地方——去吃被震昏的鱼。

不知是什么叮叮当当地轻轻响起来。显然是客厅的食品部里玻璃杯碰撞的响声。后来响声停了，舱房的门打开了。洛巴切夫闻到一阵奇怪的淡淡的芳香。

他睁开了眼。一个年轻妇女站在门口，沉甸甸的深色天鹅绒衣服紧紧裹着她年轻的胸部，落到脚边，形成几道很自然的褶皱。洛巴切夫看了看那女人的脸，在她脸上看到了那种难以觉察的美，这样的美只存在于梦幻和书本之中，现实生活里永远也不会有这样的美丽。

洛巴切夫在床上坐了起来，门口当然没有什么人。但奇怪的柔和的芳香并未消失，它甚至变得更浓了，显然是从隔壁船舱里渗透进来的。

几乎直到早晨，洛巴切夫一直都没有睡。薄薄的舱壁后面静悄悄的。

有一次，有人叹息了一声，后来一个女人的严厉的声音问：“玛丽亚，您为什么不睡？”那熟悉的悦耳的声音带着令人不解的乡音回答：“噢，请别担心，我就睡。”

只是快到早晨的时候，洛巴切夫才睡着了，而且睡了很久。他醒得很迟。自从离开敖德萨以后，他第一次刮了脸，然后走上甲板。

轮船正驶出刻赤湾，驶向亚速夫海。波浪涌向远方的海滨浴场。护航的驱逐舰已经落到后面，在刻赤的碇泊场上冒着烟。

微风从亚速夫海上迎面吹来，闻到一股腐烂的野草味。

洛巴切夫走到船尾。有一位年轻妇女，肩上披着大衣，背对着他站在那里。她身旁站着一个男孩子，脖子上围着褪了色的少先队员的领巾。他把脸紧紧依偎着那个女人搭在船舷上的手，望着船尾后面泡沫翻滚的波纹。

洛巴切夫望着那位妇女。他猜到，这当然是她，就是他夜里听到她声音的那个女人。那女人抬起手来，想理理头发。大衣从她背上滑下来，落到了甲板上。洛巴切夫拾起大衣，把它递给那个女人。“噢，谢谢您。”她说，并微微一笑。

洛巴切夫鞠了一躬。女人用一种他不懂的语言对男孩儿说了些什么。男孩儿赶快挪开一些，给洛巴切夫在船舷旁让出一点儿地方来，并且也是带着土音说：“请。”

洛巴切夫用胳膊肘撑在船舷上，站在那个女人旁边。于是玛丽亚·阿尔瓦莱斯转过身来问他：“我们去的那个城市叫什么？我老是会忘记。”

“马里乌波尔。”

“这么说，这是我的城市了，”女人微笑了，“玛丽亚的城市。对吗？”

“您叫玛丽亚？”

“对。玛丽亚·阿尔瓦莱斯，”女人向洛巴切夫伸出手来，“不是可以像这样认识吗？不是吗？”

洛巴切夫说出了自己的名字，握了握玛丽亚的手，大衣又从她肩上掉下来了。她大笑起来。

白天，玛丽亚介绍洛巴切夫认识了谢拉菲玛·马克西莫芙娜。什威采尔很喜欢洛巴切夫的书，谢拉菲玛·马克西莫芙娜对这次相逢非常高兴。她对洛巴切夫谈起，她为滞留在米哈依洛大村的什威采尔感到担心，还说，她和玛丽亚是跟少先队夏令营一起被疏散到古比雪夫附近的谢尔吉耶夫斯克市去。

洛巴切夫从谢拉菲玛·马克西莫芙娜那儿得知，玛丽亚·阿尔瓦莱斯是一位女诗人。他感到惊讶。她身上没有他熟悉的那些女诗人的任何特点，既不喜欢作热情洋溢、机智俏皮的谈话，也不爱念诗。

晚上，太阳落进瓦灰色的烟雾之中，刮起了北风。谢拉菲玛·马克西莫芙娜请洛巴切夫到她的舱房里去。玛丽亚·阿尔瓦莱斯坐在床角上，蜷起腿来，用方格毛毯裹上。她用变得快活起来的眼睛望望洛巴切夫，指指床上她身边的地方。她觉得不大舒服。

风越刮越猛，开始在缆索间呼啸。船舱里冷起来了。旅客们觉得冷，因而在甲板上跺脚。

又过了一个没有灯火、没有亮光的夜。洛巴切夫特别强烈地感觉到，成百上千的人无家可归，离开故乡，离开家园，失去了一切，而所得到的，却只是一种意识到前途未卜的忧虑。他可怜所有的人——孩子们、没戴头巾的妇女们、老头子们、玛丽亚·阿尔瓦莱斯，甚至也可怜他自己。

但同时，大概是由于他浪漫主义的性格，洛巴切夫又在以一个旁观者的身份来观察所发生的一切。这减轻了他的痛苦，并使他能在国家遭受的灾难中看到别人没注意的许多壮丽、感人和不同寻常的现象。这次航行，笼罩在炮火硝烟之中的克里米亚海岸，千万人的勇敢精神，这一切都是不同寻常的。和阿尔瓦莱斯的这次相逢也是不同寻常的。

玛丽亚默默地坐着，望着自己交叉起来的手指，有时脸上带着心不在焉的微笑望望洛巴切夫。谢拉菲玛·马克西莫芙娜到少先队员们的船舱里去拿体温表，她深信玛丽亚有点儿发热。

一颗古老的星在舷窗外发出铅灰色的光辉，在黑暗的大海上空闪闪烁烁。它那千百万年没有熄灭的光是可怕的。也许，我们野蛮、无知的祖先曾向这颗星呼吁，求它大发慈悲，拯救他们免遭大难吧。

洛巴切夫朝舷窗望了望，全身蜷缩起来——残酷无情的永恒就在近旁。他想，在那里，在上面，在地球以上四十公里的高空，已经听不到战争的隆隆声和人们的呼喊声了。而在这广大的世界上，还有一个没入昏暗之中的狭小的船舱，里面还保留着人类呼吸的微弱的热气，一种奇怪而温柔的芳香，一双正在整理沉重的头发的苍白的手，一双低垂的眼睛，一些掩盖心中惊慌不安情绪的普通词句:“是的”“不”以及困惑不解。而在船舱上面，是战争硝烟弥漫的漆黑的天空。硝烟正从四面爬过来，似雷雨的乌云，发出黄色的闪光，疾风暴雨似的炮火犹如雷鸣。

“在地球存在的全部时间里，人类的心灵里还从来没有过如此沉重的负担。可怜的人心哪！”洛巴切夫想，“应该让人们心灵里的负担比所遭遇到的轻松些。这一切为什么会发生呢？为什么呢？”

每当洛巴切夫想到这个问题，心中就会升起无名的怒火。他跳起来，在屋里跑来跑去，从这个角落跑到那个角落，并喃喃地小声诅咒着。是啊，为什么呢？起初，对他来说，一切都是清楚的——统治广大人民的权力、统治德国人和意大利人的权力落到了一些不可救药的下流货，落到一些脑筋迟钝、像野兽一样的骗子们手里。为什么拥有那么多天才、具有那样伟大力量的人民，为什么能用这天才和力量创造强大的国家、创造自由和有理性的生活的人民，几乎毫无怨言地匍匐在这些下流东西的脚下，引颈就戮呢？这叫人无法理解。洛巴切夫只能义愤填膺，气得皱眉。

但是现在他知道，搏斗终于开始了，忍耐已经到了极限，虽然要经历最大的苦难，然而正义终将获得胜利。而他将要参加这场搏斗。

洛巴切夫站起来，想要从一个角落走到另一个角落，但舱房里实在太窄了，他连一步也不能走。玛丽亚拉住他的手，让他坐到床上，坐到她的身边。她的手是干的，有点儿发烫。

谢拉菲玛·马克西莫芙娜回来了。她给玛丽亚量了量体温，热度不高。玛丽亚抱怨胸痛。谢拉菲玛·马克西莫芙娜不让曼努埃尔到她跟前去。

洛巴切夫很想帮助玛丽亚。可是既没有药品，也没有方格毛毯，他没有她可能需要的任何东西。他去找船长的助手，问他要了一个电灯泡，拿到玛丽亚的舱里，把灯泡拧上，于是舱房里充满了微微发黄的薄雾。

玛丽亚已经躺下，盖着毯子，面色苍白。她望了望灯泡，说："太亮。"谢拉菲玛·马克西莫芙娜用头巾遮住灯泡，然后请洛巴切夫给拿点儿开水来。

洛巴切夫拿来了开水，然后回到自己的船舱里，坐在床上，就这样坐了一夜，等待谢拉菲玛·马克西莫芙娜叫他。可是她没有叫他。

黎明时汽笛响了。洛巴切夫望了望舷窗，他看到了干燥的、令人感到烦闷的海岸，还看到一些仓库和漂着垃圾的海水。内燃机船驶近马里乌波尔，码头上有好几百人坐在或睡在篮子上、一包包的货物或手提箱上，风把煤灰撒到人们身上。

白天，大炮不停地轰鸣。岸边的水在发抖。黄沙撒进掩蔽部里，塔吉雅娜·安德烈耶芙娜和齐娜正在掩蔽部里给红海军战士们洗衬衣。

齐娜是个歌唱家，是一个胖胖的、沉默寡言的姑娘。洗衣服时，她还在不停地哼着艾泽尔岛上人们喜爱的那首歌曲:《浩瀚的大海无边无际》。

一颗炮弹在附近爆炸了。头顶上的木板发出咔咔的响声，从板缝里落下一些青苔。塔吉雅娜·安德烈耶芙娜绝望地说:“又来了！撒了满满一盆垃圾。这样我们永远也洗不干净的，齐娜。”

齐娜看了看戴在手上的小手表。

“再过十分钟德国人就要吃午饭了。到那时我们到岸边去，过一过。”

“鲁戈沃依不准到岸上去，”塔吉雅娜·安德烈耶芙娜仔细看看自己已经发红的手，回答说，“海岸被敌人的火力封锁了。”

“我们小心一点儿，躲在炮弹箱后面。在这儿难道能洗得干净吗？水也没有了。萨沙·尼德尔答应给送来，可是，他大概爬到战壕里去了。戴着他那副玳瑁眼镜，他在那儿能干什么呢？反正比自己的鼻子尖稍远一点儿，他就看不清了。”

头顶上方传来嗡嗡的响声，附近的小高射炮立刻开炮射击。炮弹飞向天空，那声音仿佛是有人惊讶而快活地高声喊叫:“吉——伊——乌——乌！吉——伊——乌——乌！”

“这就要丢炸弹了！”齐娜在围裙上把手擦干，好捂住耳朵。可是飞机没扔炸弹，而是尖声嗥叫着向空中逃窜了。

“坏蛋！已经是第三天这样向我们进逼了，弄得我当真是连口气都喘不过来。你怎么发愁了，塔吉雅娜？”

“我没什么……”

“你别等信，”齐娜开导似的说，“能有什么信来呢？谁给送来？联络飞机早就没有了。”

塔吉雅娜·安德烈耶芙娜自己也知道不可能有信来。水兵中队被压迫到艾泽尔岛海边的沙嘴上，不断击退德军的进攻，已经有十天了。沙嘴的前沿不宽，总共只有三公里。

“不是进攻基地，而是一小块狭窄的场地，是‘鞋掌’，”鲁戈沃依对塔吉雅娜·安德烈耶芙娜和齐娜说，“不过，亲爱的同志们，要进行战斗，而不至垂头丧气，这块地方却已经足够了。”

谁也没有垂头丧气，虽然无论是指挥员、红海军战士，还是滞留在沙嘴上的演员们，大家都明白，情况是严重的，力量是悬殊的，和大陆已经失去联系，只有在这儿战斗到最后一个人。

通常在快到傍晚的时候，炮火就会停下来。但时间不长。黎明前，天空刚刚露出灰蒙蒙的亮光，迫不及待的机枪就会突然开火。随后迫击炮弹尖叫着飞来，大炮在隆隆地响，于是，用红海军战士们的话来说，“例行的合唱”开始了。

夜间，在茂密的松林中的林间空地上，有一些事情是德国人连想都没想到的。在用木板钉成的舞台上，完全在黑暗之中，正在举行真正的音乐会。

每次当塔吉雅娜·安德烈耶芙娜摸索着登上舞台，从观众中就会射出一条很细的光线，手电筒的光线好像一条流沙，照着她的脸。一开始塔吉雅娜·安德烈耶芙娜总是眯缝起眼来，后来就习惯了。光线照亮了她的脸。观众觉得，她的脸是那样温柔，那样苍白，这张脸上的微笑是那样温和，以致红海军战士们只是轻轻地叹息，自言自语地说：“这才真叫好呢！”在这呼声中既有赞叹，也有感激和爱慕之意。

塔吉雅娜·安德烈耶芙娜读小说，朗诵诗。红海军战士们最爱听普希金的《十月十九日》。塔吉雅娜·安德烈耶芙娜刚一念出最初几个字：“森林抖落它深红色的盛装……”全场立刻变得鸦雀无声。在这寂静中，不朽的诗句声调时起时伏，语音婉转多变：“无论命运把我们抛向何方，也不管幸福把我们引向哪边，我们始终不变：全世界对我们都是异乡，只有皇村才是我们的故园。”

有时，塔吉雅娜·安德烈耶芙娜在朗诵的时候用手掌遮住眼睛，以免电筒的光线暴露她心中的激动。于是光线会稍向下一些，让她的脸留在黑暗里，而照亮她的全身，这时她的衣服好似笼罩在轻烟薄雾之中。

大概她无时不感到激动。但每当听众中有某一个红海军战士向木板舞台挤过来的时候，她都激动得特别厉害，喉咙里几乎会痉挛起来。他会递给她一小把野石竹或帚石南，而且不好意思地结结巴巴地说：“这是这样的……就是说……是我们……大家的。这是第五哨所的小伙子们采的。”

走下舞台的时候，她把脸藏在含有很多树脂的帚石南中。“塔吉雅娜！”齐娜警告地说。塔吉雅娜·安德烈耶芙娜控制住自己，微笑着抬起头来。

她在想什么呢？想得很多。既在想这些完全明白自己必须在这儿战斗到生命最后一息的人们，也在想号召人们建立伟大功勋的俄罗斯，也在想着普希金。如果他能知道，在这些可怕的夜晚，是一些什么人在什么地方听他的诗，他的眼里会发出多么令人难以忍受的光辉，他的眼里会充满怎样的感激之情啊！感谢自己的人民，在经受考验和战争的可怕的岁月里，也和在欢乐与胜利的岁月里一样，人民永远也不会忘记这位早已去世、但至今仍被人们悼念的亲爱的诗人。

有时，沙嘴上变得那么静，静得能听到哗哗的流水声。夜既是亲切的，又是陌生的。之所以亲切，是因为，松树、沙滩和星星，这一切都是那么熟悉，似乎塔吉雅娜·安德烈耶芙娜不是住在波罗的海的一个小岛上，而是住在诺夫戈罗德的乡村里；之所以陌生，是因为，在黑暗中，旁边战壕里就有德国人。

他们给这里，给这个和平的小岛带来了黑色的钢铁武器，带来了他们无情而又卑鄙的罪行。在塔吉雅娜·安德烈耶芙娜的想象中，他们好像是一些火星人——他们和通常关于人的概念是那样毫无共同之处。这是不久前才出现的一种野兽，它们有眼睛，可是没有眼珠。

他们是一种敌对的力量，我们的地球上不需要他们。他们的存在似乎是荒谬的，不合理的。

原来齐娜是对的。过了十分钟，炮火停止了。树林里小鸟儿立刻高声啼叫起来——叫得那样匆忙，可见，它们是多么渴望寂静，噼噼啪啪的响声、烟尘和混乱让它们感到多么讨厌。

塔吉雅娜·安德烈耶芙娜和齐娜小心翼翼地溜到岸边，后面拖着两盆已经洗好的衬衣。岸上乱扔着一些空炮弹箱。她们躲在木箱后面，开始在清凉的水里漂洗衬衣。水冲到光着的脚上，使脚感到痒酥酥的，并且冲刷着脚底下的沙子。

塔吉雅娜·安德烈耶芙娜望了望海。海上天色阴沉，是一个暖和天。明亮的水里映出一层层云彩、沙嘴的尖端以及沙嘴尖上的几棵松树。其中一棵被炮弹打断了，树梢倒在水里。

北边在打枪打炮，枪炮声乱糟糟的，突然听到一阵阵嗡嗡的响声。齐娜惊恐地说：

“联络飞机来了。指挥员们这就会集合在一起，我们要挨骂了，塔吉雅娜。”

塔吉雅娜·安德烈耶芙娜望着沿地平线边缘飞来的一个小黑点。在它周围突然绽开一朵朵白云，而天空也同样是白色的。

“这是康德拉绍夫，”齐娜说，“高速飞越德占区。真是个不要命的人！”

飞机从头顶上飞过，降落到树林后面。塔吉雅娜·安德烈耶芙娜很快把衬衣洗好，放到盆里，弯着腰，拖着盆向掩蔽部走去。那里在松树间拴着晾衣服的绳子。齐娜也匆匆洗好衬衣：她也想快点儿见到康德拉绍夫，打听消息。

塔吉雅娜·安德烈耶芙娜晾好衬衣，穿过树林，向沙嘴的彼岸跑去。小个子、鼻子很长的卫生员特卡琴科跟在她的后面。他很想赶到塔吉雅娜·安德烈耶芙娜的前面去，但是由于礼貌的关系，他落在后面，下不了决心采取这一在他心目中认为是不礼貌的行动。

康德拉绍夫被指挥员们围着，站在岸上。塔吉雅娜·安德烈耶芙娜在他们当中看到了鲁戈沃依。就是在这里，在不间断的炮火之下，他仍然没有失去以往整洁的外表，只不过他瘦了，也黑了，而且经常像老年人那样亲切地微笑。

塔吉雅娜·安德烈耶芙娜站下来，好喘口气，看看指挥员们。她的心怦怦地狂跳起来。根据他们严峻的、过分平静的脸，根据康德拉绍夫皱着眉头抽烟的神态，根据鲁戈沃依凝神望着什么都没有的大海的脸上的表情，她明白，准是发生了什么不好的事情。

康德拉绍夫见到塔吉雅娜·安德烈耶芙娜，并迎着她走了过来。

“出什么事了？”她问，向康德拉绍夫伸出手去，但立刻又缩了回来，在衣服上擦了擦——手是湿的。

“别擦了，”康德拉绍夫说，“我的爪子比您的还脏。我给您带了封信来。由于奇迹，它落到了我的手里。这就是！”

他在军用挎包里找了起来。

“出什么事了？”塔吉雅娜·安德烈耶芙娜又问。

“怎么跟您说呢，”康德拉绍夫仍然在包里翻着，不乐意地含糊不清地小声说，“啊哈，就是它！”他递给塔吉雅娜·安德烈耶芙娜一个揉皱的信封，好像无意中说，“在炮击列宁格勒，用远射程大炮。”

“那您是从哪儿飞来的？”

“还不是从那儿，从列宁格勒。信是从敖德萨来的，”他又加上一句，显然是不愿意谈列宁格勒的情况，“它是怎么到了我们飞机场的——只有鬼知道！不知哪一颗善良的心为您想了不少办法。”

塔吉雅娜·安德烈耶芙娜收下信，谢了一声，不是回掩蔽部去，而是去一所用木板搭成的小别墅。在炮击开始以前，最初几天她和齐娜曾一道住在那里。她顺着狭窄的楼梯上去，来到凉台上。那里放着一把蒙着亚麻布面、已经有了洞的安乐椅，还有一小锅已经干了的煮土豆。

塔吉雅娜·安德烈耶芙娜坐到安乐椅上，撕开信封，抽出信来。信是从敖德萨寄出的，是帕霍莫夫写来的。她用手指摸摸这张纸——她不相信，这张小纸片不久前曾经在国家的另一端。

塔吉雅娜·安德烈耶芙娜开始看信，但立刻转过脸去，好长时间坐在那儿一动不动。她在想帕霍莫夫，在想他羞涩的柔情和纯朴。不知为什么想起了在诺夫戈罗德沃尔霍夫河桥上碰到他的情景。帕霍莫夫穿一件秋季大衣，竖着衣领，她好像觉得，他也是那些贫穷、愉快的画家之一，这样的画家们总是在自己的画室里吹着口哨，就像金翅雀一样。他现在怎么样了？他身体健康吗？还活着吗？她还会再见到他吗？什么时候？在哪里呢？

她无论如何也不能把信看完，自言自语地说："喂，等一等。平静下来吧。唉，这是为什么？多么愚蠢啊！"

有人走进凉台，说："啊——您在这儿呀！"

她抬起泪痕满面的脸。鲁戈沃依站在栏杆旁边，用望远镜眺望地平线上的烟。

"您听我说，"鲁戈沃依仍然在看着望远镜，说，"请立刻和齐娜转移到新的掩蔽部去。在沙丘后面的树林里。知道吗？那里比较安静些。如果人们看到您满脸泪痕，这可不好。"

"我懂，"塔吉雅娜·安德烈耶芙娜擦干了眼睛，站起来，向门口走去。

在门口，她回头望了望。烟更多了，风把烟吹向南方。海上一片寂静，静得很不自然。这寂静比最激烈的战斗还要可怕。下面，电话在嗡嗡地响，一个压低了的声音很快地说：

"谢克斯娜！我是拉道加！谢克斯娜！我是拉道加！转告炮兵连指挥员。沙嘴尖西方有十艘敌舰。距离——三海里。"

塔吉雅娜·安德烈耶芙娜走下楼梯，来到别墅旁边的小花园里，想起信还没有看完，又从信封里把它抽了出来。帕霍莫夫写道，维尔美尔到诺夫戈罗德去抢救珍贵文物，在情况危险的时候，会把瓦尔瓦拉·加夫里洛芙娜和玛莎带出来的。他还在信上说，玛丽亚·福兰采芙娜在列宁格勒林区等着塔吉雅娜·安德烈耶芙娜。

炮声隆隆，响了四下，随后又是四下，炮弹嗖嗖地响着飞了过去。这是我们的炮兵连向德国船开火了。

塔吉雅娜·安德烈耶芙娜到旧掩蔽部去找齐娜。齐娜正在把敷料装进手提包里去。

“你藏到哪儿去了？”她大声喊，“赶快拿着你的包。就要遇上麻烦事了！登陆队别登陆就好了！”

塔吉雅娜·安德烈耶芙娜向齐娜转达了搬到新掩蔽部去的命令。她们很快到这个掩蔽部去了。它挖在一个有树林的山谷的陡坡上，更像是一个山洞。

当她们走近山谷的时候，远方响起隆隆的炮声，好像海上有人在摇晃铁皮。齐娜眯缝起眼睛，低下头，爬进掩蔽部去。塔吉雅娜·安德烈耶芙娜也跟着她钻进去，她差点儿跌倒——一股气流在她背上猛推了一下。山谷后面的树林里不知是什么恶狠狠地爆炸了，发出一阵耀眼的光芒。

“该死的。”齐娜含糊不清地小声说。

“你明白出什么事了吗？”她对塔吉雅娜·安德烈耶芙娜大声喊。

外面炮声隆隆，传来一阵阵哀号声。好像觉得，掩蔽部正在下陷，眼看就要倒塌了。塔吉雅娜·安德烈耶芙娜点点头。她明白，现在是从陆地和海上同时对他们进行炮击。后来掩蔽部里一片黑暗。有人挡住了入口。

“这是你吗，特卡琴科？”齐娜大声喊。

“是我，”一个气喘吁吁的声音回答，“救护站是在这里吗？”

“是这里。在那里听到什么啦？”

“没什么，”特卡琴科回答，“土地快给翻过来了。弗里茨简直像恶魔一样。他们想要瞄准射击。”

“您不怕吗？”塔吉雅娜·安德烈耶芙娜问。

“怕也好，不怕也好——反正不会让炮弹停下来。本来倒是怕的，可是这‘怕’全逃跑了。”

但是塔吉雅娜·安德烈耶芙娜觉得可怕。只是靠了意志的力量，她才能迫使自己相信，这一切都不是她的幻觉，而是事实。她几乎被爆炸声震聋了，但是耳聋更增强了这样的感觉：似乎周围所发生的事情是虚幻的。只有离得最近的一些事物是真实的：从童年时留在手掌上的伤疤，灌得满满一鞋子的沙土，总是披散着的齐娜的头发，特卡琴科尖细的声音以及一朵长在高高的草茎上、一半已经枯萎的小黄花——它长在支撑着掩蔽部入口处的上梁旁边，每次爆炸之后，它都要摇晃一下。

掩蔽部门外的一切似乎都是完全不能容许的，无论是呼啸声，还是松树折断的响声。但是最荒谬的是这样一个想法：现在，她，塔吉雅娜还活着，可是再过一分钟，就可能变成一个死人了。她开始数数，一直数到二十。在这段时间里什么事也没有发生，于是她又一直数到三十。

外面有人在喊。特卡琴科跳了出去。塔吉雅娜·安德烈耶芙娜和齐娜跟着他跑出去，看到，有两个红海军战士在谷底上拖着一个伤员。塔吉雅娜·安德烈耶芙娜跑过去，想要帮助他们，她大叫了一声——这是萨沙·尼德尔。他那撕破了的黄汗衫上撒满了褐色斑点。萨沙被抬进了掩蔽部。

“没有医生，”一个红海军战士说，“他在前沿。你们只好，姐妹们……”

红海军战士们走了。

萨沙皱着眉，嘴唇在动，呼吸急促，弹片打伤了他的胸部。在齐娜和塔吉雅娜·安德烈耶芙娜给他包扎的时候，他一句话也没说。塔吉雅娜·安德烈耶芙娜还没见过这样的伤口——骨头、肉和凝血块乱糟糟地混合在一起。

特卡琴科摇摇头。塔吉雅娜·安德烈耶芙娜自己也明白，萨沙活不了了。她竭力不看萨沙。他呻吟起来。

塔吉雅娜·安德烈耶芙娜回过头来。萨沙眯缝起眼睛，目光呆板，漠然地看着前面。随后，他结结巴巴地说："真的，别闭幕。"塔吉雅娜·安德烈耶芙娜好像觉得，说这句话的不是真人，而是一个机器人——声音如此喑哑，这些话说出来毫无任何感情。

她想，如果她和齐娜知道应该怎样帮助他，那么她们就可能救活萨沙，同时意识到，时间过得很快，萨沙的生命可能立刻猝然中断，这想法简直叫人无法忍受，以致塔吉雅娜·安德烈耶芙娜连隆隆的爆炸声都听不见了。她看着表，看着表上的秒针，但是什么也没有看见，一直到特卡琴科说："整个胸部都打得不成样子了。难道还能活得了吗！他把眼镜也弄丢了。看来，在战斗中没有眼镜，他感到可怕。"

于是她明白，萨沙死了。她把棉花按到眼睛上，但立刻又把它拿开——一个脚上受伤的红海军战士被领进了掩蔽部。

塔吉雅娜·安德烈耶芙娜和齐娜整天在给伤员包扎。有两次，掩蔽部里落进了沙子，旁边有一棵松树倒了。外面只有一个消息——我们在坚守着。德国的登陆部队又被赶回海上去了。达戈岛上应该来援助我们。

快到傍晚的时候，炮火逐渐减弱，后来一下子就停止了。只听见火焰发出的噼噼啪啪的响声——塔吉雅娜·安德烈耶芙娜早晨在那儿看信的那所别墅还在燃烧，即将化为灰烬。

鲁戈沃依走进掩蔽部来，看到萨沙，摘下帽子，用凹陷下去的眼睛看了看死者。

“得埋葬起来。”他疲倦地说。

特卡琴科拿起铁锹，走出了掩蔽部。

“瞧，已经有人牺牲了。”鲁戈沃依说，他靠在掩蔽部的墙上，抽起烟来。大家都不作声。空气中散发着一股碘仿味、烟草味，还有不知是什么轻微的酸味和又酸又涩的气味。

萨沙和几个红海军战士已经在黑暗中被安葬了。尸体用防水布包裹起来，上面放上了一面信号旗。

安葬了死者以后，鲁戈沃依对塔吉雅娜·安德烈耶芙娜和齐娜说，队长马霍茨基海军大尉要见她们。

“为什么呢？”齐娜问。

鲁戈沃依回答说，他不知道。

“你们把什么都弄成了秘密，”齐娜生气地说，“咱们走吧，塔吉雅娜。”

她们和鲁戈沃依一齐到马霍茨基的掩蔽部去。他站起来迎接她们。塔吉雅娜·安德烈耶芙娜感到惊讶——战斗刚刚结束，马霍茨基却已经刮过了脸，非常客气。海军大尉是这样一个人：他养成的习惯是坚定不移的，作战时脸上总是带着矜持的微笑。看着他，大家都会振作起来，把自己收拾得干干净净，大家都会明白，战争完全不需要表面上的严厉、残酷、不注意自己的仪表。

马霍茨基感谢塔吉雅娜·安德烈耶芙娜和齐娜对伤员的帮助，然后说，他认为无须隐瞒：情况是严重的。黎明时海上的炮击又要开始了。用军人的话，而不是用海员的话来说，他们现在是被包围了。夜间达戈岛上有护卫快艇突围到这里来，要把一些人带到达戈岛去，能带多少，就带多少。马霍茨基请塔吉雅娜·安德烈耶芙娜和齐娜做好出发的准备。这是指挥部的命令。

他讲得很柔和，但是大家都明白，这是不容反对的，马霍茨基决不会向任何请求让步。

“那些留下来的人呢？”齐娜问。她总是直截了当地提出问题，一点儿也不客气。

马霍茨基的眼睛变得严厉起来，显得冷酷无情。

“那些留下来的人，”他回答，“知道他们该做什么。”

齐娜脸红了。

当她们走出掩蔽部以后，齐娜抓住塔吉雅娜·安德烈耶芙娜的手，悄悄地说：“你明白吗，塔吉雅娜！很多人要留在这儿。怎么能这样呢？要知道，这当真是战斗到最后一颗子弹啊！我的天哪，塔吉雅娜，你知道这意味着什么吗！”

齐娜第一次擤着鼻涕，抽抽搭搭地哭了。她们在掩蔽部里坐了好久。塔吉雅娜·安德烈耶芙娜用不知是谁的一件破旧的黑色军大衣裹在身上。头痛。远处传来稀稀落落的枪炮声，后来听到马达低沉的嗡嗡声，随后又静下来了。齐娜打开手电筒，看了看表：“已经半夜一点钟了。你准备好了吗，塔吉雅娜？”

“准备好了。”塔吉雅娜·安德烈耶芙娜漠然地回答。鲁戈沃依进来了，跟着他进来的是几个红海军战士。

“该走了，”鲁戈沃依说，“来了两艘快艇，从达戈岛冲出来的。走吧。”

塔吉雅娜·安德烈耶芙娜站起来，长叹一声，似乎要把胸中的气都呼出来，好驱除恶心的感觉，她从肩上甩掉军大衣，把它放到旮旯里。

“把军大衣带着吧，”鲁戈沃依说，“在下雨。这是我的军大衣。我另外还有一件。而且我大概也不需要大衣了。”

塔吉雅娜·安德烈耶芙娜背对着鲁戈沃依站着。她一切都明白了，感觉到身上发冷，她没有回头，喊了一声：“阿历克赛·亚历山德罗维奇！”

“什么事？”鲁戈沃依小声问。

“您怎么样呢？”

鲁戈沃依默默不语。她转过身来，在电筒的灯光中看到了他的脸。他惘然若失而且好像抱歉似的微笑着。红海军战士们默默地站着，一动不动。

“再见了，”鲁戈沃依说，“军大衣已经很旧了。大衣口袋里还有些马合烟。您把它抖出来吧。”

塔吉雅娜·安德烈耶芙娜很快走到鲁戈沃依跟前，向他伸出手去。他摘下军帽，弯下腰来，吻了吻她的手，她吻了吻他的前额。红海军战士们微微活动了一下，有人轻轻地叹了口气。

后来他们向岸边走去。风在折断的树木之间喧哗。红海军战士中有人拉着塔吉雅娜·安德烈耶芙娜的胳膊肘，扶着她，以免她会绊倒。

在岸边，她在黑暗中和几十只粗糙、潮湿的手握了握。有人小声说：“赶快！时间不等人。别耽搁了，同志们！”

塔吉雅娜·安德烈耶芙娜在护卫快艇的甲板上才清醒过来。她坐在齐娜身旁，靠在驾驶室的墙上。很挤。她的腿顶着一个人宽阔的背脊，顶着他的呢子衣服。

快艇向黑夜飞速驶去，驶向有点儿寒冷的大海的远方。塔吉雅娜·安德烈耶芙娜竖起军大衣的领子。头仍然在痛。

雨下大了。塔吉雅娜·安德烈耶芙娜完全躲在军大衣下，自己的呼吸使她感到稍稍暖和了一些，她甚至打起盹来。她半睡半醒，蒙眬中听到有人说，再过两个钟头就到达戈岛了。

她做了一个不愉快的梦：似乎诺夫戈罗德的瓦尔瓦拉·加夫里洛芙娜的房子后面，有一条小溪在山谷里流。溪水是绿的，有一股腐臭味。瓦尔瓦拉·加夫里洛芙娜站在小溪边上，用手捧起水来，在喝……

塔吉雅娜·安德烈耶芙娜醒了。快艇停着不动。大海上空灰蒙蒙的，稀稀拉拉地掉着雨点。甲板上挤满了人。

“我们为什么停着不动？”塔吉雅娜·安德烈耶芙娜问。

“马达卡住了。”穿呢制服的红海军战士回答，塔吉雅娜·安德烈耶芙娜的膝盖就是顶在他的背上，“到达戈岛还有一小时的航程，可是它给卡住了，不知哪儿来的渔网。”

快艇像在打盹似的，懒洋洋地晃动着。下面，机器间里，听得到敲敲打打和说话的声音。塔吉雅娜·安德烈耶芙娜望着海水。由于下雨，水面泛起涟漪，有时又好像沸腾起来，出现一条条浪花——黎明前起浪了。军大衣湿透了，袖子膨胀起来，水从袖子上流到手上。

后来马达突然吼叫起来，像机枪那样嗒嗒地响个不停，但很快就安静下来，开始均匀而单调地嗡嗡响着。“走了！”仿佛是一声叹息传遍了甲板。

塔吉雅娜·安德烈耶芙娜又躲在大衣里。可是没躺多久，总共只有几分钟，齐娜开始推她的背脊。

“你做什么？”塔吉雅娜·安德烈耶芙娜问。

“起来吧，已经看到岸了。这是达戈岛！”

塔吉雅娜·安德烈耶芙娜抬起头来，地平线上出现了一条白沙。红海军战士们好像遵照口令一样，都动手卷纸烟，抽起烟来，而且有说有笑了。

船尾有人喊：“草鞋来了！草鞋！[1]”大家都不安地骚动起来，有一些人站起来了。

起初塔吉雅娜·安德烈耶芙娜一点儿也不懂。快艇加快了行速，它劈开海水，用船壁把海水推开，然后来了个急转弯。塔吉雅娜·安德烈耶芙娜看到一架样子笨拙的黑色飞机，它飞得很低，正在追赶快艇。在它那墨绿色的机身上可以看到“卐”和“十”字标记。

齐娜跳起来，拉拉塔吉雅娜·安德烈耶芙娜的手。快艇又猛转了个弯，飞机被驾驶室挡住了，但是塔吉雅娜·安德烈耶芙娜已经听到了飞机引擎幸灾乐祸的吼叫声，在快艇船头上高射机枪嗒嗒地响了起来。

穿呢制服的红海军战士拉拉塔吉雅娜·安德烈耶芙娜身上的军大衣，大声喊：“把军大衣丢掉！把军大衣丢掉！”

塔吉雅娜·安德烈耶芙娜觉得，似乎有人用拳头对准她的眼睛打了一下。后来，她背部朝前，不知要被人抬到哪里去……慢慢地，仿佛是大踏步地走着。

她在潮湿的沙岸上清醒了过来。一个陌生的红海军战士跪在旁边，扶着她的头，从军用水壶里倒出些烫人的液体，摇晃着她的肩膀，大声喊：“喝吧，喝吧，不然你就完了！喝啊！”

---

① 指德国飞机。

塔吉雅娜·安德烈耶芙娜很吃力地喝了点儿烫人的液体，后来猜到，这是伏特加，于是闭上了眼。她明白，她得救了，她是在达戈岛上，她感到温暖，心情平静了。

从弗洛烈什台直到德涅斯特河，再到雷勃尼察，田野上都笼罩着一片黏土的灰尘。飞机从这片尘土中飞过，铝制的机翼不时模模糊糊地发出微弱的闪光。

帕霍莫夫已经不去注意它们了。只是有时，当后面有人用拳头猛敲载重汽车的驾驶室，并大喊“空袭警报！”的时候，他就从汽车上跳下去，和大家一齐从路上跑开，卧倒在地上——一会儿是卧倒在被践踏过的黍子地里，一会儿是卧倒在玉米丛里，一会儿是径直倒在翻耕过的土地上。

最初一段时间，他脸朝下俯卧在地上，侧耳倾听越来越近的爆炸声，迫使自己仔细观察落满尘土的荆棘和在他前面的土地上忙忙碌碌的蚂蚁。可是后来帕霍莫夫已经习惯了，于是就望着渐渐飞近的飞机。他看到，尖声呼啸着的炸弹像一滴滴墨水从飞机上掉下来，蓬松的泥土在眼前腾空而起，土块横飞，炽热的弹片尖叫着飞了过去，眼睛里、嘴里、耳朵里都落满了泥土，头痛起来了。于是帕霍莫夫摘掉钢盔。他深信，头痛是因为钢盔太沉，因为固定在钢盔里面的那道箍太紧了。

帕霍莫夫从前线返回蒂拉斯波尔去。他已经晒黑了，满面征尘，军大衣里塞满了细碎的干草屑。和前线上的大多数人一样，帕霍莫夫很少讲话，不停地抽着基希涅夫市生产的、带酸味的烟。

他狂热地、匆忙地为战士们画速写，勾画个别战争场面的草图，但是在他看来，这些似乎都没有多大意义。他给报纸写的各种战斗故事的简讯也没有什么重要意义。在战争中唯一重要的事情就是消灭敌人。帕霍莫夫决定，一回到编辑部，就立刻请求把他调到随便哪一个侦察团去。

天很热，天色晦暗。他们避开大道，在比萨拉比亚的乡村土路上行驶。路上是一眼看不到头的汽车纵队，帕霍莫夫的司机却不喜欢拥挤和阻塞。

记不清路上的情况，记忆中只留下了一些个别的、互不联系的片段：一个戴着细毡帽的牧猪人，一小块一小块各种不同颜色的土地，一些刷成橄榄色的窄轨铁路车站，一些穿着绣花衬衫、皮肤黝黑的、瘦瘦的姑娘，站在井边、不让人打水的哨兵，一条很浅的小河上的一座断桥以及躺在桥下、身穿灰色联合服的德国飞行员的一具尸体——他背朝上俯卧在水里。桥上站着一些鹅，它们伸长脖子望着那个飞行员，咯咯地叫着，不敢下到水里去。

十字路口一个瓷制的耶稣受难十字架旁坐着一个头发花白的妇人，她的脸是肿的，穿一件灰色衣服，好像是家常穿的那种宽大的长袍。她用微弱的声音不知喊了一句什么。司机把汽车停了下来。帕霍莫夫跳下车去，走到老太婆面前。

“你们有碘酒吗，年轻人？”她问，说着指指血淋淋的手。帕霍莫夫没有碘酒，不过有一个急救包。他把它送给了老太婆，还帮她包扎好受伤的手。老太婆谢了谢，祝愿帕霍莫夫以及他的所有亲人都幸福。

“您为什么坐在这儿呢？”帕霍莫夫问。

老太婆说，她从贝尔察市出来，落到了自己人后面，不过她希望能在德涅斯特河边赶上他们，刚刚有一架德国飞机坠落在这儿。高射炮向它射击——那不是，就是从那儿，从谷仓后面——一块弹片落到了她的手上。

帕霍莫夫提议把老太婆带到德涅斯特河去，可是她拒绝了。

“不，您别怕。我不会留在德国人那儿的。您要知道，汽车不是给我坐的，它跑得太快了。我自己慢慢地走着，一面走一面想：人们这是怎么了？我有很多孩子和孙子，我得弄明白，我为什么要把他们生到世上来。这是个相当可怕的世界，年轻人。您认为呢？”

他们到达雷勃尼察附近德涅斯特河上的大桥时，已经快到晚上了。这是一座很高的单轨铁路桥。他们在桥前的沟里停了很久，在拥挤的车队中慢慢移动着。前面，坦克先开了过去，把枕木都碾碎了。从桥上渡河是困难的——司机稍一疏忽，汽车就会冲到德涅斯特河里去。

帕霍莫夫跟在汽车后面，在枕木上行走。下面是浑浊的流水，牛群在被践踏的河岸上哞哞地叫，要把它们赶往东方，赶到国家的内地去。

和帕霍莫夫并排走着的是一个矮小的坦克兵大尉，他头上缠着绷带，样子很像莱蒙托夫。就在过桥之前，他请求搭乘帕霍莫夫的汽车。

帕霍莫夫紧紧地抓着大尉的胳膊肘，大尉受伤以后身体还比较虚弱。他觉得头晕，他为这种虚弱感到不好意思，老是在嘲笑自己的虚弱。因为受了伤，大尉掉队了，和自己的部队失去了联系。想要送他进医院去，可是他逃跑了，现在在寻找自己的坦克团，他很急，一路上经常换乘顺路的汽车。

在雷勃尼察，他们把车停在市郊。一座小屋几乎是悬在峭壁上，悬在德涅斯特河的陡岸上。年轻的主妇从地窖里拿来了牛奶。屋里点着一段蜡烛头，挂着一些已经变成棕黄色的照片，照片上是黑海舰队威风凛凛的水兵们，一只小猫正在玩一颗子弹。孩子们盖着用布头做的被子，由于闷热，在床上翻来翻去，怎么也睡不着。

帕霍莫夫和坦克兵大尉走到小花园里，坐在一个倒扣着的木盆上。透过夜晚的灰尘，可以看到，河那边火光闪烁，犹如闪电，炮声隆隆，持续不断，宛若雷鸣。在最前沿的防御阵地上，在比萨拉比亚沿岸地带正在进行战斗。

大尉坐在木盆上抽烟，他在对帕霍莫夫讲他是怎样受伤的。大尉说话是伏尔加河流域的口音，把字母“O”读得很重。他是科斯特罗马人。

根据他的叙述，原来他受伤是很愚蠢的。因为谦逊，大多数人都认为，自己受伤是由于各种情况荒谬地凑到一起的结果，帕霍莫夫已经听惯了这种说法，因此对大尉的话并不感到惊讶。

大尉是在一辆被击毁的坦克中死里逃生的。帕霍莫夫问大尉，夜间他在被击毁的坦克里有什么感觉。

“唉，我亲爱的，”大尉说着拍拍帕霍莫夫的肩膀，“我有什么感觉——这已经是过去的事了。我只告诉您一点：不要相信那些爱说蠢话的吹牛的家伙，好像他们对什么都满不在乎似的。勇敢——这是个非常微妙、非常聪明的玩意儿，它在于坚定地保持镇静，去做应该做的一切，而不是大言不惭、流里流气。和吹牛的人在一起，不会取得很多战绩。真正的战士一点儿也不喜欢他们！一点儿也不喜欢！”

年轻的主妇来到花园里，望了望德涅斯特河上的火光。

“我那一口子也在那里，”她说，“在多瑙河上作战，在区舰队里。他是个水兵，是个挺认真的人。明儿个我就把值钱的东西都埋起来，和孩子们一齐到俄罗斯去。你们怎么，不在屋里睡吗？”

“我们最好还是在这儿，在小花园里，”大尉回答，“我们把军大衣铺在地上。这儿凉快些，也习惯一些。”

主妇走了。大尉和帕霍莫夫躺在苹果树下，躺在军大衣上。夜又闷又热，雷雨渐渐从北方过来了。帕霍莫夫望着空中淡白色的闪光，心想，这也许不是雷雨，而是远方战火的反光。后来他睡着了，梦见塔吉雅娜·安德烈耶芙娜向他弯下腰来，看着他的脸。不知是谁的柔软的手小心翼翼地把他的头抬了起来。帕霍莫夫醒了，惊恐地问："是谁在这儿？"

"是我，"女主人年轻羞涩的声音回答，"我给您头底下放个枕头。难道能像这样，什么也不枕就睡觉吗？"

主妇悄悄地溜走了。黎明时醒来以后，大尉惊奇地望了望他头底下和帕霍莫夫头底下不知从哪儿来的枕头，他摇了摇头——做得真巧妙！

早晨，他们和主妇告别以后就走了。主妇站在大门口，目送着汽车，后来回头一看，便拉着孩子们，把他们拖进了地窖——几架黑色的飞机排成楔形，正从德涅斯特河后面飞过来。

它们从雷勃尼察上空飞过，呈扇面形展开，帕霍莫夫看到，就在飞机嗡嗡地爬高、已经飞走的那里，从天空中摇摇晃晃地落下了几十个白色的花瓣。

"伞兵！"司机喊了一声，把汽车停了下来。

伞兵落到一个宽阔的小山谷后面的田野里，几乎就在他们旁边。帕霍莫夫跳下汽车，呆呆地望着那些伞兵。

"您坐上来吧！"坦克兵大尉喊了一声。他站在汽车车厢里，从手枪皮套里取出手枪。帕霍莫夫爬进车厢。

"开车！"大尉对司机喊，"全速前进！也许我们能截住他们！"

司机开足马力，从公路转向乡村土道。载重汽车沿着侧面的村道向伞兵降落的地方飞速驶去。司机右手开车，用左手从自己背后取出了步枪。

另一辆载着战士的汽车径直穿过一块黍子地，也疾驰着赶去拦截。那辆汽车停下来了，战士们跳下车来，弯着腰向山谷跑去。

司机突然刹住了车。前面是一条沟，沟后面是一块玉米地。帕霍莫夫、大尉和司机都跳下来，顺着田地向前跑去。

“别离远了！”大尉喊，但是不久帕霍莫夫就在闷热的草丛里与大尉和司机失去了联系。前面机枪在嗒嗒地响，一颗子弹嗖的一声从头顶上飞了过去。

很长的玉米叶子鞭打着他的脸。帕霍莫夫取出缴获的手枪，拉开枪栓，把子弹推进枪膛。天空中已经没有伞兵了，大概已经都降落到地面上来了。

田地沿着山谷的斜坡向下倾斜。玉米越来越稀。玉米茎之间已经密密麻麻地开着草藤的淡紫色匍行小花，还有野花楸的由一些小硬花组成的黄色小伞。帕霍莫夫绊了一下，他记起，这是不祥的预兆，于是骂了一声。草藤匍匐的藤蔓紧紧缠住了帕霍莫夫的靴子，他只得弯下腰，好把藤蔓拉开，这时他看到，有一个没戴帽子的人正在玉米地边上茂密的草丛里爬。

帕霍莫夫赶紧卧倒。那个人正对着他爬来。帕霍莫夫开了一枪，那人好像没有听到枪声，仍然在爬，越爬越近。他爬进草丛，跪起来了。帕霍莫夫看到了他通红的脸，还看到他满脸是汗，一头蓬乱的浅色头发，以及灰绿色的军装上已经解开的领子。

那人用一双淡蓝色的圆眼睛望着帕霍莫夫，一声不响。帕霍莫夫觉得，好像过了一个小时，而实际上才不过过了几秒钟。

那人弯下腰来。帕霍莫夫开了一枪。左边也有人开了一枪。

帕霍莫夫向枪响的那个方向回头一望，立刻左肩上被重重地打了一下。他并不觉得痛，几乎没有瞄准，又朝那个德国人一连开了三枪，只是在开最后一枪的时候，由于后坐力，他才感到肩膀痛得厉害。

德国人倒下去了，帕霍莫夫慢慢地、很小心地跪起来，斜着眼睛看了看自己的肩膀。军便服上渗出一个黑点，慢慢扩散开来。急救包在帕霍莫夫左边的裤袋里。他试着活动一下左手——左手不会动。帕霍莫夫想用右手去取急救包，可是右手够不到裤袋。

肩膀痛得要命。帕霍莫夫坐到地上，用手紧按着左肩，就这样坐着，侧耳倾听，但除了耳朵里嗡嗡的响声，什么都听不见。后来他俯卧在匍匐爬行的花丛里。他听到蝼蛄在地下吱吱地叫，想要抬起头来，但说了一声“好闷哪”，就失去了知觉。

大尉和司机不是很快就找到帕霍莫夫的。大尉给帕霍莫夫把肩膀包扎起来，然后和司机以及一个从玉米丛中钻出来、把钢盔推到后脑勺儿上的战士，一齐把帕霍莫夫抬到了汽车上。那个德国人仍然倒在那儿，把头扎进了温暖的泥土里，蝼蛄仍然在那儿，在它们躲着的地方平静地叫着。

大尉和司机争论起来。司机想要把帕霍莫夫送回雷勃尼察。大尉说，应该把帕霍莫夫送到布鲁什坚内村去，大尉已经打听到，他的坦克团就在那个村里，到那里还有不到一小时的路程。司机摇摇头，可是没有作声。

在汽车上，帕霍莫夫醒了过来。他躺在车厢里的干草上，大尉坐在旁边，扶着他没有受伤的右肩。大尉的眼睛神情惊恐，而且是善良的。司机小心翼翼地开着汽车，有时停下来，从驾驶室里探出头来，问:“喂，怎么样？”“没事儿。”大尉回答，于是司机又继续向前开去。

帕霍莫夫想要喝水。大尉用自己的军用水壶给他喝了一点儿，有一股橡皮味。

"您有老婆吗？"大尉问帕霍莫夫。

"有，"帕霍莫夫不假思索地回答，"是个女演员。现在在波罗的海舰队，在艾泽尔岛上。"

"我的嘛，"大尉好像抱歉似的说，"是基涅什马的女教师。当然啦，是个小差使。"

帕霍莫夫从军大衣下抽出右手，摸到了大尉的手，紧紧地握了握他的手。

"你看，"大尉失望地说，"这完全用不着。白白触动伤口。要安安静静地躺着。"

他们来到了坦克团。坦克停在山谷中稀稀拉拉、已经折断的洋槐树树丛里。

把帕霍莫夫从汽车上抬了下来，放到担架上，抬到一辆侧面有凹痕的大坦克的阴影里。医生来了，检查了伤口，不满意地摇摇头，又重新给他包扎好。

帕霍莫夫猜想，他的锁骨给打断了。

"请您在这儿躺一躺，休息休息吧，"医生说，"然后我们送您到卫生营，到后方去。"

大尉给帕霍莫夫拿来了吃的东西，但是帕霍莫夫吃不下去。大尉在他身边站了一会儿，答应很快就回来，然后走了。帕霍莫夫闭上眼睛，躺着。卫生员送来了茶，帮着他喝了点儿茶水。

帕霍莫夫向四面张望。隐蔽在洋槐树下的坦克旁边坐着一些战士，他们有的在弄干净自己的衣服，有的在抽烟，有的在写信。稍远一些，一棵树底下还放着一副担架，上面躺着一个人，身上盖着军大衣，军大衣下翘着一双小靴子的靴底。

“这是谁？”帕霍莫夫用眼睛望着担架问。

卫生员朝那边望了望，不乐意地说：“这是被打死的我们的护士，过一个钟头就要安葬了。”

“是个好护士吗？”

从担架上，从军大衣底下垂下一条沉甸甸的辫子。辫梢已经散开了。卫生员走近前去，小心翼翼地拿起辫子，撩开军大衣，把它放到担架上那个被打死的姑娘头边。

帕霍莫夫猛一挣，想要站起来。担架上躺着的是尼娜·切尔年科。她那苍白的脸仿佛在微笑。而且，死去的年轻姑娘都是这样的，就连她们闭着的眼睛也好像异常美丽——大概这是由于低垂的浓密的睫毛的缘故。

卫生员很快回过头来。

“躺下！”他大声喊，“您上哪儿去？不然的话我立刻叫二级军医来。”

塔吉雅娜·安德烈耶芙娜完全被冻僵了。温暖的头巾从手里挣脱出来，想要飞上空旷的天空。飞机上打破了的赛璐珞挡风板发出刺耳的尖叫声。

塔吉雅娜·安德烈耶芙娜只看到前面康德拉绍夫的皮航空帽，他后面是冻得发蓝的云彩。下面的大地已经被秋天燃烧成一片棕褐色，只有尚未完全凋零的白桦林中，还有点点淡黄色的微光静静地升向云端。好像觉得，在白云深处，在飞机的轮子底下点燃着千百支蜡烛。这是最后的枯叶在发光。

齐娜留在达戈岛上了。要由下一班飞机带她出来。

康德拉绍夫带着塔吉雅娜·安德烈耶芙娜飞往齐赫文市。塔吉雅娜·安德烈耶芙娜打算从齐赫文设法经拉多加湖到被围困的列宁格勒去。她想在列宁格勒打听到瓦尔瓦拉·加夫里洛芙娜、玛莎和维尔美尔的下落，找到他们，把他们安顿好，然后到南方去，去找帕霍莫夫。这一切到底该怎么办，她不知道，因此感到不安。

在达戈岛上，她和齐娜住在一个小医院的同一个病房里。在第三天或是第四天，当病房里只剩下她们两个人的时候，齐娜秘密地对她说，有几个红海军战士从艾泽尔岛活着逃了出来。他们转告说，鲁戈沃依……齐娜讷讷地说不下去了，不作声了。

“鲁戈沃依怎么了？”塔吉雅娜·安德烈耶芙娜转身面对齐娜，问。

“据说，他打到最后一颗子弹，齐腰站在水里。后来跳下去，游水离开了海岸。从那以后就没再看到他。”

“他可能会得救的。”塔吉雅娜·安德烈耶芙娜说，虽然她明白，鲁戈沃依是不可能得救的。奇迹是没有的。对这句话她早就听惯了。她已经习惯听到人们说这句话的时候总是含有嘲笑的意思，或者是发出一声惋惜的叹息。但现在，心里想着鲁戈沃依，她却希望会有奇迹。

她拉紧头巾，把头裹了起来。有时下面会突然冒出黄色的火花。每当它们出现的时候，康德拉绍夫就回过头来，对塔吉雅娜·安德烈耶芙娜点点头。她猜到，这是德国的高射炮在向飞机开火，康德拉绍夫竭力想让她放心。但是塔吉雅娜·安德烈耶芙娜漠然地望着这些火花。她只希望能感觉到脚下是坚硬的土地。还有，希望能稍微暖和些。

风更大了，使人无法观看，塔吉雅娜·安德烈耶芙娜闭上了眼。引擎均匀、可靠地嗡嗡响着，这样过了很长时间。后来引擎的声音变了，喑哑地号叫起来，沉默一下，又叫了起来，不过已经是刺耳的高声尖叫了。

“谢天谢地，我们到了，在降落了。”塔吉雅娜·安德烈耶芙娜想，于是睁开了眼。

康德拉绍夫回头看了看。他的嘴唇在动，说了些什么，可是塔吉雅娜·安德烈耶芙娜什么也没听见。于是康德拉绍夫生气地向她指指在她座位旁边晃来晃去的皮带，并且做了一个动作，好像是在扣腰带。她猜到了，于是束紧了皮带。

引擎在嗒嗒地响，后来又停止了。康德拉绍夫朝下面望着，驾着飞机兜了几个老大的圈子，向地面降落下去。

塔吉雅娜·安德烈耶芙娜望望地面——没有任何城市，还是同样的森林、湖泊，森林中间是一块块灰色和棕黄色的林间空地。其中一个林间空地上，从篝火上冒起一缕青烟，升向天空。飞机正是要在这个林间空地上着陆。

“这是怎么回事？”塔吉雅娜·安德烈耶芙娜想。她的心都冷了。她明白，他们并没有飞到齐赫文，而是要降落到德国人占领的地区。

康德拉绍夫回头看了看，耸了耸肩，仿佛说：“瞧，发生了多么荒唐的事情。不过没关系，会摆脱出来的。”

飞机从被人采伐过的树林上面飞过，有一秒钟仿佛悬在紧靠地面的空气里，然后降落下去，从草丛中挤出一些赤褐色的水来，在林间空地上滑行了一段距离，停在一片白桦林的边上。

康德拉绍夫爬下来，帮助塔吉雅娜·安德烈耶芙娜下了飞机，说：“汽油导管被弹片打坏了，幸好没有燃烧起来。”

有一些人从树林里向飞机跑来。跑在最前面的，是一个戴着眼镜、胡子花白的人，他手里挥动着步枪，头上戴一顶破旧的天鹅绒小帽，好像是一顶僧帽。

“这是什么人？”塔吉雅娜·安德烈耶芙娜问。

“游击队员，”康德拉绍夫笑了笑，“朋友们。我是第二次在他们这儿着陆了。咱们把飞机修好，再继续往前飞。”

“我们这是降落在什么地方了？”

“在奥波奇卡稍往北一点儿，”康德拉绍夫抽着烟说，“可以说，正好是在普希金的林地上。米哈依洛夫村就在旁边，三山村也在附近。普希金山近在咫尺。”

游击队员们跑过来了。他们轮流和塔吉雅娜·安德烈耶芙娜、康德拉绍夫热烈地握手。

大多数游击队员都是上了年纪的人，满面风尘，戴着风帽。他们和那个戴僧帽的老头儿开玩笑，管他叫“大司祭”，不过，看来都很尊敬他。

老头儿向塔吉雅娜·安德烈耶芙娜作了自我介绍。

“非常高兴和您认识，”他说，“瓦尔松诺费依神父，从前是尤里耶夫修道院的修士，现在是这支非正规部队的战士。”

“请到窑洞里去，喝杯茶暖和暖和。在露天地里，恐怕都冻坏了吧。”

窑洞挖在树林里，在山谷屋面。谷底有一条小溪，枯草茎和烂树叶被褐色的溪水冲得直打转儿。

树林中烟雾缭绕，好像花白的头发。四周静极了，一只乌鸦呱呱叫着从窑洞上面飞过，塔吉雅娜·安德烈耶芙娜都听到了翅膀扇动的沉重的呼啸声。

康德拉绍夫留在飞机旁边。游击队员们不知怎的都悄悄地不见了。一切都静下来了，只有瓦尔松诺费依还在茶壶边忙活着，老是在抱歉地说：

“我们这儿吃的东西都是素食。茶里放的是越橘，没有甜味，不过汁液芳香扑鼻。请您别嫌不好，多吃点儿吧。”

“这儿离米哈依洛夫村远吗？”塔吉雅娜·安德烈耶芙娜问。

“七八公里，也许有十公里。如果公路上有德国人的车队，那也只有十五公里。”

喝过了茶，塔吉雅娜·安德烈耶芙娜躺到土炕上，盖上头巾。一直不见康德拉绍夫。瓦尔松诺费依在窑洞门外小心翼翼地劈木头，后来咳嗽几声，清清嗓子，小声唱了起来：“上帝赐福，求您指点。”

塔吉雅娜·安德烈耶芙娜想：现在她就在米哈依洛夫村旁边，也许什威采尔还留在那里，而不久之前，她还曾和帕霍莫夫、维尔美尔在那里古老的公园里散步。那时候冬天用雪覆盖了大地，到处银光闪闪。从枞树枝后面老远就能看到那座房子低矮的窗户里的煤油灯光。白天到来，体态轻盈，晶莹璀璨，仿佛不时发出微弱的闪光，似乎能听到叮叮当当的响声。半夜醒来，听着地板发出轻微的响声，心里在想着，幸福那是多么好哇！那时处处都有幸福。

但是在黄昏，由于积雪而变得毛茸茸的大地暗淡无光，显得那样神秘，塔吉雅娜·安德烈耶芙娜站在台阶上，磕掉粘在靴子上的雪，看到门的下面透出一条很细的光线，好似新年枞树上的赤金金丝。这时，塔吉雅娜·安德烈耶芙娜会有一种特别强烈的幸福感。屋里飘散着茶香，干燥而温暖，在冬天里醒来的灰色夜蛾围着吊灯飞来飞去。

大概，塔吉雅娜·安德烈耶芙娜一生中从未体验过比这更大的安宁和幸福。这幸福在哪里呢？在一些很普通的、安静的事物之中。

现在，塔吉雅娜·安德烈耶芙娜好像觉得，所有在战争的那一边，在战争之前，照齐娜的说法，“在那一生”中的一切，都是十分遥远的，仿佛是遥远的童年。

塔吉雅娜·安德烈耶芙娜走出窑洞，下去，来到溪边，想要洗脸，但是想起，她的毛巾在军用挂包里，还放在飞机上。于是她坐在溪边，久久地望着森林。树叶贴着白桦树干，斜着慢慢飘落下来。天色无光，僻静荒凉。暗白色的雾霭从空中徐徐降落。塔吉雅娜·安德烈耶芙娜觉得非常疲倦，真想留在这儿，留在这个窑洞里。

康德拉绍夫来了，他好像很生气，弄得一身机油。他说，几乎要到早晨才能修好，损坏比他所想的要严重些。鬼知道，可别碰上德国人！

塔吉雅娜·安德烈耶芙娜又想起了米哈依洛夫村，想起了什威采尔。她感到激动不安，对康德拉绍夫说，她想到米哈依洛夫村去，打听一个朋友的下落。康德拉绍夫不了解她为什么激动，皱起眉头。

“您看着办吧。不过一般说，我不劝您去。什么事情都会发生的！”

“不过我又没穿军装，”塔吉雅娜·安德烈耶芙娜反驳说，“我答应您，绝不会出什么事。黎明前我就回来。”

康德拉绍夫摇摇头，可是瓦尔松诺费依说：“我们给她派一个向导——吉洪·米亚金。跟他在一起，绝不会有危险。”

塔吉雅娜·安德烈耶芙娜感激地望了望老人。

吉洪·米亚金来了，他是从普希金山来的做细活儿的木匠，瘦瘦的，生着一张像鸟一样的脸。他默默地检查了自己的步枪，在弹药盒里装满子弹，系紧靴子和皮带，然后严厉地问塔吉雅娜·安德烈耶芙娜：“女公民，您有武器吗？”

“没有。”塔吉雅娜·安德烈耶芙娜不好意思地回答。

“得带上武器！”米亚金还是那样严厉地说，说罢爬到板床底下，取出一支手枪，递给塔吉雅娜·安德烈耶芙娜，“您有口袋吗？把它藏起来！”

她把沉甸甸的手枪藏了起来。这手枪压迫着她的大腿，隔着衣服冰得皮肤发冷。

塔吉雅娜·安德烈耶芙娜和米亚金一起走出窑洞，望了望天空，寂静的小树林上空悬挂着一弯异常皎洁的新月。天空是淡绿色的，好似冰水。

“唉，月亮！”米亚金遗憾地说，“好像故意跟人为难似的。”

他们好长时间在小树林中穿行。白桦树投下模模糊糊的影子，潮湿，寒冷。一只鸟儿从头顶上飞过，发出钢铁般的呼啸声。

“野鸭子，傻瓜，”米亚金嘟嘟囔囔地说，“来晚了，胖家伙。离了群，和同伙失散了，现在要完蛋了。”

“怎么呢？”

“脚要冻坏了。就是这么回事。”

他们走出了树林。右边，一道慢坡下面，有什么东西，模模糊糊地在发光，好像一块老大的锡箔手帕。塔吉雅娜·安德烈耶芙娜猜想，这是湖，于是突然认出来了——原来这是彼德罗夫湖啊！这么说，到米哈依洛夫村一点儿也不远。

玛丽亚·普罗霍罗芙娜搬到了萨夫金诺村，住在牧场上一座倾斜的小木屋里。

小屋的主人是一个孤独的乡村铁匠，他得知德国人就要到来的消息，于是捆起背包，背上就走了，连房门都没关，就让它大敞着，连一次也没有回头看看自己的故乡。铁匠是个爱发脾气、对人严厉的人。村妇们怜悯地望着他的背影，叹息说：“扔下就走了！现在，我们这些妇道人家可怎么办呢？拖儿带女的，走到哪里去呢？”

玛丽亚·普罗霍罗芙娜独自留在米哈依洛夫村很害怕。就在埋藏文物的土坑附近，什威采尔在小树林里给自己挖了个窑洞，搬了进去，看来是打算长期住在那里了。保护区里的工人们已经各走各的，星流云散了。有两天，除了玛丽亚·普罗霍罗芙娜和一条老牧羊狗，整个保护区里连一个人影都没有。第三天黎明，大地颤抖起来——炸掉了三山村附近的那座铁路桥。从普希金山那个方向传来了隆隆的大炮声。于是玛丽亚·普罗霍罗芙娜把她并不丰富的家什杂物装到一条口袋里，拖着它走了三公里，来到萨夫金诺村，住进了铁匠的房子。

德国人到萨夫金诺来过一次。姑娘们看到他们，都跑进了树林。德国兵咯咯地笑着，抓走了许多鸡，从玛丽亚·普罗霍罗芙娜那儿拿去了一副新纸牌，放火烧了一所很旧的学校，然后就走了。学校烟雾腾腾，烧了很久，谁也不去救火。而且也没有可以用来灭火的东西。

有时，什威采尔在晚上偷偷溜到萨夫金诺村玛丽亚·普罗霍罗芙娜这儿来。每次她都用包袱给他包一点儿干面包、土豆和盐。这些东西，她自己也是好不容易才弄到的。

什威采尔不再刮脸了，脸上长满了花白的硬胡子，弄得浑身是泥。看着他贪婪地啃干面包和就着开水吃面包的样子，玛丽亚·普罗霍罗芙娜把脸转过去，连连叹气，有时她说：“谢苗·里沃维奇，您的眼睛不大对呀。就是在暗处，也在闪闪发光，怪吓人的。您怎么了？您干吗要留在这儿呢？”

在最初一段时间里，什威采尔有时是说句笑话敷衍过去，有时却又兴奋地小声向玛丽亚·普罗霍罗芙娜解释说，他留在这儿，是为了尽可能保护乳娘的小屋、普希金的坟墓以及那些埋藏起来的文物。尽管玛丽亚·普罗霍罗芙娜有点儿傻头傻脑，不过她还是明白，什威采尔自己也不相信这些话——一个人怎么能对付得了这些事情呢！她知道，游击队员们在警惕地监视着普希金墓。那再好也没有了！她明白，什威采尔决定留下，是由于一时感情冲动；现在还住在这儿，是因为他已经没有可能离开了。

秋天临近，窑洞里渐渐冷了——下起雨来。玛丽亚·普罗霍罗芙娜从一个百岁的老太婆波塔波芙娜那儿给什威采尔换了一件已经掉了毛的光板羊皮袄。

她越来越可怜什威采尔，也越来越怕他了。有时他到她这儿来，一声不响，两眼红肿，佝偻着身子坐在桌边，笨拙地抽着马合烟。后来他唠叨起来，对玛丽亚·普罗霍罗芙娜讲谢拉菲玛·马克西莫芙娜。他说，很早以前他们有个小女儿，在三岁的时候她就死了，还说，现在他没有一个成年的女儿，生活是多么困难。

他说，夜间在窑洞里他感到害怕。有一天夜里，一些德国骑兵打窑洞旁边经过。他们显然是丢了什么东西，从马上下来，在地上摸索着。他屏住呼吸，躺在窑洞里。

黎明时他走到德国人经过的路上，马蹄印里积着一汪汪黄水。在路边的草丛里，他看到一根很粗的雪茄烟头，可是他没有拾起它来，而是把它踩到了泥泞里。

什威采尔开始干咳起来，发出像洋铁皮响的啸音，还抱怨头痛。

玛丽亚·普罗霍罗芙娜给什威采尔拿来一包非那西丁药粉，药粉包在一块发黄的报纸里，已经压得发硬了。什威采尔想要服药，可是把药弄撒了，他绝望地挥了挥手，没有告辞就走了。

在这个秋天的晚上，玛丽亚·普罗霍罗芙娜又在等着什威采尔。屋里有一股烟味。房顶上在往下滴水，很响地滴到炉边的一块洋铁皮上。窗外即将消逝的白昼还在发出微弱的亮光。

什威采尔来的时候天已经黑了，他在穿堂里花了好长时间用一把折断的小刀刮掉破皮鞋上的泥泞。玛丽亚·普罗霍罗芙娜和往常一样，在他快要来的时候，用木片烧热茶壶里的水，给他倒了一碗开水。

什威采尔匆匆地喝着，把嘴唇都烫痛了。乌鸦在窗外叫起来。

“听见了吗？”什威采尔问，而且冷笑了一声，“在飞，每天夜里都在飞。”

“让它们飞好了。”玛丽亚·普罗霍罗芙娜生气地回答。

“不，不让它们飞！”什威采尔狡黠地说，而且笑了。“不，不让它们飞！我早就在注意它们，注意乌鸦在干什么了。它们是往那边飞！”什威采尔指指窗户。

“往哪儿？”玛丽亚·普罗霍罗芙娜惊恐地问。

“往哪儿？”什威采尔反问一句，又冷笑了一声，“往东飞，老大娘！往东飞！现在那儿正在打仗。去捞外快！”

“您得了吧，谢苗·里沃维奇。”玛丽亚·普罗霍罗芙娜回答，并且担心地望了望什威采尔。

什威采尔不作声了，喝完了茶，然后穿上皮袄，动手从大衣口袋里把各式各样东西都掏出来，装到皮袄里去。玛丽亚·普罗霍罗芙娜看着他，不明白他在干什么。他掏出一段段铁丝、一些带子和绳子，好长时间端详着它们，不知在嘟嘟囔囔地说什么，还在冷笑。

“谢苗·里沃维奇！”玛丽亚·普罗霍罗芙娜绝望地喊了一声。

什威采尔打了个哆嗦，转过身来。

“谢苗·里沃维奇，您这是在干什么！”玛丽亚·普罗霍罗芙娜很快地说，“您疯了，还是怎么的！您怎么在口袋里装着各式各样的垃圾呀？”

“垃圾？”什威采尔问，“这也是垃圾吗？”他给她看一小块带刺的炮弹弹片，“也许，是它打死了我们未来的列夫·托尔斯泰。您懂吗？一点儿氰化钾——这也是垃圾吗？可是这一丁点儿就能毒死一百个人。大地上是没有垃圾的。一切都能被用来进行毁灭。一切！”

玛丽亚·普罗霍罗芙娜浑身发冷，望着什威采尔。他在拉直一段细铁丝。

“一个人走过来，”他说，“小声唱着歌，他的靴子钩住这样一小段铁丝，拉响脚下的地雷，被炸掉半个脑壳。您却对我说——垃圾！您知道几天之内希特勒就要到这儿来，要到普希金的墓地来吗？不知道吧？可是我知道。他故意到这儿来，好让大家看到，法西斯瞧不起我们的文化。败类！恶棍！在一百俄里[①]以外就能闻到他身上的血腥味。”

“谢苗·里沃维奇！”玛丽亚·普罗霍罗芙娜又绝望地喊了一声。

“轻一点儿，”什威采尔说，“别喊。您会把一切都弄糟了的。我想在车站上从德国人那儿偷一个地雷，把它藏到坟墓的石板底下。您听见了吗？瞧，拉上这根铁丝。瞧，就是这一根。您别以为我是个疯子，”他

---

①1 俄里等于 1.06 公里。

严厉地加上一句，“我什么都清清楚楚地看到了，就好像它已经爆炸了一样。”

玛丽亚·普罗霍罗芙娜望着什威采尔，偷偷地在画十字。他把东西都装进皮袄里，平静地告辞，然后走了。玛丽亚·普罗霍罗芙娜披上旧大衣，向波塔波芙娜的小屋跑去，她独自一个人留在这儿感到害怕。

高高的沙冈上长着一些矮粗的松树，什威采尔绕过沙冈，沿着一条小路从马林涅茨湖旁走过。脚踩在地上发出吧嗒吧嗒的响声。

小路引导着他来到了从三山村通往米哈依洛夫村的大路上。月光下，道路闪着白光。什威采尔在灌木丛中停下来，向外张望。在窑洞中生活的这段时间里，他的听觉变得十分敏锐，像野兽一样，对危险非常敏感。

路上空无一人，但是他知道，现在不能穿越道路。月亮在沙坡上模模糊糊地发出反光，就在那里，不知什么地方就有危险在暗中潜伏着。

什威采尔摘下眼镜，在短皮袄磨破的毛皮上擦了擦，又把它戴上，顺着道路望过去，看到路上有什么黑色的东西。什威采尔蹲下来，摘下帽子，好听得更清楚些，他冷笑了一声——在灌木丛里，他感觉到自己是绝对安全的。

有人在路上小心翼翼地行走。他们默默地走着。走近什威采尔藏着的灌木丛前，他们站住了，听了好久。可以看到，一个人的背后背着一支步枪。

“上哪儿去找他呢？”一个有点儿嘶哑的男人声音轻轻地说，“前天我去过米哈依洛夫村。村里是空的，一个人也没有，连找个人问问都找不到。”

“来找我的！在寻找哩！已经在寻找了！”什威采尔想，于是往灌木从里面爬去。

“咱们还是得到米哈依洛夫村去一趟。”一个女人的声音回答。

什威采尔仔细听了听。一股暖流从胸中升起，涌到脸上，涌向眼睛，眼睛感到火辣辣的。

“我在这儿！”他拼命地大声喊，弄断周围的灌木，向路上冲去。“塔吉雅娜·安德烈耶芙娜！塔尼娅！我在这里！”

什威采尔在灌木丛里迷路了。眼镜立刻模糊起来，他几乎变成了盲人。月亮时而在右边，时而在左边闪着光，他所听到的唯一声音，是就在旁边什么地方说话的温暖的声音：“您到底在哪儿啊？轻一点儿，看在上帝分儿上！您到底在哪儿呀，谢苗·里沃维奇，亲爱的！”

不知是谁的一双强壮有力的手终于抓住了他——这个乱奔乱跑的小老头儿。什威采尔闻到一股熟悉的淡淡的芳香——不知是塔吉雅娜·安德烈耶芙娜衣服上的香味呢，还是她手上的香味——他浑身发抖，抱着脑袋，气喘吁吁地说：“救救我。我发疯了。我自己已经注意到了。滚！这一切都给我滚开！”

他开始忙乱地从口袋里掏出一些铁丝、绳子，把这一切通通扔到地上。塔吉雅娜·安德烈耶芙娜抱住他的肩膀，就像抱孩子那样，让他偎依在自己身上，感觉到他在抽泣，浑身发抖。

米亚金竭力装作什么也没有注意到。他取下步枪，检查一下枪栓，然后说：“我稍往前走一走，去担任警戒。”

什威采尔拉着塔吉雅娜·安德烈耶芙娜的手，细细端详着她在月光下显得苍白的脸，说：“真是奇迹！您从哪儿来到这里的？我却以为，已经再也看不到任何人了。我想，我的末日到了……已经有好几天了，我好像睡着了一样，走路、说话、行动，都似乎是在梦中。直到现在我不知道……”

“什么，您不知道什么？”塔吉雅娜·安德烈耶芙娜问。

“我不知道，怎样才能摆脱这种状况。这压迫着我的脑子，把我搞得糊里糊涂，使我发疯。”

“可是我知道，”塔吉雅娜·安德烈耶芙娜坚定地说，“我带您离开这儿。谢苗·里沃维奇，亲爱的，清醒过来吧。别这样。”

塔吉雅娜·安德烈耶芙娜把她是怎样来到米哈依洛夫村的情况讲给什威采尔听。她说，她带他坐飞机到齐赫文，从那儿他们再一道设法去列宁格勒。飞机是双座的，不过他们总能想办法飞到目的地。

看来，什威采尔不是什么都明白了。他暂时只明白一点——在这被月光照亮的荒凉的道路上，在这条他经常小心谨慎地环顾四周、悄悄走过的道路上，在至今只有无法忍受的愁思、孤独和必然灭亡的感觉伴随着他的这些地方，现在在他身边出现了一个亲人，一个强有力的人，这个人一定会搭救他。

米亚金回来了。他说，得到树林里去——路上有人正从三山村那边走来。他们很快走进树林，停在一棵枞树下，一声不响。林中弥漫着淡灰色的雾霭，波浪状的白云向月亮飘去。路上一个人也没有。

什威采尔把塔吉雅娜·安德烈耶芙娜和米亚金领到他的窑洞里。塔吉雅娜·安德烈耶芙娜弯下腰，走了进去，拍拍土炕。乱堆在上面的干草是潮的，散发着一股稍有点儿发甜的霉味。什威采尔在角落里乱翻，不知在找什么。

“瞧，就是它，”他说，“它在这儿，手稿。画像也在这儿。现在可以走了。”

他们走出窑洞。什威采尔把埋藏文物的地方指给塔吉雅娜·安德烈耶芙娜看。

“请您记住，”他说，“从路上往那棵刮掉树皮的松树那儿走四十步，在一堆干树枝底下。”

什威采尔虽然已经安静下来，可是偶尔还会叹口气，不知为什么很古怪地、惊恐地看看塔吉雅娜·安德烈耶芙娜。显然，有一个想法在折磨着他：这一切都是他那因为饥饿而变得十分虚弱的脑子的幻觉。

他们沿着杂草丛生的林间道路向前走着，走到一个悬崖前面。悬崖后淡蓝色的烟雾中有一片黑压压的树林。

“认不出来吗？”什威采尔问。

塔吉雅娜·安德烈耶芙娜只是叹了口气——当然啦，这是溪山。下面不知什么地方冰凉的水在淙淙地流着，树林寂静无声。没有任何声音——潮湿的密林中既没有传来树枝折断的响声，也没有传来树叶的沙沙声。

地平线上飞起一颗绿色信号弹，散落开来，落进了黑暗里。在它的亮光中，塔吉雅娜·安德烈耶芙娜看到路边上有一片尚未收割的黑压压的黑麦。月亮陷入密林之中，夜从四面八方慢慢逼近，带来一片黑暗和荒凉。

一路上塔吉雅娜·安德烈耶芙娜既没有听到一声鸡啼，也没有听到一声狗吠，仿佛他们是在一片无人居住的土地上行走。

她希望想想帕霍莫夫，想想他现在怎么样了，可是无论如何也不能集中思想去想这些事情。一切都令人难以理解——无论是这个夜晚、什威采尔，还是这个不认识的人，这个现在成为她忠实朋友的细工木匠。

“为什么我对这一切并不觉得奇怪呢？”塔吉雅娜·安德烈耶芙娜自

己在问自己。“为什么呢？我完全变迟钝了，我活着，就像是一个上了发条的机器。什么也不明白，只是竭力在做需要做的事情。难道这种情况永远不会消失，难道现在在我心中慢慢蠕动的冰冷的寒气会夺走我的生命吗？难道我也将只是这样漠然地顺便看看一个个的废墟，看看被杀害的人们、正在燃烧的大火和人们的眼泪，而无动于衷吗？只是看看，而默不作声吗？不！当然不！”

总有某个地方，犹如冰下的水，还有人对人的温暖，还有爱。但是暂时不应该去想它，否则就会无法忍受，无法度过这段时间——这如同冻透了的生铁一样冷酷无情、令人伤心的时期。

“不应该回想，不应该回忆，应该缩紧自己的心。”塔吉雅娜·安德烈耶芙娜暗自匆忙地想，竭力想赶走不知从记忆深处的哪个角落里忽然钻出来的一些片段：威帖布斯克附近车窗前看到的冬天，内燃机船上的一个夜晚，灯火辉煌的客厅，吹动摆在桌子上的紫罗兰的风，拉蒙的死，和帕霍莫夫在山间公路上的会见。那时她第一次明白：对她来说，世界上再没有比他更亲近的人了。

“不应该回忆，不应该。”塔吉雅娜·安德烈耶芙娜很快地喃喃地说。

深夜，他们回到了游击队那里。黎明时康德拉绍夫驾驶着那架小飞机离开了地面，于是贫瘠的普斯科夫的土地——雨水还没有冲去塔吉雅娜·安德烈耶芙娜和什威采尔昨天留下的脚印——退向深远的远方，对于他们来说，也许是一去永不复返了。

和平时期帕霍莫夫也在南方待过。但是现在，当救护车载着他穿过草原的时候，他却认不出那些从前十分熟悉的地方了。

布满爆炸灰尘的城市似乎完全是陌生的。为了伪装，城市里白色的房屋都抹上了烂泥和黏土。下雨了，雨水从墙上冲下这些黏土，于是冒着气泡的黑色浊流沿着街道两旁向前滚滚流去。

草原上的道路拓宽了好多倍：坦克、载重汽车、大炮、千百辆满载着难民财物的大车络绎不断地驶过，畜群昼夜践踏这条道路——人们在把畜群赶过第聂伯河去。

在通往城市的要冲，伸展着一条条很深的反坦克壕。沟里浑浊的水洼闪闪发光，风在折断了的、潮湿的玉米丛中、在叶子蓬乱的向日葵间喧哗。

在所有农舍里，由于地上有一层厚厚的污泥，鞋底经常会粘到地板上。战士们用工兵的铁锹铲掉烂泥，把它丢出门外，但是过一个钟头，污泥又堆积起来，而且仍然是那么厚，那么滑。

整个南方变成了一座大兵营，每一座房子都成了旅店，旅店里的客人经常更换，但是看不到主人。不知他们是完全离开这儿走了呢，还是因为在这么一大群人中，已经不惹人注意了。

从前枝叶扶疏、阵风吹来簌簌作响的乔木和灌木，现在都已经变得光秃秃的，树枝被折去做伪装，或者是被牲口啃光了。汽车不管在什么地方停下来，司机总是把它开到树底下去。帕霍莫夫忧郁地望着树上的枯叶，有时因为上面落满尘土，叶子都发黑了，有时因为淋过了雨，又变得好像麻子一样。

国家在迁徙。它不愿把任何东西留给敌人，成千上万辆农民的大车从莫吉廖夫、奥维基奥波尔、杜波萨勒、巴尔塔附近驶来，拖拉机拖着一串串联合收割机、脱粒机和收割机。大车后面拴着村里一条条毛茸茸的狗——至死忠于主人的里亚勃奇克、沙里克和普斯托勃莱赫[1]们，它们跟在大车后面，伸出舌头，都很害怕，对着摩托车手低声吼叫着。

难民们分散在乡村土道上，在地边上的洋槐树丛中停下来休息，躲避敌人的战斗机。被德国飞行员炸死的牛，东一头西一头地倒在地里。草原上的乌鸦落在这些死牛身上，傲慢地望着滔滔不绝的人流，呱呱地叫着，互相争斗。

千千万万风尘仆仆的战士迎着一群群难民走来，战士的队伍看不到尽头。他们有时停下来，抽一会儿烟。帕霍莫夫总是要问问战士们是哪儿的人，听着他们的回答，他心里在想，谁也不能战胜这个幅员如此辽阔的国家：它的人民具有坚韧不拔的耐力、朴实的勇敢精神，并不是挂在口头上，而是埋藏在内心深处的对自己祖国的爱，而且多才多艺。

战士们来自克拉斯诺亚尔斯克、库泰依斯、莫斯科、刻赤、波勃鲁依斯克、阿尔汉格尔斯克、海参崴、撒马尔汗、契尔尼戈夫——来自俄罗斯各个不同的地方。他们的口音、外貌差别很大，但是所有的战士们有一点是完全相同的——钢盔下神情坚毅的脸以及有人一提到故乡，脸上露出的天真、淳朴、完全是孩子式的笑容。

空中飞机发出嗡嗡的响声，有时就在头顶上空发生一场空战，机枪在嗒嗒地响。汽车吼叫着，一辆紧跟着一辆。

西方炮声隆隆。那里战斗一直不停，火光摇曳，爆炸的火光在乌云中东奔西窜。

有一次他们在离尼古拉耶夫不远、布格河附近草原上的峡谷中过夜。

---

① 都是狗的名字。

帕霍莫夫的伤口疼痛，伤势比他所想象的还要严重，锁骨没有接合起来，而且由于在路上不停地颠簸，也不可能接合。现在需要把帕霍莫夫转到救护列车上去，但是一直没有这样的机会。对此他反倒有点儿高兴。

他宁愿要开阔的草原，而不愿闷在车厢里。现在，当汽车停在峡谷里的时候，他从车上爬下来，扶着卫生员，坐到汽车的踏板上。长脚秧鸡在草丛中啼叫，泉水在石头底下含糊不清地絮絮叨叨，从枯草中吹来一阵阵凉气。峡谷上面的天空很快暗下来了。

在这片寂静之中，在苦艾的涩味中，在秋天晴朗的天空和第一颗星星的闪光中，都含有那么多迷人的魅力，因此，当德国轰炸机在头顶上吼叫起来的时候，帕霍莫夫不由得骂了一声。

帕霍莫夫盖着军大衣坐在那里，在抽烟，在思索。他深信，或早或迟，他一定会在什么地方遇到塔吉雅娜·安德烈耶芙娜。他竭力想象，现在她在哪里，在做什么，她的脸像什么样子。两天前，他很吃力地给她写了一封信。他考虑了很久，这封信该寄到哪里去。大概她已经不在艾泽尔岛了，列宁格勒已被包围。就这样，这封信始终也没有发出去。

夜里，风在汽车车帮外面喧哗，车顶上落了几滴雨。

“这个恶魔，这乌云是从哪儿来的呢？”外面一个好像刚刚睡醒的声音说，“喂，若拉，从峡谷里开出去吧！水一来，咱们可就要像小猫儿一样陷在这儿了。”

司机不满意地回答了一句什么，在驾驶室里忙乱起来。汽车摇晃了一下，向后退去。

车在坑坑洼洼的地方颠簸着，向黑暗中倒退了好久，直到帕霍莫夫听到车轮空转的载重汽车的吼声、咒骂声、熟悉的叫喊声：“嗨，动了！再来一次！”汽车流入大路上汽车的洪流之中。

真舍不得离开那幽静的峡谷和现在已被不需要的寒冷的乌云遮住的晶莹的星星。雨顺利地下着，整整一夜，汽车拼命要往前冲，车轮徒劳无益地空转着，黎明时却停下来了。帕霍莫夫望望被雨水淋湿，好像在流口水的车窗。汽车停在一个铺着大块鹅卵石的陡坡前，两旁是黑压压、湿漉漉的谷仓，一些看上去好像很冷的孩子躲在谷仓的墙根下避雨，他们肩上背着背包，挎着篮子，大概是一些小学生。雨水从房顶上哗哗地往下流。下面，水在灰色的泥浆中发出微弱的闪光。前面有一座很长的浮桥，桥后面可以隐约看到高高的海岸和一座大城市。

“这是什么地方？”帕霍莫夫问卫生员。

“尼古拉耶夫。看，河口湾上的大桥。”

他们驶上了大桥。帕霍莫夫望着真正的黑海波浪，猛烈、透明的绿色波浪撞在桥板上，撞得粉身碎骨。在阴雨的早上，远方的海水里有一艘很长的驱逐舰，乌黑的舰身上竖立着宽大的烟囱。军舰旁有一些干枯的水草在水面上颠簸。 些浑身湿透的战士在汽车两旁抓着车帮，就这样直接在水里行走。

汽车毫不停顿地穿过城市，冲进了草原，又是绵延不断的玉米地、道旁的壕沟、赤褐色的野草、淡白色的天空。

两天以后，在辛涅尔尼科沃车站，帕霍莫夫被转移到救护列车上。给他脱掉了衣服，让他躺在弹簧床上，还给他送来了热茶和香烟。

他躺在床上，盖着厚绒布毯子，温暖、干燥，他好像觉得，有一根很细的橡皮带勾着他的左臂，从他这儿一直拉往前线。列车在运行，把它拉紧，橡皮带越来越细，眼看就要断裂，会猛一下子弹回来，打到他疼痛的肩膀上。

他甚至用右手捂住了左肩，然而橡皮筋还是断了，啪的一下打在他的绷带上。帕霍莫夫大喊一声，以后便什么也不记得了。黑暗似波浪般滚滚而来。它时而变得很浓，时而稍淡一些，变成灰色，而在这黑暗之中，有什么东西在嗡嗡地响，在爆炸，把他抬起来，抬着他在空中飞翔，然后又把他放回到床上，这床和着车轮在铁轨上滚动的节拍，轻轻地抖动着。

帕霍莫夫感觉到一片寒冷的白光，于是清醒了过来。他讨厌这光。他看到一间小小的病房，一张病床以及他自己，墙上挂着一块学校里的黑板，黑板上用粉笔写着："昨天我打开了我的空中女俘虏的监狱。"

窗外飘着雪花。窗边天空是灰蓝色的，完全是冬季的天空。门外传来说话的声音。

"谁在那儿？"帕霍莫夫问。

门开了。进来一个上了年纪、戴着眼镜的陌生护士，跟在他后面的是一个个子不高、身体结实的人，他穿着医生的长罩衫，灰白的头发乱蓬蓬的。帕霍莫夫仔细看了看他。

"洛巴切夫！"他说，一点儿也不觉得惊奇。"您怎么到这儿来的？我在哪儿？我怎么了？"

洛巴切夫站在护士身旁，望着帕霍莫夫，责备地摇摇头。

"请别见怪，"帕霍莫夫说，"也许，我是做梦梦见您吧。甚至，您大概并不在这儿。所以我也不觉得高兴。"

帕霍莫夫闭上了眼。洛巴切夫小心翼翼地走了出去。"不好。"他对护士说。

"不，为什么呢。他好得多了。"

洛巴切夫走了。帕霍莫夫又叫护士，进来的还是那个戴眼镜的不认识的护士。

“我在哪儿？”帕霍莫夫问。

“在塔干罗格，”护士回答，“要热茶吗？”

“要。洛巴切夫到这儿来过，这是真的吗？那个作家？”

“真的。”

“请叫他来。”帕霍莫夫说。

“他走了。不过他明天还来。不，不，是真的，”护士急忙回答说，“您别激动。我这就给您送茶来。”

第二天洛巴切夫真的来了，他们热烈地互相亲吻。

洛巴切夫向帕霍莫夫谈了他离开敖德萨的情况，还谈到他在轮船上遇到了一个西班牙女诗人和谢拉菲玛·马克西莫芙娜，又说，还在轮船上的时候，玛丽亚·阿尔瓦莱斯就得了肺炎。在马里乌波尔把她送进了医院，少先队夏令营到伏尔加去了。

洛巴切夫决定留在马里乌波尔，这样不致把玛丽亚独自一个人丢在一个陌生的城市里。

详细情况他没有讲。他没有告诉帕霍莫夫，他在马里乌波尔一个年老的寡妇那儿租了一间房子，睡在地板上。每天早晨和晚上他都到医院去，给玛丽亚送去水果、牛奶以及……总而言之，在市场上能够买到的一切东西。

不让他到玛丽亚的病房里去。他给她写过一些简短的条子，他收到了一些同样简短的、用法语写的条子，字里行间充满了感激和惶惑。

洛巴切夫为玛丽亚感到担心。他好像觉得，她的生命是脆弱的，宛如他必须拿着它在飓风中穿过的烛火。

他害怕在玛丽亚痊愈后和她会面。他害怕玛丽亚显然会感到欠他的情，感觉到受了他—— 一个陌生人、一个纠缠着她的人的恩惠——这是最糟糕的。必须设法造成这样的印象，让玛丽亚认为，洛巴切夫的举止——为了她而留在马里乌波尔——是普通俄罗斯人的古怪行为。

但是不久他不得不在这样一种情况下和玛丽亚会面，以致他忘记了自己的这一决定。

有一天黄昏，第一批飞机嗥叫着飞过郊区的瓦屋顶和草木凋零的花园上空，爆炸了第一批炸弹，大火的反光第一次照亮了马里乌波尔的房屋。

第二天开始疏散了。一部分病人转移到了驳船上。一艘旧轮船拖着驳船，把它拖到了塔干罗格。

洛巴切夫也到了驳船上。医院里的主任医生罗莎莉亚·马尔科芙娜，一个个子矮小、爱发脾气的女人，听人说起过洛巴切夫，现在，和他认识了以后，认为他有点儿发疯，正如一般说来所有作家都有点儿疯狂一样。因此当洛巴切夫请求允许他搭乘驳船到塔干罗格去的时候，她只是叹了口气，说:“是啊！我就知道，你们作家们，都和一般人不一样，什么都恰恰相反。您以为，我了解您是个作家吗？不，我不了解！您纯粹是一个幻想家，甚至是一个耽于幻想的人！您得感谢上帝，碰到了一个像我这样的人。换了旁人，无论如何也不会让您到驳船上来。无论如何也不行！”

玛丽亚知道洛巴切夫不会丢下她，知道他在驳船上。她在等着，可是洛巴切夫总不露面。于是玛丽亚叫女卫生员给他送去一张字条:“请来吧。医生答应了。玛丽亚。”

这张字条仿佛是一道命令，洛巴切夫服从了。他下到病人住的底舱。玛丽亚已经渐渐复原了。她裹着毛毯，坐在病床上，消瘦、苍白、十分疲倦，就连她的眼睛也好像变得苍白了。

“您别担心。”洛巴切夫对她说，“只要您一恢复健康，我就帮您设法到伏尔加去，到自己人那里去。您一个人大概是到不了的。”

玛丽亚默默不语。

“现在是战时，”洛巴切夫接下去说，“我们应该互相帮助。不能把您一个人丢下不管。您懂吗？不能！我是一个没有家室的人，独自一个人。因为有病，军队里不要我。没有任何人在任何地方等着我。因此我留在马里乌波尔，比别人要容易些。我要说的就是这些。”

玛丽亚向洛巴切夫回过头来，泪水盈眶，因此她的眼睛好像闪着各种不同的色彩，既有蓝色，也有黑色和白色。她碰碰洛巴切夫的衣袖：“好的，我就认为是这样吧……既然您希望如此。”

玛丽亚打算再说点儿什么，可是这时罗莎莉亚·马尔科芙娜走进底舱，一面走着，嘴里还在骂人。她仔细看了看玛丽亚，叫洛巴切夫立刻走开。

洛巴切夫来到了甲板上。他坐到一盘缆索上，抽起烟来，向西南方，向克里米亚那个方向望了望。

克里米亚！他一生中所看到过的最美的土地，他的爱情、他的青春的土地。

克里米亚，被完全破坏、被焚烧、被德国兵的臭靴子践踏的克里米亚。他们在花木繁茂的公园里哈哈大笑，而洛巴切夫好像觉得，他熟悉这些公园里的每一棵树，爱那儿道路上每一个转弯的地方。塞瓦斯托波尔的堑壕里乱扔着许多碎纸、印着头发湿淋淋的希特勒照片的明信片、淫画和压坏了的钢盔——这一切血迹斑斑的战争垃圾。克里米亚，陡峭的岬角淹没在蓝色的烟雾、偏远的地区和闪光之中，大海却把腐烂的叶子冲到岬角脚下。

克里米亚，真想让那儿的时间停止不前，以免失去青春的感觉。那儿的生活就像大海上的早晨，使人精神振奋，那儿的生活已接近这样的界限，过了这条界限就将明显地进入黄金世纪。对于洛巴切夫，克里米亚永远是宁静、沉思和诗的土地。

“等我送走阿尔瓦莱斯，”洛巴切夫想，“知道她已经没有危险了，我就回到克里米亚去。经由任何途径，穿过前线，到雅依拉去，到蓝山去，到巴布干去。为每一座被毁坏的房屋，为每一棵被劈裂的柏树，为每一片被践踏的山楂丛复仇。为一切复仇！”

抵达塔干罗格以后，过了三天，罗莎莉亚·马尔科芙娜让玛丽亚出院了，让她和自己一同住在希腊街上一幢被居民抛弃的空房子里。洛巴切夫也住到了那儿一个朝着花园的玻璃凉台里。

凉台上有一个小铁炉子。洛巴切夫用干树枝生着了炉子。他决定和玛丽亚一同去罗斯托夫，从那里再去伏尔加，到谢尔吉耶夫斯克去，少先队夏令营要在那儿度过冬天。玛丽亚很着急，她想马上就走，但是罗莎莉亚·马尔科芙娜坚持让她安安静静地住几天，养养精神，长点儿力气。

有一次，罗莎莉亚·马尔科芙娜的一个朋友，一个上了年纪、戴眼镜的护士，从后方军医院里前来看她。当着洛巴切夫的面谈话的时候，护士提到，她们医院里来了一个新伤员——列宁格勒的画家帕霍莫夫。

洛巴切夫立刻到医院里去了，可是人家不让他去看帕霍莫夫，只是过了两天以后，他们才终于见了面。

“对，这太妙了！”听完洛巴切夫简短的叙述，帕霍莫夫说，“这么说，她是一个西班牙人吗？您知道吗，我曾经把一个西班牙大学生，拉蒙·彼烈罗安葬在雅尔塔？还在他的墓碑上写了题词。大概，现在这题词已经看不清了。这个彼烈罗也参加过马德里的战斗。”

洛巴切夫又问了一遍，那个西班牙大学生叫什么名字。他想把他的事情讲给玛丽亚听，可是忘记了。只是到了黄昏，当玛丽亚裹着毛毯坐在凉台上的安乐椅里，洛巴切夫在生铁炉子的时候，他才想起来。花园里稀稀拉拉地下着雪，好像觉得，可以数得清所有的雪花。

玛丽亚听到彼烈罗的名字，大喊了一声。洛巴切夫回头望了望。

“您认识他吗？”他问。

“不，不，”玛丽亚急忙回答，“啊，不。不过这是他。我想见见您的朋友，向他详细问问彼烈罗的情况。可以吗？”

“为什么不可以呢？哪怕明天去也行。不过您为什么这样激动呢？”

于是玛丽亚讲了曼努埃尔·彼烈罗的情况，并且承认，她很珍爱这个孩子。

第二天，洛巴切夫和玛丽亚一同来看帕霍莫夫。正是黄昏时分，帕霍莫夫请求不要放下窗子上的蓝色窗帘，也不要点灯。

帕霍莫夫望着玛丽亚，为她神情忧郁的美貌感到惊讶，他不仅讲了彼烈罗生病和死亡以及他安葬在什么地方，而且还谈到了他对塔吉雅娜·安德烈耶芙娜的爱。玛丽亚默默地听着，只是时常用手摸摸脸，摸摸眉毛，整理一下头发。当帕霍莫夫住了声，她很快站了起来。

“噢，您累了，”她用自己悦耳的低音对帕霍莫夫说，“谢谢。如果您允许的话，我还要来看您。”

帕霍莫夫请求她一定来。在街上，玛丽亚对洛巴切夫说：“多么可爱的军官！多么可怜他呀！”

然而无论是玛丽亚，还是洛巴切夫，都没能再见到帕霍莫夫。雅辛诺瓦塔附近正在作战，马里乌波尔已经失陷，帕霍莫夫所在的军医院撤退到了罗斯托夫，从那儿又向北撤去。

玛丽亚和洛巴切夫在动身离开塔干罗格之前几小时到军医院去和帕霍莫夫告别。走廊里乱扔着一些垃圾，风吹得这些垃圾在地板上跑来跑去。在帕霍莫夫住过、现在已被抛弃的病房里什么也没有留下，除了一块学校里的黑板，上面用粉笔写着：“昨天我打开了我的空中女俘虏的监狱。”

洛巴切夫看了看这行诗句，冷笑了一下。战争又把人们抛向四面八方，谁知道他还能不能再见到帕霍莫夫呢。

一颗炮弹落到五层楼上一套空无一人的住宅里。炮弹没有爆炸，但是打坏了自来水管。水顺着正面的楼梯往下流着。

玛莎站在维尔美尔的住房门口，惊喜地望着挟带着泡沫从大理石阶上流下来的小溪。

工兵拆除了炮弹上的引爆装置，然后把它搬走了。维尔美尔在锅炉房里忙碌着，寻找水龙头，好把水堵住，一面找，一面骂。

楼房里既没有看院子的人，也没有住户。所有住户都走了，除了维尔美尔和一个孤独的音乐女教师波琳娜·彼特罗芙娜·盖尔耶。她又高又瘦，鹰钩鼻子，围着一条土耳其破披巾，花白头发上插着一把老大的玳瑁梳子。她说话时沙哑的声音，还有她整天在抽一种自制的绿色马合烟，都使玛莎感到害怕。

维尔美尔终于找到了水龙头，把水关上了。夜里上冻了。楼梯上坑坑洼洼的地方，积水都结了冰，楼梯披上了一层冰甲。玛丽亚·福兰采芙娜害怕在楼梯上行走。

自从维尔美尔叫她从林区搬到小喷泉他这儿来以后，玛丽亚·福兰采芙娜就不再伤心，不再准备死了。原来还有人需要她，要是没有她，维尔美尔和玛莎的生活可就困难得多了。玛丽亚·福兰采芙娜在料理家务，虽说也没有多少事情可做，她去排队，设法弄来食品。尽管食品一天比一天少了，她却说，日子还完全可以过得去，今天，感谢上帝，市场上甚至有干黑胡瓜鱼卖，虽说数量不多，可是这到底是肉食，里面有蛋白质呀。

早晨玛莎拿来一根铁棍，敲碎楼梯上的冰。波琳娜·彼特罗芙娜从她的屋里出来给玛莎帮忙，用笤帚把碎冰扫掉。

她没关房门，就让它这样开着。玛莎看到了红天鹅绒窗帘，装在金色画框里的格林卡[①]和莫扎特的画像，一架钢琴，上面盖着一条像马衣一样的破方格毛毯，钢琴上方是小铁炉上生锈的烟囱。

波琳娜·彼特罗芙娜声音嘶哑地咳嗽着，问玛莎："喂，怎么样，妈妈一直没有信吗？"

"没有。"玛莎回答。

"没关系，"波琳娜·彼特罗芙娜说，"没关系，亲爱的。要设法习惯这种情况，锻炼锻炼。只是要爱护你的手，别冻着。现在你的幸福都掌握在你的手里。"

---

① 格林卡（1804—1857），俄国著名作曲家。

玳瑁梳子上的宝石不时发出微弱的闪光。披巾上有一股烟味。玛莎努力敲冰。

她真想哭——就是隔着手套，铁棍也冰手。多想喝杯热茶，就是开水也好，但是维尔美尔到被炸毁的房子里去弄劈柴，到现在还没回来。

塔吉雅娜·安德烈耶芙娜一封信也没有。维尔美尔让玛莎相信，艾泽尔岛上还是我们的人，不过和我们没有联系罢了。

玛莎在维尔美尔的桌子上找到了一本很小的欧洲袖珍地图。她在地图上找到了艾泽尔岛，细细地看了好久，竭力想要猜到，现在妈妈在什么地方。一个奇怪的岛，很像一只正在飞翔的、笨重的鹅。那些地名也很怪。玛莎怎么也记不住：库列沙列，阿克赛克尤拉，基海尔孔纳。那里，艾泽尔岛上的一切都令人难以理解，妈妈一个人待在那儿大概是很困难的。

她是不是经常想到姥姥和玛莎呢？姥姥已经不在了。他们就这样把她丢在了田野里，没能安葬。他们走了很久很久。由于饥饿和激动，玛莎一直感到恶心。她的袜子撕破了，脚也磨破了，最后她哭了起来。但是维尔美尔一次也没有生她的气。

穆哈留在了科尔平附近，一直没能再找到它。维尔美尔说，穆哈是回到姥姥那儿去了——狗总是会回到主人的坟墓上去。

帕霍莫夫那儿，米沙那儿，也是连一封信都没有。

尼古拉·根里霍维奇的头开始颤抖起来，好久没有剪过的花白头发在他那件天鹅绒上衣的领子上微微抖动着。

不知是经由什么不可理解的途径，维尔美尔打听到，诺夫戈罗德博物馆里的珍贵文物都被抢救出来了，现在存放在科斯特罗马市。在这以后，他甚至变得快活起来。

波琳娜·彼特罗芙娜硬把玛莎叫到她的屋里，生着了炉子，把一只洋铁壶坐到了炉子上。

窗子上的玻璃有些已经被打碎了，空窗框上钉上了胶合板，只有几块玻璃还是完整的。灰暗的光线透过这几块玻璃爬进屋里，黑暗的角落里乱堆着一堆乐谱、一些破椅子和一个台钟的木罩。

波琳娜·彼特罗芙娜从那一堆东西中拿出一根沙发椅腿，蹲在炉旁，用斧头劈那根椅子腿。椅子腿不好劈，劈成了许多很小的小碎块。

“旧木头，”波琳娜·彼特罗芙娜说，“已经干透了。像面包一样，一碰就碎，不过很好烧。乐谱我要留着，不过也许要把鲁宾斯坦[①]的烧掉，我不喜欢他的作品。上帝保佑他，保佑这个鲁宾斯坦吧。照我看，是些庸俗的音乐。”

玛莎坐在沙发上，蜷起腿来，听着她讲。最近几个月来，她长大了。她的一件唯一的衣服已经嫌短了，连膝盖都遮不起来。

波琳娜·彼特罗芙娜卷了一根很粗的纸烟，在炉边抽起来。呛人的烟在屋里慢慢地扩散，像一层云彩悬在玛莎的眼前。她不让波琳娜·彼特罗芙娜注意到，悄悄地吹那些烟，但是烟很浓，她怎么也不能把它驱散。

波琳娜·彼特罗芙娜对玛莎说，她要到维堡区一所医院里去当助理护士。明天就去上班，她可以在这所医院里给玛莎找个工作，让她去当清洁工。玛莎很高兴地同意了。她很想找点儿事干，给人帮帮忙，可是尼古拉·根里霍维奇说，得再等两三天、三四天，从诺夫戈罗德来，一路上太辛苦了，得等到玛莎恢复健康以后再说，可这三四天已经拖了一个多月

① 鲁宾斯坦（1829—1894），俄国钢琴家，作曲家。

了。玛莎明白，尼古拉·根里霍维奇只不过是认为她身体弱，怕她工作起来支持不住，会病倒。

茶壶盖跳起来，嗒嗒地响起来了。

玛莎爱听各式各样的童话，不过，当然啦，她并不相信这是真的。只是在这儿，在列宁格勒，她才相信，各种物品之中，似乎也有一些东西是活的。也许，在战争开始以后，当它们懂得，全靠了它们，人的生命才能维持，于是它们就变成活的了。无论如何，这些东西好像成了人们的忠实朋友。

原来战时最忠实的朋友是洋铁壶。它沸腾着，冒着蒸汽，温暖人的手，在潮湿的住宅里吵吵嚷嚷，对受尽折磨的人们唱着它那首不朽的生命之歌。

除了茶壶，还有手套。它们宁肯自己受冻，也要用自己的身体温暖玛莎的手。钟昼夜不停地嘀嗒嘀嗒地响着，但是十分胆怯，听到附近的每一声爆炸，它都会吓得停住不动。得用力摇一摇，让它清醒过来，它才再开始嘀嗒嘀嗒地走。

玛莎经常会在夜间醒来，她身上盖着两件皮袄。窗外，一声拖得很长的雷鸣平息下来了。大概是一颗炮弹爆炸，惊醒了她，但是爆炸的时候她还在梦中，她听到的只是在空旷的街道上发出的回声。

玛莎躺着侧耳倾听。爆炸之后变得这么静，好像整个住宅里只有她一个人。“也许，尼古拉·根里霍维奇和玛丽亚·福兰采芙娜都死了，要不就是出去了？”玛莎想，吓得连动都不敢动。但是后来她开始听出了嘀嗒嘀嗒的钟声。它在黑暗中喃喃低语，咝咝地响了一阵，突然响亮地打了三响。

波琳娜·彼特罗芙娜给玛莎倒了一杯开水，给了她半个干面包。远处大炮在隆隆地响，后来炮声近一些了。熟悉的警报声在涅瓦河那边怒气冲冲地尖叫起来。

“空袭！”玛莎喊了一声，跳起来，跑出住所，顺着楼梯往下跑去。

“回来！”波琳娜·彼特罗芙娜喊她，可是玛莎已经什么也听不见了。

她想起，尼古拉·根里霍维奇到被炸毁的房子里拾劈柴去了。也许他已经拾到了一些劈柴，正把它们背回家来，炮弹在街道上空爆炸，而尼古拉·根里霍维奇因为背着一捆很重的劈柴，不能走快。

玛莎跳到外面，顺着小喷泉区的沿岸街向前眺望。真的，尼古拉·根里霍维奇正在人行道上走着，用绳子拖着一些因为沾着灰泥，看上去是白色的木板以及窗框上的木头。他向玛莎挥挥手，大声叫喊，叫她走开。但是玛莎不听话，她跑近前去，抓住绳子，于是他们两个人一起很快地把劈柴拖到了大门口。

“唉！”尼古拉·根里霍维奇说，“是个大姑娘了，可是举止却像个两岁的孩子。你为什么不听话呀？”

但是玛莎不理会尼古拉·根里霍维奇的话。她望着街上。天空中一些小白烟球轻轻地啪啪啪地爆裂开来。后来乌黑的涅瓦河上，军舰上响起隆隆的炮声。

一块弹片啪嗒一声打到人行道上，又跳开了，显然是落到了排水管上，排水管摇摇晃晃，在咔咔地响。尼古拉·根里霍维奇一把抓住玛莎的手，把她带到楼梯后面。

当射击停止以后，维尔美尔和玛莎来到街上。最近一段时间里，他对列宁格勒产生了一种新的爱。它阴郁、寒冷，在大街上烟雾弥漫的远方保持着永远不变的雄伟气象；它受尽折磨，然而十分威严，仍然是那样安静地屹立在涅瓦河畔。它不屈不挠地屹立着，仿佛是光荣的过去的保护者，又好似一位见证人，证明居住在这里的人们的伟大——他们是磨光第一块花岗石的涅瓦河石匠们的直系后裔，是创造它的光荣和伟大的十二月党人、诗人、工人、统帅、革命者和学者们的子孙。现在这些人正在里戈夫、斯特列尔纳附近的战壕里，在普斯科夫附近的战壕里，用自己的身躯保卫列宁格勒。

维尔美尔久久地望着涅瓦河，望着小喷泉后面草木凋零的夏季公园，望着远方的市场和装饰着古战船船头的圆柱。天渐渐黑了，高大昏暗的楼房里没有一点儿灯火，只有地平线上晚霞玫瑰色的反光照亮了多云的低空。寒鸦在夏季公园里黑压压的树上忙乱起来。

维尔美尔竭力想记住轻烟一般的空气的颜色，记住阴暗的林荫道和像钢铁一样冰冻的涅瓦河。他要画一幅新的风景画，而这一切都是他所需要的。他想画一幅战时的列宁格勒图。

后来他和玛莎一起回到自己的大楼里。墙上用粉笔写着："这幢大楼里只有十层和十二层的住宅里有人。邮递员叶戈尔金娜。"很多大楼里都写着像这样的词句。在有些楼房里，维尔美尔还看到过别的，已经是很短的字句："此楼无人。"

维尔美尔只到剧院去过一次，去看他的壁画。

剧院的前厅里是区防空司令部，上面的大厅里连一个人也没有。壁画已经蒙上一层灰尘，暗淡无光。维尔美尔站在壁画前，感到震惊。现在他已经不相信，真的是他和帕霍莫夫创作了这幅壁画？宛如透过阴暗的浓雾，突然有一泓清水在脚边闪闪发光，在这一泓清水中映出了遥远的晴空，这幅壁画也正是像这样，在阴郁、寒冷的战争烟雾之中，突然在维尔美尔面前发出了光彩。

“现在不能看这些东西，”维尔美尔想，“看这些东西是有害的。看到它们就会思念和平生活。而现在生活好似钢铁一般，决不能退让，它也应该是这样的。不过，也许我什么都不懂，恰恰相反，应该看看这幅壁画。看看它，才会明白，我们失去的是什么，这样就会把拳头攥得更紧，对那些把我们的生活变成血污、变成黑夜的人恨得更深。”

维尔美尔从剧院里走了出来。门口坐着一个拿着步枪的矮小的战士。他对维尔美尔说：“祝您平安到家，同志！”

“谢谢。”维尔美尔回答。他转过一个墙角，这才明白，那个战士说得对——一颗炮弹拖长声音尖叫着飞了过来，一声巨响震动了大地。

维尔美尔没有停下来。他仍然在走，怒气冲冲地皱起眉头，把手插进大衣口袋里。

黄昏时分，从齐赫文来的飞机降落在列宁格勒飞机场上。进城去已经晚了，塔吉雅娜·安德烈耶芙娜和什威采尔在大门旁边的警卫室里一直坐到早晨。风从门里猛吹进来，整整一夜都经常有民警到警卫室里来取暖。

拂晓时下雪了。雪像冰雹那样硬，脚踩在上面会啪啪地响。

早晨应该喝点儿热茶，可是警卫室里连烧开水的茶壶都没有。塔吉雅娜·安德烈耶芙娜冷得发抖，以后整整一天都没能暖和过来。

她和什威采尔默默地走着。塔吉雅娜·安德烈耶芙娜生怕什威采尔会向她提出什么问题，然而他一声不响。塔吉雅娜·安德烈耶芙娜用头巾把脸裹起来，只露着一双眼睛。她仔细观看皇室领地上覆盖着一层积雪的木头房子，观看阴暗的天空和迎面碰到的行人的脸。几乎没有行人。

空气中飘散着一股冷冰冰的焦味。公路左边竖着几堵已经熏黑的墙，一些烧焦的房梁东倒西歪，一根又长又粗的电线卡在砖堆里，被风吹得摇来摆去。它划在墙上，发出刺耳的声音。烧毁的房屋对面，有一截电车车厢倒在地上。尖声呼啸的风把雪吹集到生锈的车轮底下。

塔吉雅娜·安德烈耶芙娜站下来，望着那辆电车。什威采尔耐心地等着。

她的心在跳，心跳的声音低沉。她好像觉得，这儿的生活只是微微有一点儿生气，犹如篝火中的最后一块炭火还在隐隐燃烧。迎面遇到的行人，脸上好似蒙着一层灰尘，其中没有任何交流，哪怕是朝塔吉雅娜·安德烈耶芙娜看上一眼。

她一直站在那儿望着那辆电车。什威采尔碰碰她的手，她回过头来。什威采尔默默地指指一个穿着一双老大的破毡靴的小男孩儿。男孩儿站在旁边，望着地上。他的胸前搭着一根绳子，绳子拴在一辆小雪橇上，小雪橇上有一个用被子裹着的包。塔吉雅娜·安德烈耶芙娜挡住了那个孩子的路。

他们让开了路，男孩儿拖着小雪橇继续向前走去。塔吉雅娜·安德烈耶芙娜望了望那个包，从被子底下翘出一双女人的脚，脚上穿着没有扣起来的高腰套靴。

什威采尔小心翼翼地拉了拉塔吉雅娜·安德烈耶芙娜的手，她顺从地跟着他朝前走去，仔细绕过结了一层薄冰的小水洼。水洼发出噼噼啪啪的响声，这声音使她感到很不愉快。

远方一声炮响，随后又是一声。但是周围的一切仍然一动不动，就连树上也没有掉下一块雪来。

塔吉雅娜·安德烈耶芙娜握紧揣在袖子里的手，勉强克制着没有对什威采尔说，大概最好还是回去吧。可是到哪里去呢？她明白，这是不可能的，她只不过是疲倦了，心情沮丧了，应该克服这个弱点。

在林区，他们花了好长时间寻找帕霍莫夫住的那幢房子。

望着那些松树，望着在松树之间踏出通向大门的小路，塔吉雅娜·安德烈耶芙娜想，大概根本没有什么战争，她只不过是和什威采尔一道去找米沙，看看他现在生活过得怎么样。

但是她立刻明白了，她所以会这么想，是因为在雪地上看到了一颗松球，听到了小鸟唧唧的叫声。松树上落着一只麻雀，它绷着脸，心事重重地唧唧地叫个不停。

和平生活的感觉是很短暂的，清醒的认识立刻代替了这种感觉：战争是存在的，它就在这些松树旁边，就在这只心事重重的麻雀背后，它像一片乌云笼罩着列宁格勒市郊，它想用饥饿、寒冷和死亡扼杀这座可爱的城市。成千上万的疯子，仅仅是为了这场毫无意义而且谁也不需要的大屠杀而培养出来的疯子，正在旁边，在几十公里之外窥伺着这座城市。

什威采尔按了按帕霍莫夫家的门铃，门铃不响，于是他敲了敲门。有人从里面走到门边，站住，仔细听了听。什威采尔问，这儿是不是帕霍莫夫的住所，玛丽亚·福兰采芙娜是不是住在这儿？

一个姑娘开开了门，她穿着靴子、保护色的长裤和棉袄。她说玛丽亚·福兰采芙娜搬到小喷泉、画家维尔美尔那里去了，现在这儿住着高射炮手。她看了看塔吉雅娜·安德烈耶芙娜，于是请她和什威采尔进去暖和暖和。但是塔吉雅娜·安德烈耶芙娜谢了谢，拒绝了——她急于去找维尔美尔。

他们沿着参孙[1]大街走了很久，然后转了个弯，走上大涅夫卡河的大桥。河北岸是一排工厂的厂房，窗子上的玻璃已经都打碎了。就在沿岸街上，有一个防空气球。姑娘们用一条绳子搭在气球上，清除冻在上面的积雪。

塔吉雅娜·安德烈耶芙娜望了望她们红通通的脸、从护耳皮帽下耷拉下来的一绺绺头发，她心中那种沉重、痛苦的感觉慢慢地消失了。

有一些房子上被炮弹打穿的窟窿张着黑色的大口。在有些地方，不得不从埋在地上的反坦克钢铁十字叉中间钻过去。

不久，房屋向两旁分开，眼前豁然开朗，开始看到了涅瓦河的远方、彼得罗巴甫洛夫要塞的尖顶、特罗伊茨桥和夏季公园。在冬季的光线中，这一切不时发出微弱的闪光。无法理解：是白天还没开始呢，还是白天已经过去，渐渐转入潮湿的黄昏？

过了半个钟头，塔吉雅娜·安德烈耶芙娜已经坐在维尔美尔屋里的炉子旁边，一动不动地望着火焰，从她的眼里滴下大滴大滴的泪珠。玛莎坐在旁边的地板上，抓着塔吉雅娜·安德烈耶芙娜的双手，用力搓它们，竭力想让她的手暖和过来，并且瞅着她的眼睛。

“这么说，妈妈死了吗？”塔吉雅娜·安德烈耶芙娜问。

“是的，姥姥死了，”玛莎轻轻地回答，“没有安葬。”

维尔美尔在忙碌着，和玛丽亚·福兰采芙娜一齐准备很少的一点儿食物，烧热水，好让塔吉雅娜·安德烈耶芙娜和什威采尔洗脸。而当塔吉雅

---

① 参孙是《圣经》中古犹太人的英雄。

娜·安德烈耶芙娜心情稍稍平静下来，搂着维尔美尔的脖子，紧靠在他的肩膀上，想要为了玛莎，为了瓦尔瓦拉·加夫里洛芙娜，为了老头儿对帕霍莫夫的爱而感谢他的时候，维尔美尔皱起眉头，抚摸着她的头，说：

“您怎么了，亲爱的。我爱玛莎，也爱米沙，也很爱您。就连这个老冒险家，我也爱他。”他瞅了瞅什威采尔，“为什么要感谢我呢？要是大家都能活着，等一切都结束了，到那时候……”

维尔美尔不作声了。就是不说，塔吉雅娜·安德烈耶芙娜也明白，等一切都结束了，他们将会聚在一起，那时他们彼此会为了对方去做一切，没有任何事情是他们不可能去做的。

现在他们的爱是用死亡、苦难和鲜血的纽带联结起来的，没有任何东西能够破坏这样的爱。

在古比雪夫的车站上，洛巴切夫偶然打听到，少先队夏令营已经从谢尔吉耶夫斯克转移到西伯利亚，到巴尔瑙尔去了。

洛巴切夫感到茫然不知所措。怎样继续往前走呢？他在挤满旅客的候车室里站了好久，望着墙上的铁路分布图。灯光暗淡，微呈绿色，有时从上面滴下一滴冰冷的水点——千百人的呼吸使高高的天花板上蒙了一层水汽。

洛巴切夫把玛丽亚安置在车站二楼的妇女宿舍里，给了她一个床位，还有枕头和被子。

洛巴切夫研究了地图以后，最后决定，到巴尔瑙尔去不应该经过切利亚宾斯克和新西伯利亚，而应该经过阿拉木图和塞米巴拉金斯克。走这条路，路程要远一倍，不过它所经过的都是南方的温暖地区。据说，西伯利亚已经是真正的严冬了。洛巴切夫为玛丽亚担心，除了一件秋大衣，她没有任何御寒的衣服。她觉得很冷，为此像小孩子一样感到很不好意思。

现在她正躺在硬邦邦的床上，听着从下面候车室里传来的嘈杂的人声、机车的汽笛声、扳道员的哨子声。她想，人的生命力是很强的，一个人死，可不是一件那么简单的事。一年以前，她甚至不知道伏尔加河上有一个名称这么难叫的城市。现在却于战时，在这犹如漫漫长夜的俄罗斯的冬天里，来到了这个城市。周围是一片黑暗，由于天花板下那盏淡蓝色的电灯，这黑暗似乎显得更浓了。白天刚刚照亮积雪，很快就又变成黄昏。天哪，俄罗斯，这是个多么辽阔广大的国家！似乎，不仅是她一个人，就是一个民族也会在这儿消失，不再引起别人的注意。她从洛巴切夫那儿得知，过了伏尔加就是乌拉尔，然后是亚洲，西伯利亚，现在黑夜笼罩着的是一片完全无边无际的土地。然而在这儿她毕竟不是一个人。就在她旁边，有一个奇怪而可爱的人，他激动不安，竭力要帮助她。

她很想起来，找到洛巴切夫，把他领到宿舍里来，让他喝杯茶，但是她害怕自己的邻人。这是一个干瘦的女人，她说话声音尖锐刺耳，要求所有的人都精确地遵守规章制度。已经有过一次了，她不让洛巴切夫进来。她说："男人不该待在这儿。"洛巴切夫耸耸肩，走了。

玛丽亚披上大衣，到下面的候车室去。她在走来走去的人们当中寻找洛巴切夫，没有找到他，于是坐到一边，坐在自己的手提箱上。立刻有一个戴铁路制帽的老头儿走到她跟前来，说，不能坐在这儿。

玛丽亚叹了口气，顺从地站起来，把手提箱挪远一点儿，躲在墙壁突出部的后面、老头儿看不到的地方，又坐下来，闭上了眼。

她感到头晕。她好像觉得，巨大的车站在嗡嗡地响着，慢慢向黑夜移动过去，灯火闪烁，从门里抛出一团团蒸汽。

后来她在人群中看到了洛巴切夫那顶揉皱的帽子，立刻跳起来，冲过去，一把抓住了他的袖子。

“没关系，没关系，”洛巴切夫不好意思地说，“我都弄好了。弄到了车票。您为什么到这儿来？请回去，到上边去吧。”

但是玛丽亚没有回答，而是摇摇头，仍然不肯放开洛巴切夫的袖子。

“您的手提箱呢？”洛巴切夫吃了一惊。

玛丽亚向角落里指了指，洛巴切夫急忙跑了过去。手提箱旁站着一个打着黑色绑腿、穿着棉袄的大胡子，他正在摇头。

“哎呀，哎呀！”他说，“难道能这样吗！幸好让我看见了，不然您的手提箱就不知飞到哪里去了。”

洛巴切夫请那个穿棉袄的人抽烟。他小心翼翼地接过烟来，谢了谢。

“民族大迁移！”他叹息说。

“那您是到哪儿去呢？”洛巴切夫问。

“我吗？”穿棉袄的人反问了一句，“去斯摩棱斯克，现在那儿有德国人。我想要到森林里去，去找那些拿枪的庄稼人。我就是那儿的人，在秋明当木工。军队里不要我。据说，心脏透风？就好像上面有个窟窿似的。可是对我来说，我的心脏还挺管用。就军队里的专业来说，我是个工兵。您要知道，对于我们那些拿枪的庄稼人，我是多么有用。只是坐车要坐很久。您上哪儿去？”

“去西伯利亚，”洛巴切夫回答，“去阿尔泰。到那里以后，也要去找拿枪的庄稼人，只不过我要找的是克里米亚的庄稼人。军队里也不要我——心脏打过补丁了。”

“有道理！”穿棉袄的人说，“克里米亚是块香气浓郁的土地。在那儿就是死了，也不是死，而是融化在空气里。我在那儿待过，在米斯霍尔干过活儿。这么说，我和您是同乡啦——我们的心脏情况是一样的。”

这个穿棉袄的人帮助玛丽亚和洛巴切夫上了火车，最后用他的大手握了握玛丽亚的手，说：

“当然啦，世界发生了变动，只是请您不要伤心，女公民，您当然是个外国人啦。对您来说，是有点儿困难，不过没关系！”

玛丽亚没有听懂，不过她对穿棉袄的人笑了笑。她只懂得，这是一个很好的好人，一个很不平常的人，像他这样的人，除了在俄国，她在任何地方都没碰到过，而且，当然啦，永远也不会碰到的。

目前的长途旅行对洛巴切夫来说好像是一次休息——至少有几天时间不必为住处操心了。这次旅行是和玛丽亚·阿尔瓦莱斯同行，而她完全顺从他的意志，加以现在是到亚洲内地去，到一些他不了解的、令人感到担心的神秘的地方去，因此，他觉得这是一次很不寻常的旅行。

“是啊，世界是安排得很奇怪的。”洛巴切夫望着已经睡熟的玛丽亚，望着她黝黑而又苍白的脸，心里在这样想。

车窗外死气沉沉的群山绵延不断。一个没刮脸的旅伴说，这是穆戈德查雷。直到山脚下，土地上都覆盖着大块的碎石。黑色的草茎迎风摇曳，电线一直在唱着同一个曲调，干雪像一层岩盐铺在道路两旁的沟壑里。在这一切之上，一轮白色的太阳在冬季的天空中明晃晃地照耀着。太阳并不暖，但是阳光比在俄罗斯亮得多。洛巴切夫知道，这是亚洲的太阳，它属于伟大的沙漠和高山，属于伟大的地方和伟大的寂静。

他想叫醒玛丽亚，让她看看这太阳、山峦以及被遗忘在这荒凉大地上的一头孤零零的骆驼——它正在闻地上的碎石。四周没有任何有人烟的迹象。可是玛丽亚自己醒了，她望望车窗，说：“卡斯提利亚！那里也是只有石头，十分荒凉。”

过了穆戈德查雷，开始出现沙丘。列车在一座黏土房子旁边的会让站上停了好久。一些穿着破长袍的赤着脚的哈萨克小男孩儿一动不动地望着车厢，几头神情傲慢、满身尘土的骆驼卧在房屋墙边。亚洲的片断像幻影般从列车旁一闪而过。

有一次，玛丽亚醒来，望了望窗外。她睡在上铺。赭色的土地后面是一望无际的咸海，深蓝色的海面上笼罩着淡玫瑰红的古老的雾霭，可以隐约看到雾霭中陡峭的岬角。空中没有一只飞鸟，没有一粒尘埃。

玛丽亚从来没有看到过如此广阔的空间。她久久地凝望着海岸，看到悬崖的裂罅中阴影如墨，拍岸的浪涛好似一条白线，一根根电线杆的影子绵延好几公里，一直伸展到海边。

车厢的墙壁上出现了一方橙黄色的明亮斑点——太阳升起来了。

车厢尚在梦中。玛丽亚向下面看看洛巴切夫。他在抽烟，对玛丽亚温柔地微笑了一下。

玛丽亚突然以自己的整个身心明白了一点：幸福正在仍然模糊不清、还很遥远的未来等待着所有这些疲倦的人以及他们疆土辽阔的国家，幸福也在等待着她，等待着洛巴切夫。

它将在战后到来，犹如在平日的劳动和忧虑之后，接着到来的必然是星期日的宁静。犹如突然降下一场大雨，雨过天晴，会留下满天彩虹、烟雾和云彩的光晕、从叶子上流下的水滴的晶莹闪光、潮湿的刨花和温暖的花朵的芳香。天空中最后一声爆炸的最后一缕硝烟终将消失——永远消失，因为生命是为了生活而存在的!

玛丽亚想起了西班牙，她坐起来，整理了一下头发，陷入沉思。

她什么时候能回到故乡呢？她好像觉得，当她看到一头小毛驴用它毛蓬蓬的背脊努力驮着一抱干草，动动耳朵，驱赶苍蝇的时候，她一定会忍不住放声大哭起来。驴蹄踩到卡斯提利亚的燧石上，发出叮叮当当的响声。田野上飘来薰衣草的芳香。远方，谢戈维亚城宛如一大块暗淡的云母，高耸入云，望着它，玛丽亚甚至会感到头晕。

不能立刻就进城去。得先在城门口停下来，城门旁有一所瓦房，墙边坐着几个油漆匠，手里提着外面溅满油漆的油漆桶——得停下来，吃一点儿加小茴香的干酪，喝一点儿牛奶。随后尘土扑面，蜥蜴在发烫的墙上跑来跑去，衣衫褴褛的小男孩儿们吹起口哨，一群鸽子从大教堂的金色尖顶上直飞下来。

玛丽亚想，她当然会把曼努埃尔认作自己的儿子，和他一同返回西班牙去。可是怎么办呢……这个人，在那里，在下面抽烟的这个人怎么办呢？他很少和她说话，宁愿笑笑。也许他不和她说话，是因为她不大懂俄语吧？跟她在一起，他大概感到无聊。但是玛丽亚已经不能设想自己今后的生活里没有这个人了。没有他将会很不好。再说，她也很可怜他。他自己用杂色的线给自己钉纽扣，但是并没注意这一点，正像他对许多旁的事物也不注意一样。他全神贯注于自己的思想和虚构，沉醉在对某些非常事件的期待之中。他的生活想必是困难的，在战时就更加困难了。

就这样，玛丽亚始终没能决定，对洛巴切夫她该怎么办。她想，支配这个人的命运是很愚蠢的。

在路上日子过得很快。过了阿雷西亚，是一片荒无人烟、丘陵起伏的荒野，后来冰封的天山山脉出现在车厢右方。

山峦的断面说明这些山脉还很年轻，还没有被千百万年的风雨磨光、磨平。一条很窄的河流在列车旁曲折蜿蜒，奔流向前。

过了阿拉木图，列车从伊犁河大桥上驶过。这条浑浊的褐色洪流挟带着东方的中国戈壁沙漠的泥沙，水流湍急，形成许多漩涡，水面上布满了污浊的气泡。

过了伊犁河，又是一片沙漠，火车的汽笛声似乎消失在沙漠之中。淡黄色的太阳在空中照耀着。

一些不知名的小城市，房子是用黏土盖成的，燃烧着的干粪块上冒起缕缕青烟，竿子上晾着一些洗净了的破烂，五颜六色，煞是好看。尘土吹进车窗，带来干枯的树林里的气味，还混合着一股焦味。

过了斜米巴拉金斯克，列车进入草原。有一天早晨，洛巴切夫拉开窗帘，只见峭壁上松林郁郁葱葱，山谷里溪水奔流，暗淡的雪野上白桦树丛闪着白光，鬃毛蓬乱的小马拉着吱嘎吱嘎的雪橇慢吞吞地走着，一群很不满意的鹅，摇摇摆摆地向河上的一丛艾蒿走去。

“起来吧！”洛巴切夫对玛丽亚说，“再过一小时就到巴尔瑙尔了。”

玛丽亚跳了起来。列车在森林中的土堤上奔驰。太阳不时从一层层云彩中冲出来。机车不停地吼叫着，仿佛是预先通知大家，它就要回家了。

在巴尔瑙尔，洛巴切夫打听到，少先队夏令营已经到阿尔泰山前一个小小的疗养区别洛库里哈去了，而且要在那儿度过冬天。洛巴切夫轻松地舒了口气——到别洛库里哈只有不到一昼夜的路程。他和玛丽亚已经几乎要到达目的地了。

什威采尔住到了波琳娜·彼特罗芙娜的住宅里。他老是抱怨说，怎么也暖和不过来，所以就不再脱掉大衣了。

除了波琳娜·彼特罗芙娜，谁也没注意什威采尔的怪脾气。顾不上这个。大家从早到晚都在忙着。塔吉雅娜·安德烈耶芙娜又到剧院里去工作了。她盼望到春天能和剧院的演出队到前线去，并找到帕霍莫夫。玛莎和波琳娜·彼特罗芙娜一同在医院里工作。玛丽亚·福兰采芙娜和往常一样，设法去弄食品。她的脸变得红通通的，被风吹得粗糙了。她甚至仿佛变年轻了。维尔美尔在忙着画他的画，和通常一样，在这种情况下他总是全神贯注，专心致志。

什威采尔把卡罗琳娜·莎斑斯卡娅的画像挂在墙上格林卡的画像旁边。他喜欢在白昼即将结束、太阳总共只有几分钟照进房屋最里面的时候，观看画像。画框开始发出微弱的闪光，格林卡的眼睛仿佛活了起来，卡罗琳娜·莎斑斯卡娅也好像在对着什威采尔微笑。不过现在她的微笑似乎稍有点儿困惑不解的神情，仿佛在问：现在她在哪儿，这座城市正在发生什么事情，寒冷的冬季里怎么会有经常不断的电闪雷鸣？

什威采尔觉得，卡罗琳娜·莎斑斯卡娅苍白的双肩似乎很冷。

“没什么，”什威采尔轻轻地说，“俄罗斯的冬天，夫人，一向是严酷的。毫无办法。我知道，您因为拒绝了普希金的爱情而感到终生悔恨。这是多么美呀！您记得吗？”于是什威采尔开始高声朗诵。

我正赶上听到她说的
最后一句话的最后一个声音。
我用黑貂皮遮住她的双肩，

她的双肩是那样光彩照人。
我给那可爱的头上的鬈发
披上一条绿色的披巾。
在涅瓦河的维纳斯神像前
分开了神魂颠倒的人群。

什威采尔几乎是在大声叫喊——反正住宅里，甚至整幢大楼里，一个人也没有。只有隔着楼梯平台，维尔美尔在自己的画室里作画。不过维尔美尔什么也听不见。

后来什威采尔经常出去，屋里好久看不到他的踪迹。到晚上回来的时候，他又冷又饿，从大衣口袋里掏出各种各样的东西，把它们堆在角落里：枝形吊灯架上破裂的水晶玻璃垂饰、挂钟上的指针、撕破了的版画、没有封面的书……各式各样的废物，上面都蒙着一层砖灰，而且被融化的雪水弄得湿漉漉的。

波琳娜·彼特罗芙娜也是有好久都没注意到这些东西。这些东西都堆在墙角落里栽着一棵枯萎的棕榈树的木桶后面，油灯灯光照不到那里。可是她终于偶然发现了这堆破烂，把它们翻了翻，“哎哟”叫了一声，于是去找维尔美尔，说什威采尔完全疯了。

“好的，”维尔美尔回答，“我和他谈谈。”

他去找什威采尔，可是不知道该跟他谈什么。什威采尔站在窗旁，望着已经结冰的小喷泉。

“你听我说，谢苗，”维尔美尔说，“这是什么意思呢？”

什威采尔没有回过头来，也不回答。

“这是什么意思呢？”维尔美尔气冲冲地又说了一遍。“你为什么要在全城里收集各式各样的废物？谁需要你这些古怪行为？”

“这不是古怪行为。”什威采尔喑哑地回答。

“那么请你解释一下，这算什么？”

什威采尔转过身来。

“好吧，”他激动地说，“只是请不要打断我，不然我就说不清楚了。为什么你认为这是废物呢？等等，让我说完。要知道，你自己也喜欢某些东西。嗯，比如说，短上衣上的这些青铜纽扣？还有装颜色的软管？每个人都有他喜爱的东西。这些东西所以珍贵，是因为我们喜欢它们。因为我们的爱如同温暖的空气包围着它们，因此我才收集它们。明白了吗？不错，我在被炸毁的房子里翻寻。我在翻，在找。我从这些东西的残片了解人们是怎样生活的，了解他们的苦难、工作以及他们的爱好。我爱这些人，你懂吗？我想要抢救他们周围的一切，哪怕只救出千分之一也好，好在将来把这些东西还给他们。”

“清醒一下吧，谢苗！”维尔美尔惊恐地说，“你在胡说些什么呀？”

“你还是尽力设法了解我吧。我知道你们都认为我是疯子。为了什么呢？而他们，那些人，有朝一日我会到他们那儿去，比如说吧，把这本书放到他的桌子上，”什威采尔从那堆东西里拿出一本破烂的书来，从书页中撒出一些干枯的花朵，落到了地板上，“他们是不会把我看作疯子的！不！他们将要感谢我。我将要到他们那里去，就像童话中的老地仙那样。”什威采尔笑了起来。“对，就像老地仙那样，”他又说了一遍，“口袋里装满各种早已丢失的心爱的东西。”

“喂，你听我说，”维尔美尔喃喃地说，“无论你干什么，我都不觉得奇怪，可就是没想到你会这样。”

“为什么呢？”

“你自己想想看。在这种时候，你在干什么呢？难道我必须向你证明，这是多么古怪的荒唐行为吗？”

维尔美尔看了看什威采尔，突然说不下去了。什威采尔摘下了眼镜，从他那发红的近视眼里流出了眼泪。

“科里亚，”他轻轻地说，“你对我嚷什么？我自己什么都明白。我整夜整夜睡不着，我老是没完没了地考虑一件事。我的心在痛，好像一直有什么东西压在心上。是啊，我睡不着。为什么呢，科里亚？难道你猜不到吗？由于自豪感。是的。我为这座城市感到自豪。它是我的，科里亚。现在它比任何时候都更美。你自己也看到的，在这层坚冰下，”什威采尔指指窗外，接着说，“城市的饥饿的心在怎样跳动着。特洛伊[①]算得了什么？巴黎和凡尔登的被围困算得了什么！生活中还从来没有过如此高尚和庄严的斗争。它，这座城市，承受了伟大的苦难，而没有放下手来。这儿的每一个小孩子都必然会成长为一位英雄。”

维尔美尔坐到钢琴旁边的椅子上，取出香烟，点着了烟，轻轻地说：“喂，说呀。你干吗不作声了？我在听着呢。”

“是的，科里亚，”什威采尔轻轻地说，“我希望能活到胜利的那一天。当然啦，我未必能活到那个时候，活到那一天，并且看到，冬天晚上，窗子上的玻璃终于被室内辉煌的灯火照耀得通明透亮，玻璃上的霜花像冰雪的玫瑰开出红艳艳的花来。活到那一天，好走到这样的窗前，把前

---

① 指荷马的史诗《伊利亚特》中的特洛伊城。

额紧贴在窗玻璃上，听一听。”

什威采尔不作声了。

“你怎么了？”维尔美尔轻轻地说，“我可没妨碍你啊！”

“是的，听一听。听什么呢？儿童和妇女们的说话声。我的天，科里亚，过去我们多么不珍惜我们极好的女朋友们！也许，我当真疯了。你们看得更清楚些。可是用不着对我大叫大喊。你们大家都在忙着，我却什么也不能做。我开锁要花整整一个钟头——我的手指已经发青了。”

什威采尔转过身去。维尔美尔走到他身边，抓住他的肩膀，很快地说：“别这样，谢苗！我亲爱的！我是很爱你的。平静下来吧。”

他花了好长时间安慰什威采尔，随后让他躺在沙发上，给他盖上皮袄，抚摸一下他那没有刮过的面颊。什威采尔安静下来了。

维尔美尔走回自己屋里去。在楼梯平台上，他站下来，隔着打破的玻璃窗望望浓云密布的天空。天渐渐黑了。夏季公园后面，火光摇曳，时胀时缩。警报的汽笛像往常一样吼叫起来。

什威采尔一动不动地躺在波琳娜·彼特罗芙娜屋里的沙发上已经是第二天了。

塔吉雅娜·安德烈耶芙娜来看过他几次，给他送来一点儿面包和热茶。维尔美尔从早上就爬上房顶，在那儿收集积雪，在小铁炉子上把雪融化，用来烧茶。水管里已经没有水了。

什威采尔没吃面包，只是喝了几口热茶。他已经吃不下东西了。

第二天，塔吉雅娜·安德烈耶芙娜去剧院之前，一清早就到什威采尔这里来看他。什威采尔睁开眼睛，看了看她，说：“您要活下去，很久，很久，一直活下去。可是现在谁也不需要我了。”

窗外模模糊糊地露出了蓝天。由于一夜无眠，加以十分疲倦，塔吉雅娜·安德烈耶芙娜感到头痛。

“我的手发冷，”什威采尔说，“手指已经死了。”

塔吉雅娜·安德烈耶芙娜拿起什威采尔冰冷的双手，很快弯下腰，吻了吻，然后从屋里跑了出去。在楼梯上，她站住了。怎么办呢？怎样救他呢？她知道，这是死亡。生命正在迅速离开他这矮小的身体。

什威采尔一直目不转睛地看着自己的手。他想，不久发青的地方就会到达胳膊肘，于是他就完了。

“到晚上，”什威采尔说，他仿佛听到了谢拉菲玛·马克西莫芙娜的声音。她好像是在隔壁屋里叫他，可是他既没有力气答应，也不愿回答。

塔吉雅娜·安德烈耶芙娜走到涅瓦河边。在冬天的烟雾中，消防汲水器沿着堤岸发出嗡嗡的响声，通过很长的水龙带把涅瓦河里的水抽到面包厂里去。水龙带好似防水布做的蟒蛇，躺在堤岸旁边，有些地方喷出一条条很细的水流，绿色的水在雪地上四散奔流。远处，再过去两个街区，还有一些旁的水泵在轰鸣，把水抽到更远的地方去。

“奇怪，”塔吉雅娜·安德烈耶芙娜想，“什威采尔说，列宁格勒就是俄罗斯的特洛伊。”

她不知道，为什么这个想法忽然来到了她的脑子里。也许是由于消防队员的头盔，由于他们神情严肃的脸，由于突然在远方响起来的军号声。

在剧院，塔吉雅娜·安德烈耶芙娜下到正在进行排演的地下室里，把导演——一个沉默寡言、身材高大的人——叫到一边，和他谈了好久。导演听完了她的话，简短地回答：“好的，我试试看。”说罢，他戴上护耳皮帽，扣好大衣上的纽扣，就出去了。

当一个身材高大、神态安然的人走进屋来的时候，什威采尔并不觉得奇怪。门早就不关了。任何一个过路人都可以进到住宅里来。

那个身材高大的人把安乐椅搬到沙发旁边，坐下来，仔细看了看什威采尔。

“谢苗·里沃维奇，”那个高大的人清清楚楚地说，“我是话剧院的导演。您听到我的话吗？我们正在上演托尔斯泰的《战争与和平》。您是唯一一位留在列宁格勒的研究托尔斯泰和普希金的专家。所以我来找您，请您帮助我们。”

什威采尔一动不动，没有睁开眼睛。

“您一定得帮助我们，”导演沉默了一下，又加上一句，“没有您，我们什么也演不成。”

“等一等，”什威采尔喃喃地说，“有些事情我还不十分明白。什么剧院？您需要什么？”

导演把他讲过的话又说了一遍。什威采尔睁开了眼。

“我还是不明白，”他说，“请坐近一些。您好像一直在慢慢地离开我。我能帮什么忙呢！您是看到的，我现在已经成什么样子了。”

导演又执拗地重复提出他的要求。

“是给演员们作几次关于托尔斯泰的报告呢？”什威采尔反问，“还是一道演戏？难道这需要吗？”

“是的，需要！”导演说，“我们每天都在坐得满满的剧场里演出，观众从来也没像现在这样感谢我们。”

“难道也需要我吗？”什威采尔问，他活跃起来了。“我躺在一片空虚之中。您懂吗？冷气在往所有的缝隙里钻。它一旦爬到心里，那就完了！”

“没有您，我们什么也演不成，”导演执拗地说，“您只好起来了，谢苗·里沃维奇！”

什威采尔转过头来，望了望导演，微微一笑。导演也报之以微笑。

于是什威采尔慢慢地起来，坐到沙发上。

“好的。我一定到你们的剧院去。如果能去的话。”

过了一天，早上，塔吉雅娜·安德烈耶芙娜领着什威采尔来到了剧院。

演员们聚集在地下室里。正是空袭警报的时候，德国轰炸机在淡白色的天空中嗡嗡地响着。

什威采尔弯着腰坐到桌边。他的大衣领子竖着。他向演员们——他们冷得发抖，面色苍白，默默无言——扫视了一眼，低下头，陷入沉思。

塔吉雅娜·安德烈耶芙娜恳求地朝什威采尔望了望。他严厉地望望她，于是讲起来了。

他才讲出最初几个字，塔吉雅娜·安德烈耶芙娜就明白了，这一分钟大概是什威采尔一生中最重要的时刻。他的脸色苍白，白得出奇而富有生气，同时可以感到，他的灵感来了，他的思想获得了最大的力量，他已经开始控制人们的心。

什威采尔讲的不是托尔斯泰。他讲的是未来，他说，未来不可能不是十分美丽的；他谈到了艺术，谈到人类心灵所固有的对幸福的渴望，谈到严酷的时代，它已经成为我们这一代人的命运；他谈到完满的社会公正即将到来，谈到文化的伟大——这是人类在许多世纪中所创造出来的最具有独创性的伟大的文化；他谈到人类意识的力量，他说，现在我们的生活只不过动用了这种力量的千分之一；他还谈到了在卑鄙和高尚之间进行的最后一次殊死的搏斗。

他的讲演中穿插着许多诗句、引文和回忆。塔吉雅娜·安德烈耶芙娜闭上眼睛听着，什威采尔讲的个别片段犹如梦境一般徐徐飘来。

是诗吗？这是什么呢？《向给人类送来金色梦幻的疯子致敬》？不，不是这个。《真实的梦境》？也不是的。《人的心灵不断地要求童话》？不——也不是这个。

奇妙的奇迹是由许多可见的事物形成的，由这些事物的对比和突然的联系形成的，需要在周围的一切中找到这种联系。需要到处去寻找它，到那时童话就将消亡，因为生活本身也将成为童话了。这就是诗的使命。

塔吉雅娜·安德烈耶芙娜打了个哆嗦。什威采尔在读诗。这意味着什么呢？

山谷中草木渐渐稀疏，
严寒已为山谷披上素裳银衣，
蓝色的炊烟从林中袅袅升起，
风神在金色的丛林中唱着自己的歌曲。

塔吉雅娜·安德烈耶芙娜紧紧闭上湿润的眼皮。只是不要哭出来！无论如何也不要哭！

只一推就把朝气蓬勃的大船
推离被落潮熨平的沙滩，
一个波浪就会使生活环境完全改观，

感到一阵清风，来自鲜花盛开的两岸。

塔吉雅娜·安德烈耶芙娜用手掌捂着眼睛。“别念了，”她喃喃地自言自语，“谢苗·里沃维奇，亲爱的，别念了。不然会忍不住，会放声大哭起来。”

突然，犹如时代的惊雷，传来了高亢的声音：

有时，你雄壮的言辞、从容不迫的声音

激励着战士们奔赴疆场，迎击敌人。

人群需要你，犹如宴会上需要大杯畅饮，

犹如祈祷时必须焚香敬神。

“为了所有这一切，为了每一个词，为了在我们的土地上建立新的生活，为了真和善的胜利，”什威采尔说，“我们必须战斗到最后一息。因为这是我们的尊严，是我们的心。”

塔吉雅娜·安德烈耶芙娜坐在那里，用手捂着眼睛。

有人碰了碰她的肩膀，这是什威采尔。

“谢谢。”她小声说，竭力避开不看什威采尔的眼睛。

有一天早晨，一个身材矮小、穿一身黑色衣服和毡靴的飞行员给维尔美尔带来了一封谢拉菲玛·马克西莫芙娜的信。

信是从阿尔泰、从别洛库里哈写来的，她问，什威采尔在哪里，恳求维尔美尔设法找到他，并劝说他到她那儿去。

留在列宁格勒生活越来越困难了。就在当天晚上做出了决定：什威采尔、维尔美尔、玛莎和玛丽亚·福兰采芙娜都到别洛库里哈去，塔吉雅娜·安德烈耶芙娜必须留在剧院里。当和波琳娜·彼特罗芙娜谈起，要她离开这里的时候，她只是笑了笑，说，没有任何人需要她爱护自己，她自己已经不是什么了不得的珍宝，用不着不远万里，把她送到西伯利亚去了。

几天后塔吉雅娜·安德烈耶芙娜弄到了离境许可证。又过了几天，她把大家送到了拉多加湖岸著名的穿越拉多加湖的冰上之路。

有两队载重汽车川流不息地在这条路上行驶。从雪下伸出高射炮乌黑的炮口。风吹来了雪糁。

塔吉雅娜·安德烈耶芙娜让大家坐进载重汽车的车厢，用所有的衣物把大家包裹起来，默默地和大家吻别。

玛莎从老是碰到眼睛的头巾下面惊恐地望着她。玛丽亚·福兰采芙娜在画十字。什威采尔一声不响，把身体蜷缩起来，维尔美尔却为了一箱颜料而焦躁不安。

司机是一个瘦瘦的人，是那些没有任何人知道的无名英雄之一。正是这些无名英雄冒着雨雪严寒，在黑暗中驾驶着汽车，拯救了被围困的伟大城市，使千万人逃脱了死亡的命运。司机说，该走了。这时玛莎搂住了塔吉雅娜·安德烈耶芙娜的脖子。

“我会来的，”塔吉雅娜·安德烈耶芙娜很费力地松开玛莎的手，竭力不看着她，说，“我春天来。一定。”

“真的？”

“真的。”

“好，可别忘了，妈妈……”玛莎含糊不清地小声说，她那双发红的眼睛目不转睛地瞅着塔吉雅娜·安德烈耶芙娜。

"把眼泪擦干，"塔吉雅娜·安德烈耶芙娜说，"会把脸冻坏的。"

当汽车开动了的时候，塔吉雅娜·安德烈耶芙娜大声喊："如果打听到米沙的什么消息……"

载重汽车隆隆的马达声盖过了她的声音。

她在岸上站了好久，目送着渐渐远去的汽车。

风吹到脚上，吹透了毡靴，脚不久就冻僵了。旁边站着一个戴皮风帽的高射炮手。他在抽马合烟，望望塔吉雅娜·安德烈耶芙娜，并不对着任何人说：

"今天德国人不会来空袭，无论如何也不会来。你看，什么样的天气！所以，可以说，人们是在幸运的下雪天离开的。"

塔吉雅娜·安德烈耶芙娜感激地望了望高射炮手。他吐掉烟头，拉正风帽，钻进了雪堆里的高射炮阵地。

塔吉雅娜·安德烈耶芙娜向列车走去。列车停在那儿，空无一人，车上已经结冰。风在车厢顶上的通风器里呼啸。有时，仿佛有人把大地拉了一下，大地在抖动，发出嗡嗡的响声。什里塞尔堡那边炮兵在射击。

塔吉雅娜·安德烈耶芙娜一个人留在了列宁格勒。尽管有炮击、爆炸和火灾，她却好像觉得，城市里变得非常静——大概是由于孤独的关系。

她越来越经常地留在剧院里过夜，住在服装部，那里比剧院的其他房间暖和一些。

照常演出。炮击时，观众仍然走进剧场，到地下室去。在地下室里，演员们不用布景，只穿着剧中人的服装，在泥土地上把戏演完。

离开艾泽尔岛以后就没接到过帕霍莫夫的信。每天夜里塔吉雅娜·安德烈耶芙娜都会在两点正准时醒来，久久不能入睡。她躺在一张很窄的沙发上，听着老鼠在啃布景，吃那上面干掉的糨糊。

她在想着帕霍莫夫。有时她感到胸中如此疼痛，升起无限柔情，于是她跳起来，坐在沙发上，呼唤他，并侧耳倾听。好像，是脚步声？她老是仿佛觉得，他正在厚厚的墙壁后面，从一旁走过去，正在夜间的街道上寻找她。“米沙！”她在呼唤，听到自己的声音感到吃惊——这嗓音是那样忧郁，那样衰弱。

有一天晚上，她从剧院里回家来，生着了小炉子，坐在炉边，一直坐到了早晨。只要能知道，帕霍莫夫就住在这儿，就在近旁，那么她就可以同意，很久很久，好多个月不和他见面。只要能知道，吹到她脸上的风也在吹拂着他的脸，而他也听到了现在她听到的遥远的炮声。

塔吉雅娜·安德烈耶芙娜把头巾裹起来，陷入沉思。在这个夜晚，她能与之交谈的唯一活的东西，是火。它烧得正旺，在噼噼啪啪地响。

“我什么时候才能见到他呢？”塔吉雅娜·安德烈耶芙娜问。

火安静下来了，想了想，然后噼啪一声，飞出许多火星——险些儿烧坏塔吉雅娜·安德烈耶芙娜的袜子——并愉快地喧嚷起来。

“难道快了吗？”

火熊熊地燃烧起来，发出呜呜的响声，在炉中互相呼应着，如同一个小男孩儿——他什么都知道，可是不想说出来，而是逗弄别人，让人一再追问他。

“唉，你呀，小傻瓜，你什么都不知道！”塔吉雅娜·安德烈耶芙娜说。

她闭上眼，打起盹来。她立刻做了一个奇怪的梦。

她不知不觉来到一间昏暗的前室里，两旁有许多雕花的黑门。门的上方嵌着毛玻璃，许多彩色斑点在玻璃上跑来跑去——不知是灯光呢，还是太阳的光斑。门被风吹得发抖，很难把门打开。

塔吉雅娜·安德烈耶芙娜用脚推了推一扇门，门开了，立刻一阵暖风迎面扑来。屋里不知有什么东西打翻了，一切都迎着她飞了过来——沉甸甸的丝绸窗帘、水珠、一页页写满很小字迹的纸、花束上的枯叶。古老的窗框噼噼啪啪地响起来，窗子上的玻璃都纷纷掉下来了。太阳照在碎玻璃上，发出色彩绚丽的闪光。

塔吉雅娜·安德烈耶芙娜看到窗外有一些狭长的房屋，飞檐上雕着装饰花纹，还看到了百叶窗、野葡萄枝蔓、鸟的绒毛、桅杆、塔楼的金色圆顶。

一个瘦瘦的人，穿着19世纪初期的服装，从安乐椅上跳了起来，一把抓住一条毛茸茸的大狗的颈圈。狗对着塔吉雅娜·安德烈耶芙娜吠叫，那个人却笑着大声喊："请进，别害怕！它不咬人！"

当她醒来的时候，桌子上的报纸在微微翻动着。风从炉子里把烟吹了出来，熏得眼睛怪难受的。窗子上不多几块完好无恙的玻璃已经都打碎了。脚下堆着一些碎玻璃片。

"我怎么竟睡着了，没听到爆炸声呢？"塔吉雅娜·安德烈耶芙娜想。

立刻觉得屋里变冷了。

她穿过楼梯平台，走进波琳娜·彼特罗芙娜的屋里。她不在家。

塔吉雅娜·安德烈耶芙娜走到窗前，把前额紧贴在冰冷的玻璃上，望着街道。街上已经亮了，泛出蓝色。沿岸街的铁栏杆上，霜花发出暗淡的闪光。

乌云越来越低，笼罩着城市，眼看就要从云层中撒下雪花来。雪当真落下来了，十分稠密而且宁静。屋里立刻显得亮了。

卡罗琳娜·莎斑斯卡娅的画像挂在塔吉雅娜·安德烈耶芙娜的屋里。塔吉雅娜·安德烈耶芙娜回过头来，望了望莎斑斯卡娅的眼睛。

“有朝一日我也会死去，”塔吉雅娜·安德烈耶芙娜想，“不过在我身后既不会留下这双眼睛，也不会留下这些眉毛和笑容，只会留下一些发黄的照片，乱丢在书桌的抽屉里。幸好古代是给人画像。”

塔吉雅娜·安德烈耶芙娜又把前额靠在窗子上。街上多么空旷，而且多么冷啊！这一夜来她感到多么疲倦！

有一个穿军大衣的人，穿过浓密的雪幕，在又高又窄的人行道上顺着小喷泉区的沿岸街走着。他的左臂上吊着绷带。

“这么早，他上哪儿去呢？”塔吉雅娜·安德烈耶芙娜想，她可怜起这个人来。“就是把大衣领子竖起来也好哇。不然的话，雪落进领子里，会融化的。”

那人走近了些。塔吉雅娜·安德烈耶芙娜用双手捂住了脸。过了一瞬间，她拿开了手，但是已经认不出她来了——她的眼睛神采奕奕，双颊苍白。

她跑到楼梯上，在阶梯上失落了头巾，急速向下跑去。她只穿着一件连衫裙，穿着一双旧鞋。

她推开沉重的门，雪花迎面飞来。她在路灯旁站住，一把抱住了他，喊了一声：“米沙！”

在一个被白桦林覆盖着的峡谷里，一条无名小河的河岸上有一座很大的木头房子。

从战争爆发后的最初一段日子里，这里就没有人住了，门窗都钉了起来。这座房子不知为什么叫作第六别墅，虽说附近既没有第五，也没有第四，或任何一座别的别墅。

这座房子孤零零地耸立在那里。在山岩上开凿出来的道路到此已是终点。再过去，据本地人说，直到中国边境，只有绵延不断的森林和阿尔泰山的山岭。

从别洛库里哈来的小男孩儿们有时会向这座房子的窗户里望望，不过就是看，也是提心吊胆的。他们仔细看看那些空无一人的房屋，然后急忙后退，慌慌张张地顺着道路奔跑，吓得喘不过气来。孩子们对天发誓，说是听到了不知什么人的脚步声，听到地板被踩得咔咔地响，还看到了地板上有一个很大的人影。

秋天，少先队员们和谢拉菲玛·马克西莫芙娜搬进了这座房子的下面一层里。他们把这所房子收拾了一下，准备了劈柴，生起了炉子。峡谷里上空升起了一缕青烟，开始听到了笑声、斧头的响声。每天早晨号声嘹亮，吓坏了跑到路上来的金花鼠——秋天露水很多，它们的毛被露水打湿了，因此想让风吹干它们的毛皮。

冬初，玛丽亚和洛巴切夫来到第六别墅。

曼努埃尔整天不离开玛丽亚。只是快到晚上的时候，她才终于决定告诉他，拉蒙已经死了，他被埋葬在雅尔塔的墓地里，埋葬在一个离全苏少先队健身营不远的、克里米亚的美丽城市里。

曼努埃尔好久默默不语，后来问玛丽亚，战后他们去不去拉蒙的墓地。玛丽亚回答说，当然要去。

她等着曼努埃尔放声痛哭，但是他只是皱起眉头，后来他说，他很喜欢这所别墅、周围的野生森林、小瀑布的喧嚣声以及他在西伯利亚看到的一切。

玛丽亚到来的第二天晚上下雪了。雪下得那么大，使第一次看到真正的俄罗斯冬天的玛丽亚感到可怕。似乎，到早晨雪就会把峡谷填平，把别墅掩埋起来，把它和世界隔绝开来。

玛丽亚望着雪静悄悄地飘落，望着枞树毛茸茸的树枝。树枝被雪压弯了，然后把雪甩掉，伸直，摇摇晃晃，仿佛是由于摆脱了沉重的负担，轻松地喘一口气。

玛丽亚在想着洛巴切夫，攥紧冰冷的手指。她知道，他将要去克里米亚，将要有很长时间，也许是永远消失在那里，毫无消息。

“离别！”玛丽亚说出了这个不久前才从洛巴切夫那儿听到的俄语词汇。离——别！它已经开始了，虽说洛巴切夫还在这里，可和他的每次相会都充满了未来别离的痛苦。将只剩下一些回忆，而回忆具有这样一个特性——起初撕碎人可怜的心，然后就一天比一天苍白，一天比一天枯萎，终于蒙上一层灰尘。

谢拉菲玛·马克西莫芙娜进来了，她问：“您一直在想什么呀，玛丽亚？”

“没想什么。”玛丽亚回答。

“河一直还在哗哗地响。您听见了吗？”谢拉菲玛·马克西莫芙娜问。

河当真在哗哗地响，在雪中挖出一些“山洞”来，积雪使它感到太狭窄了。

“我几乎整夜整夜地不睡觉，”谢拉菲玛·马克西莫芙娜声音颤抖着说，“我写去的信毫无回音。”

“他会来到这里的，”玛丽亚说，“您看着好了。”

谢拉菲玛·马克西莫芙娜拥抱着玛丽亚，吻吻她的面颊，抚摸一下她的头发。

“您很困难吗？”她问。

“噢，不！”

洛巴切夫进来了。他拿来了茶壶，弄得茶杯叮叮当当地响，往炉子里扔了点儿劈柴，屋里被暗淡、温暖的火光照亮了。门外饭厅里的钟敲了十一下。谢拉菲玛·马克西莫芙娜走了。洛巴切夫走到窗前，在玛丽亚身边站了下来。玛丽亚攥紧手指，问：“为什么您今天这么久不说话？为什么不说话呢？”

“语言已经失去意义。”洛巴切夫平静地回答。

“为什么？”

“不知道。明天早晨我就要离开这儿了。”

玛丽亚把手伸给洛巴切夫。他抓住它，把玛丽亚冰冷的手掌紧紧贴在自己的眼睛上。玛丽亚却望着窗外，她无法理解，在由于积雪而变得一片白茫茫的森林上空，怎么会有星星呢。星星在湿润的睫毛间闪烁，仿佛点点火花，色彩绚丽，宛若彩虹。

洛巴切夫整夜和衣躺在床上。有时，他想到，刚才，一个小时以前，他已经和玛丽亚永远分别了，于是就轻轻地呻吟起来。想必是永远……不过也许……不，不！没有任何也许！

他知道，他是去做一件很危险的事。但是距离动身的时间越近，他对在这场战争中为自己选择的道路的严峻性就认识得越清楚，关于未来的许多想法也越来越控制了他的心。不知为什么，他仿佛觉得，未来好像是一行轻快的诗。

妇女的匆匆的脚步声，衣衫飘动产生的微风，远方玫瑰色房屋里的晨光，空着肚子喝一杯葡萄酒，大海的深沉的闪光，对含笑的爱情、凉爽空气的感觉——难道他不愿用多少年的安定生活来换取这一切吗？

洛巴切夫穿好衣服，拿起背囊，走下凉台，走出别墅的大门。在山路上空，和往常、和每天夜里一样，同一颗星在空中照耀着。灌木丛中流水潺潺，但是懒洋洋的，似在梦中，几乎要静下来了——黎明前天更冷了，而春天总是姗姗来迟。

他站下来，侧耳倾听。世界死一般寂静。

“唉，有什么呢！”洛巴切夫说，“有什么呢，亲爱的朋友！”

他把背囊背得更高一些，在遍地砾石、发出反光的路上迈开大步向前走去。

冬末，突然有一些列宁格勒人来到了别洛库里哈，来到了第六别墅。他们是维尔美尔，玛莎和玛丽亚·福兰采芙娜以及什威采尔。

他们来了以后，第六别墅里的生活立刻变了样，变得非常热闹了。开始进行争论，讲故事，经常踏着滑雪板去弄劈柴。只有什威采尔不参加这一切活动。他身体还很虚弱，仍然在躺着，不过他要求，所有谈话一定要在他的屋里进行。他闭上眼，微笑着在听维尔美尔怒气冲冲地发表意见，听着玛丽亚拖得很长的声音以及谢拉菲玛·马克西莫芙娜的抱怨。

在一个有雾的潮湿的夜晚，春天一下子就来到了人间。黑暗中，河里发出隆隆的响声，泛起浪花，瀑布也开始吼叫起来。发黑的树枝在噼噼啪啪地响。积雪拖长声音，沙沙地响着从悬崖上崩坍下来。吹着温暖的风，水珠溅到了窗子上。星星在撕碎的云彩缝里颤抖。整个房子里充满了春天嗡嗡的响声。早晨，破碎的冬云已经在蔚蓝的天空中向北疾驰，房屋四周，从房顶上落下来的水滴正匆匆忙忙、断断续续地互相应答着。

过了一个星期，当雾霭一动不动地笼罩着峡谷，透过去年的落叶开始钻出第一批小草的嫩芽，接到了塔吉雅娜·安德烈耶芙娜和帕霍莫夫的电报。

电报是一个穿着水兵的呢制服、没有右臂、也没刮过脸的人送来的，空着的一只呢衣袖子塞在口袋里。那个没刮脸的人把电报递给维尔美尔以后，要求抽烟，并且说，他以前是担任海岸防御的红海军战士，叫克雷金。他的手臂是在奥兰尼因堡附近一次战役中失去的，曾住在比斯克的医院里，现在在第六别墅上游三公里处的大坝那儿当看守人。这个大坝是在战争爆发前刚在无名河上修建起来的，想要造一座小水电站，可是没来得及。克雷金独自一人住在大坝旁的一座小木屋里。

“请来看看！”他告别时对维尔美尔说，“我就好像是最后的莫希干人[1]，我的‘船舱’[3]后面只有森林、雾和熊。幸好有煤油。一直在看书。”

“您在看什么呢？”

“屠格涅夫，”克雷金回答，“还有雨果，还有高尔基。老头子们写得真棒！”

克雷金走了。维尔美尔拆开电报，看完电报以后，他凝望着窗外，那儿水滴正在烟雾中均匀地嗒嗒地滴着。

---

① 莫希干人是印第安人的一个民族，现已衰亡，《最后的莫希干人》是美国作家库柏的一部小说。

② 因为他是水兵，所以把他住的房子比作“船舱”。

“唉，米沙，米沙！”他长叹一声，“你真忘恩负义，真的！”

“你在那儿嘟嘟囔囔地说什么啊？”什威采尔从隔壁屋里问。

“什么，什么！”维尔美尔发火了。“你只要听听看哪！塔吉雅娜·安德烈耶芙娜和米沙从新西伯利亚出发了。你懂吗？今天就可能到这儿。米沙真是个真正的坏蛋。在列宁格勒住了一个月，可是一个字也不给我写！”

“你自己也知道，列宁格勒几乎不通电报。”

“不通吗？”维尔美尔反问，“你深信不疑？恐怕他早就通知塔吉雅娜了：他活着，就要到她那儿去。我们知道这些把戏！你们大家都是些自私自利的家伙。连你也是，谢苗。对，连你也是！虽说你有天使般的性格。”

维尔美尔去找玛莎和玛丽亚·福兰采芙娜，好告诉她们，塔吉雅娜·安德烈耶芙娜和帕霍莫夫就要来了。

第六别墅里立刻忙乱起来。玛丽亚·福兰采芙娜——她已经当了少先队夏令营的女管家——动手用她珍藏的面粉来做饼干。谢拉菲玛·马克西莫芙娜和玛莎在上面的阁楼上给塔吉雅娜·安德烈耶芙娜收拾出一间用木板隔起来的不大的房间，决定让帕霍莫夫和维尔美尔住在一起。

“妈妈在诺夫戈罗德也有一间这样的房间，”玛莎说，“就在房顶底下。像一个鸽子窝。”

玛丽亚和曼努埃尔以及其他男孩子们从森林里采来了第一批紫罗兰，它们散发出淡淡的清香。紫罗兰放在了塔吉雅娜·安德烈耶芙娜的窗台上。

据维尔美尔估计，塔吉雅娜·安德烈耶芙娜和帕霍莫夫应该在下午一点前到达。但是一切估计都被一个情况破坏了——渡过山间河流卡图河的渡船，不知道要花多少时间才能等来渡船。如果卡图河上起了风，渡船就会停止摆渡。有过这样的情况，因为有风，人们在卡图河岸一坐就是两三天。

快到晚上的时候，维尔美尔和玛莎一同到别洛库里哈村口，到桥那边去了。从那里开始，一直到比斯克，已经是一望无际的草原。维尔美尔坐到一堆碎石头上。大地在沙沙地响，在吸收春天的水分。

“喂，怎么样？”维尔美尔问，“你听不听啊？”

“我听得很清楚，”玛莎回答，“什么也没有。”

道路是干的。玛莎往前走去，直到维尔美尔消失在黑暗之中。于是玛莎俯卧在路上，用一只耳朵紧贴着地面。她知道，在古代用这样的方法可以听出远方的马蹄声。可是玛莎既没听到马蹄声，也没听到汽车声。

维尔美尔和玛莎回到第六别墅，两个人都满腹忧虑，十分疲倦。会面被推迟到了早晨。

塔吉雅娜·安德烈耶芙娜和帕霍莫夫到第二天傍晚才到。

她到别洛库里哈来，总共只住几天，来看看玛莎。她的到来惊动了所有的人。

维尔美尔得知帕霍莫夫要和塔吉雅娜·安德烈耶芙娜一同返回列宁格勒之后，立刻决定和他们一道走。塔吉雅娜·安德烈耶芙娜劝他说，经过在列宁格勒的那段生活以后，他身体还很弱！可是一切劝说都毫无结果。他已经梦想着在被围困的列宁格勒举行战时作品的画展了。

塔吉雅娜·安德烈耶芙娜在休息。她几乎不离开玛莎和玛丽亚·阿尔瓦莱斯，她很喜欢这个沉默寡言的妇女。

只几天时间，太阳已经晒暖了森林和群山，密林里飘来了第一批树叶的清香。每天天空晴朗，闪闪发光，小瀑布也在发光。被晒暖的空气光彩夺目，缓缓升上山顶。小鸟在稠密枝头摇摇摆摆，啼声婉转，从树枝上已经飘下最早的发黄的落英。

每天都有人到别洛库里哈邮局里去，带回一些新的胜利的消息，这些消息说：战线正在止不住地向西方推进。

在动身的头一天，大家都到水坝那里去了。

什威采尔是第一次作路途这么远的散步，塔吉雅娜·安德烈耶芙娜搀着他的手。河水在下面的灌木丛中喧哗，金花鼠在脚下乱钻。

“过了不过四年，”什威采尔说，“可是，是什么样的日子啊？您懂吗？敖德萨，还有山区疗养院，还有拉蒙。他的弟弟是一个很好的孩子。”

塔吉雅娜·安德烈耶芙娜低下了头。昨天晚上她和玛丽亚谈了好久关于拉蒙的情况。

“是啊，是什么样的生活啊！”什威采尔又说了一遍，“您大概已经忘了，您救过我两次命。不是白白地救了我，塔尼娅，亲爱的。您会看到的，不是白白地救了我。在这块土地上我还能做点儿事情。”

“我知道。”塔吉雅娜·安德烈耶芙娜回答。

“当然啦，您可能猜到，我要做什么。我并不否定过去，一点儿也不。我将出版我的关于普希金的著作。只要米哈依洛夫村一解放，我就回到那儿去，把博物馆恢复起来。也带您去，如果您愿意去的话。我们一道去把东西挖出来。”什威采尔笑了。“但是我不想重复自己的过去。大概还有一些更重要的事情。战后最崇高的任务，就是创造高尚、自由的人。当然啦，这是一个老任务。但是它一定会实现。总而言之，塔尼娅，我将把自己的余生献给这些男孩子和小姑娘们。我能够使他们成为好人。不是吗？”

塔吉雅娜·安德烈耶芙娜紧紧地握了握什威采尔的手。

冲破封锁之后，过了几天，剧院就开始演出了。西维尔斯卡亚和乌斯特一路加附近大炮还在轰鸣，但是经受了人类历史上最伟大、最严重的围困的人们，思想上已经产生一种安宁感，犹如经过可怕的紧张之后得到短暂的休息。

剧院开始演出了。宽敞的大厅里，壁画光彩照人。它们经历了战争，严冬仿佛在壁画上留下了一层雾凇，雾凇给壁画上的天空、空气和人们的脸增添了一种柔和的光辉。

维尔美尔和帕霍莫夫请齐娜观看壁画，齐娜是从沃兹涅塞尼亚附近的前线演出队到列宁格勒来的，在这儿只待几天。

齐娜看着壁画，无法掩饰自己的喜悦，面带微笑，说：

“我真羡慕死了。真是天知道！一生都在演出、歌唱，可是再过二十年，就谁也无法想象出你的嗓音了。而这个却可以长期流传，简直是不朽的。我怎么能不羡慕呢！”

演出结束了。当塔吉雅娜·安德烈耶芙娜最后一次走上舞台的时候，聚光灯的灯光仿佛用温暖的大理石雕出了她那瘦削的身躯、强壮有力的手臂以及满头栗色头发的头部，大厅中掌声如雷。

塔吉雅娜·安德烈耶芙娜抬起头来，望了望观众大厅。她嘴唇微启，颤抖了一下，然而她控制住自己，又深深地低下了头，因此帕霍莫夫看到她那披着轻柔的鬈发，几乎像小姑娘一样清秀的脖子。

就在这一天，洛巴切夫和游击队员们穿过森林来到了苏达克市。清晨，游击队包围了亚美尼亚修道院——德国人在那里建立了汽车库——干掉了哨兵，烧毁了那里的汽车。后面，还能看到森林上空一条很粗的烟柱。

前面，大海像一堵垂直的墙壁。

洛巴切夫靠在山岩上，望着大海，瞧，这就是它，海列斯彭特①，永恒的节日之海，他的心灵的故乡！

“我们一定要解放它，”洛巴切夫暗自说，“未来将只有劳动和欢乐生存在大海的海岸上，生存在这太阳的光辉之下。为了大家。”

“也为了你，”洛巴切夫沉默了一下，说，“为了你那温柔和纯洁的心，玛丽亚。”

由于老习惯，他冷笑一声，既嘲笑自己，也嘲笑这些话。

建筑学家和画家们的会议在黄昏时结束了。会议是在涅瓦河沿岸街上一幢老房子里开的。大理石造的大厅里冷得很，谁也没有摘下帽子，脱掉大衣和手套。

塔吉雅娜·安德烈耶芙娜和帕霍莫夫、维尔美尔约好，她从剧院回家的时候，顺便到开会的地方去找他们。她竭力不弄出声音，走进大厅，坐在后面一排的座位上。维尔美尔正在讲话。他显然已经要结束自己的发言了。

塔吉雅娜·安德烈耶芙娜不知道这个会议要讨论什么问题，现在她俯身向前，仔细听着。

建筑学家和画家们集会，是为了在他们之间分配重建列宁格勒、彼得

---

① 在古希腊时，达达尼尔海峡叫海列斯彭特。

戈甫、诺夫戈罗德、普希金市、巴甫洛夫斯克市的未来的工作。从维尔美尔的发言中，塔吉雅娜·安德烈耶芙娜得知，维尔美尔和帕霍莫夫将首先去修复诺夫戈罗德教堂里的壁画。

“我已经六十岁了，”维尔美尔说，“有什么办法呢！我希望再活一百年。我想要工作，一个钟头也不休息，直到恢复我们所有宏伟建筑的最后一块镶木地板，最后一枚钉子，最后一个枝形烛台。直到列宁格勒及其郊区的全部宫殿地带完全恢复旧观，直到这令人叹为观止、我们每一个人都十分珍爱的、配合匀称的建筑群完全恢复旧观，让谁也不会想到，一群肮脏的法西斯曾经到过这里。我们要重建一切，一切！不朽的美将要重新生存在这个天空之下。很多情况教育了我们，很多情况从我们当中创造了许多先进人物、公民和战士。我想要再活一百年的愿望也许会使你们感到惊讶，这些话听起来可能好像是过分的激情。你们深信，我们重建一切的时间一定会早得多。是的，你们是对的。然而我希望看到完全恢复旧貌。你们要了解——完全！单单建筑，对我们来说是不够的。我要看到，在过去曾经是公园，而现在森林被砍伐净尽、变成火灾后废墟的地方，建成永世长存的公园。而要做到这一点，至少需要百年岁月。我想要进入它们的‘神秘的黄昏’——请原谅我，我找不到合适的语言，因而重复了普希金的诗句。我想要看到它们在阳光照耀下的绿荫。到那时我就可以安然长眠了，因为我知道，生活已经变得无限美好！”

爆发了一阵低沉的、柔和的掌声。听众没有脱掉手套，就鼓起掌来。

散会后，塔吉雅娜·安德烈耶芙娜在大门口等着维尔美尔和帕霍莫夫。她热烈地吻了吻维尔美尔。

他们来到了沿岸街，天已经完全黑了。

“瞧，”维尔美尔说，“现在就要开始了。”

“什么？”塔吉雅娜·安德烈耶芙娜问。

维尔美尔没来得及回答。停泊在涅瓦河里的军舰，船舷上爆发出一团深红色的火光。满怀信心的、狂欢的礼炮声隆隆地滚过城市上空，震动了桥梁，向关卡那边飞去。千百支礼花悬挂在冬天的雾霭里，宛如一串串五彩缤纷的花朵。伟大的城市仿佛是海市蜃楼，然而就连最后一块镶木地板又都十分熟悉，在礼花短暂的闪光中，它时而升起在涅瓦河上，然后又突然消失。

它坚持下来了，在礼炮神秘的闪光中光彩四射，俨然是用青铜浇铸出来的。它那些永垂不朽的金色圆顶和尖顶，在远方的低空中闪闪烁烁，若隐若现。

它开始为了新的胜利、新的光荣、新的激动——从今以后将为欢乐的激动而生存。

塔吉雅娜·安德烈耶芙娜抬起头来，一动不动地站着。一月的空气在她周围发出雷鸣般的响声。空气中飘散着海洋里冰块的气味，而且，正如她所感觉的，也有火药的气味和玫瑰的芳香——清新和自由的气息。

译后记

非　琴

康斯坦丁·帕乌斯托夫斯基（Константйи Паустовсхий，1892—1968）是苏联很有声望的作家之一。他的作品朴素无华，但抒情的笔调却使人陶醉，读后久久不能忘怀，颇受评论界的好评。

还在中学的时候，帕乌斯托夫斯基就在杂志上发表了第一篇小说，1926年出版了他的第一部作品集，此后他就成了职业作家。他的作品很多，除自传体小说《一生的故事》（共六卷）和谈创作的《金蔷薇》以外，还有大量长篇、中篇和短篇小说。

帕乌斯托夫斯基虽然是一位散文作家，但本质上却是一位抒情诗人，可以说，他的每篇作品都富有诗意。他的作品不似烈酒，也不靠奇特的情节吸引人，然而能于不知不觉间陶冶人的性情，给人以真正美的感受。他善于发掘人心灵的美，在一些往往不被人注意的事情中发现生活的真理。不过他笔下的人物并不是十全十美的人，也不是什么高大的英雄形象，但是他却在这些貌似平凡的小人物身上看到了生活的闪光，并试图用这些善良淳朴的人们内心深处迸发出的火花点燃千千万万善良淳朴的人们的心，照耀着他们去创造更加美好的未来。

苏联卫国战争，是苏联文学取之不尽的源泉之一。我们已经看到过不少关于卫国战争的苏联优秀文学作品，其中有的是描写战场上可歌可泣的战斗场面，创造了许多红军指挥员和战士的英雄形象；有的是写游击队在敌后的斗争，出奇制胜、灵活机智地打击敌人；有的是写地下工作者深入虎穴，在极端复杂艰险的环境中建立了不可磨灭的功勋……

帕乌斯托夫斯基的长篇小说《玫瑰和雪》(原名《祖国的烟》)却是从另一角度来表现这一题材的。这部小说的主人公是一些普通的知识分子，他们和全国人民一起经受了这场战争的考验，每个人都对战胜人类历史上最凶恶的敌人做出了力所能及的贡献。他们并不是一般人心目中的那种英雄，也不是完美无缺的超人。他们各人有各人的缺点，各人有各人的忧愁、欢乐和理想。但是有一点对他们来说却是共同的：做一个有益于他人的人，把自己的力量贡献给人类最壮丽的事业——使未来变得更美好。他们每个人都在追求个人的幸福，他们每个人都有自己的不幸，但对他们来说，最大的不幸却是对别人的不幸无能为力，感觉到自己成为一个不需要的人。“你们大家都在忙着，我却什么也不能做。”什威采尔觉得，这是最可怕的，因为他的生活已经失去意义，对他来说，他的生命也变成多余了。只是在他感到别人还需要他，他还可以做点儿有益的事情以后，生命的火焰才重新在他的身上燃烧起来。

老画家维尔美尔抢救诺夫戈罗德教堂里的珍贵文物，什威采尔抢救普希金博物馆里的文物，这些虽然不是什么了不起的英雄业绩，然而可贵的是，他们都有一颗和祖国的脉搏共同跳动的心；他们在祖国遭受危难的时刻，都渴望为祖国分忧，做一点儿有益的事情。尽管他们都已经是五十开外的人了，投笔从戎，当然已力不从心，然而他们都力图在战火纷飞的祖国大地上“找到自己的位置”，用自己的实际行动参加全国人民的共同战斗。

塔吉雅娜·安德烈耶芙娜和西班牙反法西斯流亡者、大学生拉蒙·彼烈罗的故事也是感人的。塔吉雅娜·安德烈耶芙娜一得知拉蒙的消息，就立刻动身到雅尔塔肺病疗养院去看望他。她并不觉得这是为他做出什么牺牲，只是觉得“需要集中全部力量、全部意志，把生命从我的身体里注入他的身上去”。在战争中，她只不过做了一些力所能及的事情：为战士演出、洗衣服，为伤员包扎伤口……但在这些平凡的工作中，却让人看到了一颗忠于祖国的心。她所做的一切，仍然是一个目的：分担别人的不幸，减轻别人的痛苦，在别人的心里点燃希望的火焰。

在第二部中才出现的作家洛巴切夫，怀着无限同情尽力帮助西班牙女诗人玛丽亚·阿尔瓦莱斯的故事也是这样。他不愿让她感觉到“欠他的情”，受了他的“恩惠”，而要竭力设法造成这样的印象——似乎他这样做，只不过是“普通俄罗斯人的古怪行为”。他有心脏病，部队里不需要他，然而他却到敌后去，到克里米亚去参加了游击队。

……

小说就是通过这些知识分子的个人生活，通过他们各人的悲欢离合，反映了那个伟大的时代，显示了为正义事业而战的人民必胜的信心。但是小说的情节是紧紧围绕着几个主要人物的悲欢离合展开的，因此可能会给人这样的印象：小说没能完全再现苏联卫国战争中波澜壮阔的画面。也许这是这部作品美中不足之处。但我们不能因此责备作者，因为作者并没有向自己提出这样的任务。

限于水平，译文难免有错误和不妥之处，恳切期望得到批评和指正。